Isabell Valentin

Der Fährmann

Ein Damian-Johannsson-Krimi

Band 1

AF176733

Über die Autorin:

Isabell Valentin wurde 1978 in Frankfurt am Main geboren. Sie wuchs in Hessen, Nordrhein-Westfalen und im Saarland auf und studierte Grafik-Design in Freiburg, Baden-Württemberg.

Heute lebt die Grafik-Designerin, Illustratorin, Dozentin für Malerei und für kreatives Schreiben, Autorin und Mutter von drei Kindern im beschaulichen Saarland.

Isabell Valentin

Der Fährmann

Ein Damian-Johannsson-Krimi

Bibliografische Information der Deutschen Nationalbibliothek: Die Deutsche Nationalbibliothek verzeichnet diese Publikation in der Deutschen Nationalbibliografie; detaillierte bibliografische Daten sind im Internet über dnb.dnb.de abrufbar.

© 2021 Isabell Valentin
Herstellung und Verlag: BoD – Books on Demand, Norderstedt
ISBN: 9783754302330

Umschlaggestaltung: Isabell Valentin
Illustrationen: Isabell Valentin
Autorenfoto: Barbara Hoffmann
Titelfoto: © „robtek" / Fotolia, © „Lilya" / Fotolia,
© „Constantinos" / Fotolia, © „juanfrangc810" / pixabay

www.isabellvalentin.de

Damian

Prolog:

Dezember 2002

Zwei Tage vor Weihnachten. Ihm war schrecklich kalt. Oft genug war er gescheitert und auch jetzt spürte er die Katastrophe. Wie sie ihn umkreiste, umzingelte, bis es kein Entrinnen mehr gab.
Warum verstand Viktor ihn nicht?
Warum legte er ihm andauernd Steine in den Weg?

Und dann war es plötzlich passiert.
Er stand da, die Hände nach vorne ausgestreckt, und Viktor lag vor ihm auf den Gleisen.
Die Entsetzensschreie seines Freundes zogen ihm durch jede Faser. Die kreischenden Bremsen des Zuges schmerzten in seinen Ohren. Er wusste, es gab keine Rettung mehr für Viktor. Noch zwei Herzschläge, dann traf der Regionalzug dessen Körper mit tonnenschwerer Wucht und zerfetzte ihn wie eine Papierpuppe.

Was von Viktor Resch übrig blieb, war nur noch schwerlich als menschliche Überreste zu erkennen.

Kapitel 1

Kriminaloberkommissar Aaron Breuer parkte seinen Jeep direkt vor dem Eingang des Hauptbahnhofs in Saarbrücken und stellte das Blaulicht ab. Als er die Tür öffnete und ausstieg, blies ihm schon der eiskalte Dezemberwind entgegen. Harter Graupelschauer stach in seinen Augen und auf jeden unbedeckten Millimeter seiner Haut. Schnell zog er seine schwarzen Lederhandschuhe an und klappte den Kragen des braunen Wintermantels hoch. Er senkte den Kopf, sodass sein halbes Gesicht in seinem olivgrünen Schal verschwand. Eiligen Schrittes ging er auf das große, terrakottafarbene Gebäude zu. Kastenförmig, praktisch, hässlich. Hinter sich hörte er das Summen und Rattern der Straßenbahnen und das dumpfe Grollen der Linienbusse. Das geschäftige Treiben auf dem Busbahnhof, welcher dem Hauptbahnhof zu Füßen lag, ging ungeachtet des schrecklichen Todes eines Jungen weiter.

Er hastete zu den großen, elektrischen Schiebetüren des Bahnhofseingangs, die sich mit einem leisen Zischen vor ihm öffneten. Das Innere des Gebäudes sah nicht viel ansprechender aus als das Äußere. Er wickelte sich aus seinem Schal und strich erst über seinen sorgsam gestutzten Vollbart, dann durch das dichte, braune Haar und schüttelte die Eiskristalle heraus. Ein verlockender Kaffeeduft wehte von der Bäckerei, die zu seiner Linken lag, zu ihm herüber. Er schaute einen Moment neidvoll zu den auf den Stühlen sitzenden Menschen, die sich dort ein spätes Frühstück gönnten.

Ein Räuspern hob sich aus dem Stimmengewirr ab. Vor ihm stand ein junger Bursche in der Uniform der Bahnsicherheit. Unter den Achseln hatte sich das hellblaue Hemd vom Schweiß dunkel gefärbt. Seine Finger schienen eine Art Kampf miteinander auszutragen. „Verzeihung. Sind Sie von der Kriminalpolizei?"

„Kriminaloberkommissar Aaron Breuer", stellte er sich vor. Er gab dem jungen Mann die Hand.

„Ich bin Steffen Langen. Ich habe Sie aus dem Wagen mit dem Blaulicht steigen sehen. Darum hab ich gewusst, dass Sie ... na ja ... von der Kripo sind."

„Gut kombiniert, Sherlock", sagte Breuer und schmunzelte.

Langen lächelte zögerlich zurück. Man sah, dass er sich nicht sicher war, ob er ein Kompliment bekommen hatte, oder ob sich dieser Polizist über ihn lustig machte. Er schaute sich nach den vielen Reisenden um, die sich aufgrund der Gleissperrung in der Vorhalle unter der großen Anzeigetafel direkt beim Eingang versammelt hatten und ihnen immer wieder neugierige Blicke zuwarfen.

„Ich sag doch, da ist was Schlimmes passiert."

„Da hat sich bestimmt ein Selbstmörder vor den Zug geschmissen", hörten sie die verschiedensten Kommentare.

Herr Langen beugte sich verschwörerisch nach vorne und flüsterte: „Ich führ Sie zum Ort des ... ähm, Vorfalls."

Breuer nickte nur. Sie bahnten sich einen Weg durch das Gedränge der Menschen. Aus den Lautsprechern tönte die Durchsage, dass sich alle Züge bis auf Weiteres wegen eines unvorhergesehenen Zwischenfalls erheblich verspäten würden. Obwohl diese Meldung bestimmt schon einige Male erfolgt war, quittierten viele Menschen sie mit lautem Protest. Andere hatten sich offensichtlich mit der Situation abgefunden und machten es sich auf ihren Koffern oder dem Boden bequem.

An die Vorhalle schloss sich ein langer Gang an, der einen leichten Anstieg hatte. Er war momentan für die Reisenden gesperrt. Zwei weitere Mitarbeiter der Bahnsicherheit achteten darauf, dass sich alle daran hielten. Breuer und Langen passierten die Absperrung schweigend.

Rechts und links von dem Gang führten Treppen zu den verschiedenen Gleisen hoch. Sie kamen an einem schmucklosen, gefliesten Raum zu ihrer Linken vorbei, ein Wartebereich, in dem sich einige Menschen auf harten Metallstühlen niedergelassen hatten und ihnen Blicke durch die Glaswand zuwarfen.

„Hier warten die Leute, die sich zum Tatzeitpunkt auf den Gleisen in Sichtweite befunden haben, aber nichts gesehen haben wollen. Die Zeugen, die eine Aussage machen können, sind in einem extra Raum untergebracht", erklärte Steffen Langen. Vor der Treppe zu Gleis 14 auf der rechten Seite des Ganges hielt er an und sah nervös nach oben. „Hier ist es. Soll ich Sie noch nach oben begleiten?"

Es war ihm deutlich anzusehen, dass er darauf lieber verzichten wollte.

„Nein, schon gut. Vielen Dank, Herr Langen."

An Gleis 14 herrschte Hochbetrieb. Der Unglückszug stand am Bahnsteig. Etliche Kollegen der Bundespolizei hatten schon mit der Sicherung des Tatorts begonnen. Die Mitarbeiter der Kriminaltechnik mit ihren weißen Overalls waren ebenfalls leicht auszumachen. Hier und da waren einige Mitarbeiter von der Bahnsicherheit zu sehen, die die Polizeibeamten mit Kaffee versorgten und Fragen beantworteten.

Aaron Breuer konnte leicht erkennen, wer hier die leitende Beamtin war. Er schätzte sie auf Mitte vierzig. Die haselnussbraunen Haare hatte sie im Nacken mit einer silbernen Spange zusammengefasst. Sie wirkte wie das Auge des Sturms. Der ruhende Pol, zu dem alles zusammenkam. Ein Mann mit Schlips, schwarzem Anzug und gleichfarbigen Wollmantel redete aufgeregt auf sie ein. Breuer wusste, was das bedeutete:

Der macht uns Schwierigkeiten. Er trat zu ihnen und zeigte seinen Ausweis. „Morgen auch. Kriminaloberkommissar Aaron Breuer vom LPP 213."

„Guten Morgen. Polizeihauptkommissarin Nadja Kunze und dieser Herr ist der Notfallmanager der Deutschen Bahn."

„Heinrich Möller", stellte sich der Mann vor. Sein Blick glitt grimmig über das Szenario, die schmalen Lippen waren zusammengepresst, sodass sie kaum mehr zu sehen waren. Die drei schüttelten einander die Hände.

„Wie sieht's aus?", fragte Breuer.

„Das Opfer ist ein 17-jähriger Junge namens Viktor Resch", begann Kunze. „Er wurde anhand seines Geldbeutels identifiziert. Die Identität wurde vom potenziellen Täter bestätigt. Der Beschuldigte ist Damian Johannsson, 15 Jahre alt. Er wurde beobachtet, wie er erst mit Viktor lautstark stritt und ihn dann vor den einfahrenden Zug schubste. Er sitzt im Wartebereich zwischen Abschnitt D und E, direkt bei der Informationstafel, und wird dort von einem Kollegen bewacht. Die Zeugen warten in einem warmen Aufenthaltsraum im Bahnhofsgebäude. Ein Bahnhofsseelsorger ist bei ihnen und ein weiterer bei den anderen Leuten, die zwar vor Ort waren, aber nichts gesehen haben. Sie sind im Aufenthaltsraum unten im Gang. Sie werden sie gesehen haben."

Breuer nickte.

„Der Lokführer befindet sich in der Personal-Cafeteria, um auf seine Befragung zu warten", beendete Nadja Kunze ihren Bericht.

Die Polizeihauptkommissarin trat zum Rand des Bahnsteigs. Breuer folgte ihr. Sie ging in die Hocke und deutete auf die Schienen.

„Das Opfer befindet sich noch unter dem Zug. Wir warten, bis die Kriminaltechnik mit den Vermessungen und Tatortfotos fertig ist, bevor wir den Zug entfernen."

Breuer drehte sich beim Anblick der verdrehten, zerrissenen und zerquetschten Leichenteile, die unter dem Zug hervorschauten, der Magen um. An so etwas würde er sich niemals gewöhnen. Da hier der Verdacht auf ein Tötungsdelikt bestand, bekam das LPP 213 die Fallleitung.

Herr Möller meldete sich zu Wort. Er war vom Bahnsteig weit weggeblieben. „Ich verstehe nicht, wozu Sie das ganze Brimborium hier veranstalten."

„Wozu wir dieses Brimborium veranstalten? Herr Möller, hier hat ein Mensch gerade sein Leben verloren!", zischte Polizeihauptkommissarin Nadja Kunze.

Möller trat von einem Fuß auf den anderen.

„Ich weiß, ich weiß. Und es tut mir auch wirklich leid um diesen Jungen, aber ich glaube, Sie verstehen nicht. Die Sperrung des Saarbrücker Hauptbahnhofs betrifft nicht nur die Reisenden, welche unglücklicherweise hier gestrandet sind, sondern hat Auswirkungen auf weite Teile des Schienennetzes. Verstehen Sie?" Zustimmung heischend schaute er sie an.

Breuer schüttelte nur den Kopf.

Möller sah die Ablehnung in ihren Augen und fuhr schnell fort: „Sie haben doch den Täter. Dazu noch den Lokführer, der alles gesehen hat, sowie fünf weitere Zeugen. Diese ganze Spurensuche, Fotografiererei und Vermessung wird doch gar nicht mehr benötigt."

Breuer zog es vor, selber zu antworten. Polizeihauptkommissarin Kunzes Gesicht hatte vor Ärger eine gefährlich rote Färbung angenommen.

„Zeugen sind nicht immer verlässlich. Vor Gericht brauchen wir so viele Fakten wie möglich. Was wir jetzt nicht sichern, ist unwiderruflich verloren. Also lassen Sie uns bitte unsere Arbeit machen."

Er zeigte auf die Videokamera, die über der Treppe in Blickrichtung Bahnsteig angebracht war.

„Sind die Videokameras aktiv?"

Der Notfallmanager überlegte kurz. „Nicht alle. Aber diese hier schon." Er zeigte auf eine Kamera.

„Polizeikommissar Jürgen Steiner schaut sich gerade die Bänder an und überspielt sie", ergänzte Kunze.

„Gut, ich befrage dann mal den Beschuldigten."

Breuer ging langsam Richtung Wartebereich zwischen den Abschnitten D und E. Hinter den gestreiften Glasscheiben konnte er den hageren Jungen ausmachen. Er saß auf einer der silbernen Metallbänke, die bei diesem Wetter eiskalt waren. Die Arme umschlangen die hochgezogenen Knie. Das Gesicht war in ihnen vergraben, sodass Breuer nur einen Mopp aus strähnigen, etwa kinnlangen Haaren sehen konnte. Er beobachtete den Jungen einige Zeit. Damian Johannsson hatte eine blaue, verschlissene Jeans und einen grünen Wollpulli an, aber keine Jacke. Als Breuer näher kam, sah er, dass der Junge am ganzen Körper schlotterte. Er winkte einen Mann der Bahnsicherheit heran.

„Bitte bringen Sie dem Jungen eine Decke. Er friert sich sonst noch zu Tode", bat er den Mann. Bei seinen Worten hob Damian Johannsson den Kopf. Der Beamte sah zu ihm herüber. Sein abschätziger Blick zeigte deutlich, dass ihm das reichlich egal war. Er zuckte mit den Schultern.

„Wenn Sie meinen", sagte er zu Breuer und machte sich auf den Weg.

„Bringen Sie gleich zwei Decken", rief ihm Breuer hinterher.

Breuer legte den letzten Meter zurück, setzte sich neben den Beschuldigten und schaltete das Aufnahmegerät ein. „Mein Name ist Aaron Breuer. Kriminaloberkommissar Aaron Breuer. Wurdest du schon über deine Rechte belehrt?"

Damian Johannsson nickte. Er nahm die Schuhe von der Sitzfläche und stellte sie auf den Boden. Dann verschränkte er die Arme vor seinem Bauch und grub die Finger tief in den grünen Wollpullover, als wolle er sich umarmen und selbst trösten. Sein Oberkörper sackte nach vorne.

„Hast du noch Fragen bezüglich deiner Rechte?" Der Junge schüttelte den Kopf.

„Haben Sie 'ne Kippe?" Breuer verneinte. „Dann fang doch mal an zu erzählen, was heute Morgen passiert ist. Und fang am besten mit den Angaben zu deiner Person an. Also deinem Namen, Alter, Wohnort, was du so machst."

„Wozu brauchen Sie das denn? Sie wissen doch, wer ich bin." Breuer hob sein Aufnahmegerät.

„Nur fürs Protokoll."

Damian atmete einmal tief durch, dann begann er:

„Mein Name ist Damian Johannsson. Ich bin 15 Jahre alt und wohne in Dillingen. Ich gehe auf das Albert-Schweitzer-Gymnasium und ich bin kein Mörder!"

Breuer musste sich eingestehen, dass er nicht damit gerechnet hatte, dass ein so verwahrloster Junge Schüler eines Gymnasiums war.

„Was habt ihr am Bahnsteig gemacht?", fragte er.

„Wir wollten den 10:16 Uhr Zug nach Saarlouis nehmen."

„Es ist Montagmorgen. Habt ihr schon Weihnachtsferien?"

Damian nickte.

„Du leugnest also, Viktor Resch vor den Zug gestoßen zu haben?", fragte Breuer mit ruhiger, tiefer Stimme.

Damian richtete sich auf und schaute ihn bestimmt an.

„Ja. Ich hab ihn nicht gestoßen.‟

Breuer sah forschend in Damians Augen. Sie waren von einem reinen, satten Blau und hätten ihn wie einen unschuldigen Jungen aussehen lassen, wenn der Rest seines Äußeren dem nicht so heftig widersprochen hätte. Die alte, zerschlissene Kleidung, die dürre Gestalt, mit den dunklen Augenringen und spröden Lippen im blassen Gesicht.

Der Mann von der Bahnsicherheit kam und gab Damian die eine Wolldecke und Breuer die zweite. Ohne den Jungen eines weiteren Blickes zu würdigen, verschwand er wieder.

Damian legte sich die Decke schief um die Schultern und drückte sie fest an sich.

„Steh mal auf‟, forderte Breuer. Damian sah ihn verwundert an, tat aber, was von ihm verlangt wurde.

Breuer legte ihm die erste Decke ordentlich um die Schultern, die zweite legte er zusammengefaltet auf Damians Sitz.

„Sonst verkühlst du dir noch die Blase.‟

„Das wäre wohl das geringste meiner Probleme.‟

„Mit Sicherheit. Aber es muss ja trotzdem nicht sein.‟

Damian setzte sich auf die Decke und blickte zu Boden, während er sich auf die Unterlippe biss.

„Also, was ist passiert?‟, hakte Breuer nach.

„Viktor ist gestolpert und auf die Schienen gefallen.‟

„Fünf Zeugen und der Lockführer sagen, sie hätten gesehen, wie du das Opfer vor den Zug gestoßen hast. Wie erklärst du dir das?"

Damian zuckte mit den Schultern.

„Ein bisschen ausführlicher, wenn's geht", forderte Breuer streng.

Damian starrte vor sich hin.

„Jetzt ist nicht der richtige Zeitpunkt zum Schweigen, Junge. Was ist genau vorgefallen? Beginn damit, wie ihr die Treppen dort vorne hochgekommen seid."

Damian vergrub das Gesicht in den zitternden Händen, dann richtete er sich halbwegs auf. „Wir haben uns gestritten."

Breuer nickte Damian aufmunternd zu. „Worum ging es bei dem Streit?", fragte er.

Damian zuckte wieder mit den Schultern. „Um Loyalität und so. Viktor glaubte, dass ich unsere Freundschaftverraten habe, weil ich mein Leben ändern möchte."

„Wie ändern?"

„Halt anders. Weniger Partys und dafür mehr Fokus auf die Zukunft und so. Wir haben uns ganz schön angeschrien. Er wollte einfach nicht kapieren, dass ich da raus wollte, aus dem ganzen Sumpf. Ich möchte nicht in der Gosse enden."

Damian sah an sich herab. Auf die Hände, die die Wolldecke umklammerten, und die schäbige Jeans, die unter ihr hervorschaute. Er presste die Lippen zusammen und wandte den Kopf ab.

„Und dann?", hakte Breuer nach.

„Und dann ist er gestürzt. Ich habe noch versucht ihn festzuhalten, ihn noch irgendwie zu erreichen. Aber es war zu spät." Damians Körper wurde von heftigem Zittern erschüttert. Breuer legte ihm eine Hand beruhigend auf die Schultern und wartete, bis das Zittern wieder schwächer wurde.

„Geht es wieder?", fragte er leise.

Damian nickte.

„Soll ich einen Sanitäter rufen, dass er dir etwas zur Beruhigung gibt?"

Kopfschütteln.

„Du siehst nicht gut aus, Damian. Ich möchte nicht, dass du mir hier kollabierst."

„Es ist nur ...", Damian atmete einige Male hörbar ein und aus. Es hörte sich sehr nach Schluchzen an. „Es war ganz schrecklich. Seine Schreie und das Geräusch, als der Zug ihn traf, und das Quietschen der Räder und Zersplittern der Knochen. Haben Sie gesehen, wie er jetzt aussieht? Das scheint denen da vorne ganz egal zu sein. Ich habe gehört, wie zwei der weiß gekleideten Männer gelacht haben. Sie haben gelacht!" Den letzten Satz schrie er heraus. Dann fuhr er ganz leise fort. „Aber er war mein Freund und ... und ... ich kann das alles nicht ... ich weiß nicht, wie ich ... Ich werd das niemals vergessen. Die Bilder und

Geräusche. Mein ganzes Leben nicht." Er zog die Knie an, legte den Kopf auf die Arme und weinte leise. Breuer blieb still neben ihm sitzen und dachte über das soeben Gehörte nach. Er rühmte sich, ein guter Menschenkenner zu sein. Die Gefühle des Jungen schienen echt. Vielleicht hatten die Zeugen die Situation ja tatsächlich nicht richtig erkannt. Das galt es herauszubekommen. Aber dass jemand einfach so vor einen Zug fiel, leuchtete ihm nicht ein. Irgendetwas stimmte an Damian Johannssons Geschichte nicht. Der Junge verheimlichte ihm etwas.

Sollte er den Druck auf Damian erhöhen, um so an die Wahrheit zu gelangen, oder erst einmal den anderen Hinweisen nachgehen?

Er stand auf und legte Damian kurz die Hand auf die Schulter. „Ich komme später noch einmal wieder. Ich sage einem von der Bahnsicherheit, dass sie dir eine Tasse Tee bringen sollen. Versuch sie zu trinken. Du brauchst jetzt ganz dringend etwas Warmes."

Der Junge hob sein tränennasses Gesicht. „Danke."

Breuer nickte gedankenversunken und ging.

Kapitel 2

Breuer ließ sich von einem Mitarbeiter der Bahnsicherheit den Weg zur Personal-Cafeteria zeigen.

An einem Tisch in der hintersten Ecke des Raumes saßen zwei Lokführer. Aaron Breuer erkannte sofort, wer von den beiden der Fahrer des Unglückszuges war. Der Mittfünfziger, mit braunem, schütterem Haar und Vollbart saß mit rundem Rücken, die Schultern gebeugt, auf seinem Stuhl. Eine dampfende Tasse mit Kaffee, die auf dem Tisch stand, hatte er mit beiden Händen umklammert. Sein Blick verlor sich in der braunen Flüssigkeit.

Breuer machte sich mit einem leisen: „Guten Morgen" bemerkbar.

„Gut war heute noch gar nichts", murmelte der Zugführer. Sein rundes, rotes Gesicht war mit einer dünnen Schweißschicht bedeckt. In der Hand hielt er ein kariertes Taschentuch, mit dem er sich von Zeit zu Zeit Gesicht und Nacken abtupfte.

„Kriminaloberkommissar Aaron Breuer", stellte Breuer sich vor, schaltete wieder das Aufnahmegerät ein und gab eine kurze Rechtsbelehrung ab.

„Und Sie sind ...?"

„Luther Gremel."

„Ich bin Jakob Schwelein, ebenfalls Lokführer", stellte sich sein Kollege vor.

„Waren Sie ebenfalls im Zug?", fragte Breuer.

„Nein. Ich bin nur zur seelischen Unterstützung für Luther da. Wir sind nicht nur Kollegen, sondern auch Freunde. Das ist eine verdammte Scheiße, wenn man jemanden überrollt. Ob Mord oder Selbstmord. Da denkt doch niemand an die Lokführer und was das für die bedeutet. Da kommt man nicht so schnell drüber weg, das kann ich Ihnen sagen. Hab schon Kollegen gekannt, die danach mit ihrem Beruf aufhören mussten."

Luther Gremel nickte zustimmend und tupfte sich wieder mit dem karierten Lappen über das Gesicht.

„Ich weiß, es ist schwer, aber können Sie mir bitte genau erzählen, was passiert ist?", fragte Breuer.

Luther Gremel atmete tief durch und begann mit bebender Stimme: „Ich bin um Punkt 10:00 Uhr im Bahnhof eingefahren. Ich hab die zwei Jugendlichen sich schon am Bahnsteig streiten sehen. Schien ein ziemlich heftiger Streit zu sein. Da wurde laut herumgebrüllt, das konnte ich sehen. Hören konnte ich natürlich nichts. Ich dachte nur: *Macht ja keinen Scheiß, Jungs.* Und dann schubst der Junge den Älteren mir direkt vor den Zug. Da konnt' ich nicht mehr rechtzeitig zum Stehen kommen. Ganz unmöglich."

Wieder tupfte er sich das Gesicht ab.

„Sie konnten genau sehen, dass das Opfer geschubst wurde?", fragte Breuer.

Gremel warf seinem Kollegen einen kurzen Seitenblick zu. Wieder betupfte er sich das Gesicht.

„Na ja. Fast."

„Was heißt hier, fast. Das ist unglaublich wichtig, Herr Gremel", sagte Breuer.

„Also gut. Ich hab nur ganz kurz auf die Anzeige geschaut. Jeder Lokführer hat so seine Fixpunkte, bei denen er weiß, wie schnell er an dieser Stelle sein darf, um sein Baby, ich meine, den Zug, punktgenau zum Stehen zu bringen."

Sein Kollege brummte zustimmend.

„Ich passiere also gerade einen dieser Punkte und kontrollier' mit einem schnellen Blick meine Geschwindigkeit. Als ich wieder hoch schau, liegt der eine Junge vor mir auf den Schienen und der andere macht noch einen Ausfallschritt und hat dabei beide Arme nach vorne gestreckt. War also ziemlich klar, was passiert war."

Mit zitternden Händen hob er die Tasse an seinen Mund und trank einen Schluck. Er bemerkte offensichtlich gar nicht, dass sich ein Schwall des heißen Getränks über seine Hand ergoss. Es war Zeit, mit der Befragung zu einem Ende zu kommen. Der Mann stand unter Schock und brauchte seine Ruhe.

„Noch eine letzte Frage: Ich weiß, Sie mussten Ihre Geschwindigkeit kontrollieren und ich mach' Ihnen jetzt auch gar keinen Vorwurf, aber hätten Sie noch rechtzeitig bremsen können, wenn Sie in diesem Moment nicht gerade nach unten geschaut hätten?", fragte Breuer vorsichtig.

„Nein, ganz unmöglich. Dafür war die Entfernung zu kurz", erwiderte Gremel mit bebender Stimme und Schwelein fügte hinzu: „Obwohl ein einfahrender Zug sehr langsam ist, ist der Bremsweg sehr lang. Von hinten drückt ein großes Gewicht, das in Bewegung ist und erst einmal zum Stehen gebracht werden muss."

Breuer nickte. „Gut, ich danke Ihnen. Hier ist meine Karte, falls Ihnen noch etwas einfallen sollte. Ist kein Mitarbeiter von der Bahnhofsseelsorge für Sie da?"

„Doch, doch. Eben war noch jemand da. Die müssen sich nur aufteilen, bei den vielen Leuten, die das mit angesehen haben."

„Gut. Auf Wiedersehen, Herr Gremel. Ich danke Ihnen für die Mitarbeit. Falls ich noch Fragen haben sollte, weiß ich ja, wo ich Sie finden kann."

Kapitel 3

Kaum war Aaron Breuer wieder am Bahnsteig, winkte ihn Polizeihauptkommissarin Nadja Kunze zu sich rüber. Neben ihr stand ein Beamter mit einem Laptop in der Hand.

„Kommen Sie mal her, Breuer. Das müssen Sie sehen."

Sie stellte den Laptop auf einen Mauervorsprung, sodass sie alle einen guten Blick hatten.

„Das sind die relevanten Aufzeichnungen der Überwachungskameras. Hier sehen wir, wie Viktor Resch und Damian Johannsson die Treppen hochkommen. Sie streiten. Viktor ist möglicherweise betrunken. Er schwankt leicht. Jetzt sind sie schon außerhalb des Kamerawinkels. Hier kommt noch eine Aufnahme. Im Hintergrund, hinter der Gruppe Jugendlicher, sieht man sie streiten. Jetzt sind sie außerhalb des Blickwinkels."

„Kommt auch noch eine Aufnahme, die zeigt, wie es passiert?", fragte Breuer frustriert.

Kunze schüttelte den Kopf. „Negativ. Alle Aufnahmen sind von vor oder nach dem Vorfall."

„Scheiße!", fluchte Breuer und trat frustriert gegen die Mauer, was prompt mit einem schmerzenden großen Zeh quittiert wurde.

„Hallo, Aaron. Wieder voll im Einsatz, hm?", ertönte eine dunkle Frauenstimme.

Die Staatsanwältin Theresia Rau kam auf sie zu. Mitte vierzig, blonde, kurze Haare, Hosenanzug unter einem dicken, fellbesetzten Mantel. Ihre rot geschminkten Lippen waren zu einem spöttischen Lächeln verzogen und ihre blauen Augen funkelten hinter der dünnen, silbernen Brille.

Breuer musste unweigerlich lachen. „Hallo, Theresia. Wie geht es dir?"

Er arbeitete schon sieben Jahre mit Theresia Rau zusammen und mochte sie sehr. Sie war nicht nur eine fähige Staatsanwältin, sondern auch ein sympathischer Mensch. Und sie kannte ihn gut genug, um zu wissen, dass er in seinem Job kompetent war und man sich auf seine Empfehlungen und Einschätzungen verlassen konnte.

„Du kennst mich doch: Gut, wie immer. Wie sieht es aus?"

Sie gaben einen kurzen Lagebericht ab.

„Wir haben also Videoaufnahmen, die uns nichts nützen, einen Beschuldigten, der behauptet, unschuldig an dem Vorfall zu sein, und sechs Zeugen, die das Gegenteil behaupten. Als ich kam, dachte ich noch, dies sei ein leichter Fall. Wie glaubwürdig sind die Zeugen?"

„Der Lokführer hat genau im entscheidenden Moment auf seine Armaturen gesehen. Er hat nur geschlussfolgert,

26

dass der Beschuldigte das Opfer auf die Gleise gestoßen hat. Die fünf anderen Zeugen wollte ich gerade
befragen", sagte Breuer.

„Gut, mach das. Ein Toter auf einem Hauptbahnhof
und Dutzende Menschen stehen in der Nähe, als es
passiert. Da muss doch etwas Niet- und Nagelfestes
dabei herauskommen."

Ein Mitarbeiter der Bahnsicherheit brachte den ersten
Zeugen. Bernhard von Hohenbergen, ein nervöser,
älterer Herr, dessen graue Haare sich schon lichteten,
aber ordentlich zurückgekämmt waren. Sein langer,
schwarzer Mantel war sicherlich einmal sehr teuer
gewesen, aber inzwischen hatte er die besten Jahre
schon hinter sich gelassen. In der einen Hand hielt er
einen schwarzen Gehstock und einen schwarzen Hut
und in der anderen Hand eine Reisetasche, aus deren
vorderem Fach eine Klatschzeitschrift über die Adels-
häuser herausragte.

Nach eigenen Angaben, hatte sich Herr von Hohenbergen
zum Tatzeitpunkt ebenfalls auf dem Bahnsteig des
Gleises 14 befunden.

„Sie waren also ganz nah dran und haben alles gesehen?", fragte Breuer. Sein Puls beschleunigte sich.
Das konnte der Zeuge sein, den sich jeder Ermittler
wünschte. Nah dran am Geschehen, freie Sicht: Perfekt! Er wechselte einen Blick mit der Staatsanwältin,
die sich im Hintergrund hielt, aber jedes Wort mithörte.

„Ja, ja. Ich hab alles gesehen. Tragische Sache, so etwas. Tragische Sache."

„Wo waren Sie genau?", fragte Breuer.

„Dort, bei dem Pfeiler."

„Lassen Sie uns dorthin gehen und Sie stellen sich genauso auf, wie Sie zu diesem Zeitpunkt dort gestanden haben."

Bernhard von Hohenbergen stellte sich direkt hinter den Pfeiler. Es sah beinahe so aus, als wolle er sich verstecken. Breuers Enthusiasmus erhielt einen Dämpfer. Er stellte sich zu dem Zeugen. Gut. Er konnte den von der Spurensicherung errechneten Tatort von hier aus gut sehen.

„Sie haben also genau so dagestanden?"

Herr von Hohenbergen nickte. „Sehen Sie: Normalerweise fahre ich ja nicht mit einem öffentlichen Verkehrsmittel." Er rümpfte die Nase. „Man ist ja schließlich seinem Namen verpflichtet. Aber in Zeiten wie diesen müssen auch wir, von Adel, gewisse Opfer bringen. Früher wäre mir das nicht passiert. Da hatte ich meinen Chauffeur."

Breuers Blick heftete sich wieder auf das aus dem Koffer schauende Schundblatt.

„Was war mit Ihrer Zeitschrift?", unterbrach er den Mann.

„Die Zeitschrift, ach ja. Ich hatte gerade einen interessanten Artikel über die Windsors gelesen, da ..."

„Sie haben hier gestanden und gelesen. Das heißt, Sie haben gar nicht richtig hingeschaut, was dort vor sich ging", unterbrach ihn Breuer erneut.

Theresia Rau fasste sich frustriert an die Stirn.

„Nein, ... doch, ... ja. Ich habe immer wieder hingeschaut. Die beiden Lümmel waren ja so unverschämt laut. Es war ungeheuerlich, dieses Benehmen."

„Und als das Opfer vom Beschuldigten gestoßen wurde, haben Sie das genau gesehen?"

„Ja, ja, habe ich."

„Gut! Nehmen Sie bitte Ihre Zeitschrift in die Hand und schlagen den Artikel auf, den Sie gerade gelesen haben."

Herr von Hohenbergen schlug mit vor Aufregung zitternden Händen den Artikel auf.

„Wo im Text waren Sie zum Zeitpunkt des Vorfalls?"

Der alte Mann überflog die Zeilen und tippte dann auf einen Abschnitt. „Ich habe gerade die Biografie von Prinz Charles gelesen, da hörte ich diese fürchterlichen Schreie und das Quietschen der Bremsen und als ich aufblicke sehe ich, wie der eine Bursche den anderen vor den Zug stößt."

Breuer atmete hörbar aus und presste frustriert die Lippen aufeinander. „Ich danke Ihnen, Herr von Hohenbergen."

Er winkte einen Beamten der Bahnsicherheit zu sich.

„Bitte begleiten Sie Herrn von Hohenbergen zurück

zu unserem Zeugenraum und bringen Sie mir Louisa Bauer zu Gleis 12 dort drüben."

Als die beiden außer Sichtweite waren, polterte Breuer los. „So eine Scheiße. Nichts hat er gesehen. Gar nichts. Als der Zug die Vollbremsung hinlegte, lag Viktor Resch schon auf den Gleisen. Wie kann er da gesehen haben, wie er geschubst wird?"

„Gehen wir schon mal zu Gleis 12 rüber. Mir ist kalt. Die Bewegung wird uns guttun", sagte Theresia beschwichtigend.

Die vier restlichen Zeugen waren auch nicht hilfreicher. Sie hatten alle auf Gleis 12 gestanden. Die Schwestern Louisa und Emma Bauer, 60 und 62 Jahre alt, hatten im entscheidenden Moment mit dem Rücken zum Geschehen gestanden und sich eine Infotafel angeschaut. Die Jungunternehmer Konrad Stein und Jürgen Trippen waren viel zu beschäftigt mit ihren eigenen Problemen gewesen, um brauchbare Zeugen zu sein.

Sie waren wieder zum Bahnsteig von Gleis 14 zurückgekehrt. Kriminaloberkommissar Aaron Breuer lehnte sich frustriert an einen Pfeiler. Die Knöchel der rechten Faust presste er in Gedanken gegen seine Lippen. Er schaute zum Beschuldigten hinüber. Ihre Blicke begegneten sich. Die Staatsanwältin sah ebenfalls zu Damian. „Seine Version der Geschichte könnte also wahr sein", sagte sie.

„Nicht so, wie er sie erzählt hat. Man fällt nicht so einfach auf die Gleise. Da ist etwas passiert und ich möchte wissen, was." Wieder verfiel er in Schweigen. Ruckartig richtete er sich kerzengerade auf.

Theresia zuckte erschrocken zusammen. „Was ist? Was hast du?", wollte sie wissen.

„Die Videoaufnahmen der Überwachungskameras! Ich muss sie noch einmal sehen." Er winkte den Beamten mit dem Laptop herbei.

„Wozu? Dort war nicht zu sehen, was genau geschehen ist."

„Nein. Das war nicht zu sehen. Dafür aber etwas anderes, auf das ich im ersten Moment gar nicht geachtet habe."

Polizeihauptkommissarin Nadja Kunze gesellte sich wieder zu ihnen. Zusammen sahen sie sich noch einmal die Aufnahmen an.

„Hier! Drücken Sie bitte die Pause-Taste. Ja, genau hier. Sehen Sie: Dort hinten gehen unsere zwei Hauptpersonen Damian Johannsson und Viktor Resch. Sie verlassen gerade das Sichtfeld der Kamera."

„Ja, aber die entscheidende Szene ist genau dort. Außerhalb des Sichtfeldes. Was wollen Sie hier erkennen?", fragte Nadja Kunze.

„Ich, gar nichts. Aber die Frage ist, was hat *er* erkannt?"

Breuer deutete auf einen der Jugendlichen im Vordergrund, der die Späße seiner Freunde mit einer Kamera festhielt. Man konnte sie auf den schlechten Schwarz-Weiß-Aufnahmen der Überwachungskamera kaum erkennen. Er hielt sie dabei genau in die Richtung, in der sich der Tatort befinden musste.

„Lassen Sie mal weiterlaufen", wies er den Beamten der Bundespolizei an. Der drückte wieder die Start-Taste seines Laptops.

Alle starrten gespannt auf den Jungen mit der Woll-mütze und der hellen Jack Wolfskin-Jacke. Die Auf-nahmen waren ohne Ton, aber als sich alle Personen im Bild Richtung Tatort drehten und die entsetzten Gesichter zu sehen waren, wussten sie, dass der Vor-fall soeben stattgefunden hatte. Und noch immer hatte der Junge seine Videokamera in diese Richtung erho-ben und ließ sie nur langsam sinken.

„Ich will diesen Jungen hier haben. Und zwar sofort!", rief Breuer.

Kapitel 4

Markus Maurer wusste, dass er Mist gebaut hatte. Als er in dem kargen, gefliesten Aufenthaltsraum neben dem Gang zu den Gleisen wartete, bis ihnen jemand mitteilen würde, dass sie endlich gehen dürften, kam er sich schon vor, wie in einer überfüllten Gefängniszelle. Er war in seinem jungen Leben zwar noch nie in einer gewesen, aber düsterer und trostloser als hier konnte es auch dort nicht sein. Ein Beamter der Bundespolizei betrat den kleinen Raum. Er suchte mit seinen scharfen Augen die Menge ab. Sein Blick blieb an ihm hängen. Oh Mann. Er war in fürchterlichen Schwierigkeiten.

„Du. Mitkommen", hieß es nur knapp.

Mit weichen Knien stand er auf, schulterte seinen Rucksack und folgte dem Beamten.

Sie gingen auf eine Gruppe ernst aussehender Leute zu.

„Wie ist dein Name?", fragte ihn einer der Männer. Man sah gleich, dass er hier das Sagen hatte. Er besaß eine natürliche Autorität. Allerdings, so fand Markus, sah er eher wie ein Uni-Professor aus. Mit den braunen, leicht gewellten Haaren, die ordentlich nach hinten gekämmt waren und dem sorgsam gestutzten Vollbart, dem braunen Mantel und dem um den Hals hängenden olivgrünen Schal.

„Ich heiße Markus. Markus Maurer", antwortete er mit zittriger Stimme.

„Nun, Markus Maurer. Ich bin Kriminaloberkommissar Aaron Breuer. Sieh mal, was wir hier aufgenommen haben." Breuer sprach leise. Dennoch konnte Markus den Ärger in seiner Stimme hören. Auf dem Laptop war zu sehen, wie er mit seiner Videokamera den Vorfall gefilmt hatte. Verdammt. Er war so was von in Schwierigkeiten.

„Warum hast du dich nicht als Zeuge gemeldet?", fragte Breuer und seine hellbraunen Augen schienen ihn zu durchbohren.

„Ich ... weil ... ich wollte nicht, dass Sie mir meine neue Videokamera wegnehmen. Ich hab sie erst gestern zu meinem 16. Geburtstag bekommen."

Der Kriminal-Ober-Dingsda-Polizist Breuer streckte die Hand fordernd aus. Mit einem Seufzer holte Markus seine geliebte Kamera aus seinem Rucksack und übergab sie Breuer.

„Haben wir deine Erlaubnis, die Daten zu überspielen? Anderenfalls müssen wir auf die richterliche Anordnung warten", fragte Breuer.

„Bekomm ich sie dann wieder?"

Breuer nickte.

„Ok, dann dürfen Sie."

Breuer reichte sie an den Polizisten mit dem Laptop weiter. Der suchte aus seiner Tasche den richtigen Anschluss heraus und zog sich die Videodateien auf den Computer. Die heutige Aufnahme wurde gestartet. Markus konnte nicht hinschauen. Er hatte die Bilder noch viel zu deutlich vor Augen.

„Was ist das?", hörte er die Frau mit dem schicken, pelzbesetzten Mantel fragen. „Sieht aus, als hätte Viktor so eine Art Anfall."

Markus riskierte nun doch einen Blick. Der Polizist mit dem Laptop hatte die Aufnahme ein wenig zurückgespult. Jetzt konnte er es auch sehen. Der große Junge, der wohl Viktor hieß, taumelte. Plötzlich krümmte sich sein Körper zusammen. Ein heftiges Schütteln erfasste ihn. Die Hände hielt er an den Kopf gepresst. Ruckartig drehte er sich zur Seite, lief unter scheinbar starken Schmerzen auf das Bahngleis zu und stürzte hinunter auf die Schienen. Der andere Junge versuchte, ihn zu halten, berührte aber nur noch den Ärmel von Viktors Jacke. Mit ausgestreckten Armen und laut schreiend stand er vor dem Abgrund, als der Zug den älteren Jungen überrollte. Er stand noch genauso da, als die Aufnahme endete. Nur der Schrei war verstummt.

Die Erwachsenen verharrten stumm um den nun dunklen Bildschirm des Laptops. Die Frau im Mantel wandte sich an Breuer.

„Sagen Sie Damian Johannsson, dass er gehen kann. Seine Unschuld wurde eindeutig bewiesen. Ich beantrage bei Richter Marlin eine vollständige Obduktion.

Ich will wissen, was diesen Anfall ausgelöst hat", sagte sie.

Breuer nickte und gab Markus seine Kamera zurück.

„Kann der Bahnhof dann wieder freigegeben werden?", fragte ein Mann im schwarzen Anzug aus einiger Entfernung.

Breuer nickte. „Wir räumen hier auf, dann können Sie wieder loslegen."

Kapitel 5

Breuer setzte sich wieder neben Damian.

„Ich habe da noch ein paar Fragen", eröffnete er das Gespräch. Der Junge sah ihn mit angstvoll geweiteten Augen an. Er tat Breuer leid. Er hatte aus nächster Nähe mit ansehen müssen, wie sein Freund von einem Zug überrollt wurde. Statt Trost zu bekommen, bezichtigte man ihn des Mordes und behandelte ihn wie einen Verbrecher. Aber so lief das nun einmal. Nur so konnte man Verbrechen lösen. Und auch jetzt brauchte Breuer erst noch ein paar Antworten, bevor er dem Jungen die erlösende Nachricht überbringen konnte.

„War Viktor krank?"

Damian zuckte nur stumm mit den Achseln.

„War er betrunken?"

Wieder kam nur ein Achselzucken als Antwort.

„Verdammt, das ist wichtig, Damian. War er krank oder betrunken?", fuhr er den Jungen an.

„Ich weiß es nicht!", schrie dieser zurück.

Breuer glaubte ihm nicht. Aber das war im Moment nicht zu ändern. „Hast du getrunken?"

„Nein. Hab ich nicht!"

Breuer nickte zufrieden. „Es sind Videoaufnahmen aufgetaucht, die deine Unschuld belegen."

Damians erleichtertes Aufatmen war laut zu hören. Er zog wieder die Beine an, schlang die Arme darum und versteckte sein Gesicht darin.

„Darauf ist auch zu sehen, dass Viktor von Krämpfen und Zuckungen erfasst wurde, bevor er auf die Gleise stürzte. Weißt du, was das war?", fragte Breuer.

„Nein", kam die zögerliche Antwort. Wieder eine Lüge. Dennoch beschloss er, es gut sein zu lassen. Damian hatte für heute genug durchmachen müssen. Die Obduktion, welche für den nächsten Morgen angesetzt war, würde vielleicht Klarheit schaffen.

„Kann dich jemand abholen?", fragte er.

Damian schüttelte den Kopf.

„Ist jetzt jemand bei dir zu Hause?", fragte Breuer weiter.

„Ja, mein Vater."

„Gut. Komm. Ich bring dich nach Hause."

Damian blickte auf. Breuer sah, dass er wieder geweint hatte. „Ich komm schon klar. Machen Sie sich bitte keine Umstände."

„Das sind keine Umstände. Ich fahre dich und wechsle noch schnell ein paar Worte mit deinem Vater."

„Wozu? Ich sagte doch, ich komme klar!" Damians Stimme klang schrill.

„Der Tod deines Freundes auf so furchtbare Art und Weise war ein traumatisches Erlebnis für dich. Es ist wichtig, dass du die Möglichkeit bekommst, mit jemandem darüber zu reden. Mit deinen Eltern und am besten auch mit einem Psychologen. Du siehst: Du bist nicht in Schwierigkeiten. Ich möchte dir nur helfen", versuchte Breuer ihn zu beruhigen.

Damian schüttelte seinen Kopf und lachte ein humorloses Lachen, das bei Breuer ein extrem ungutes Gefühl auslöste. Irgendetwas stimmte hier ganz und gar nicht.

„Ich versichere Ihnen: Das ist unnötig. Ich fahre mit dem Bus."

„Nein, das wirst du nicht. Ich fahre dich heim. Ende der Diskussion."

Die Fahrt von Saarbrücken nach Dillingen dauerte ungefähr eine halbe Stunde und verlief größtenteils schweigend. Breuer hatte seine Country-Musik leise gedreht, sodass sie nur noch eine zarte Untermalung war. Damian schaute aus seinem Seitenfenster, in Gedanken vertieft. Ab und zu stellte Breuer eine Frage, die Damian einsilbig beantwortete.

Breuer parkte seinen Wagen vor einem sehr kleinen, alten Haus. Die Fensterrahmen und Fensterläden waren schon so verwittert, dass es schwerfiel, die ursprüngliche Farbe zu bestimmen. Das Weiß der Hauswand hatte sich inzwischen zu einem dunklen Grau gefärbt und zahlreiche Risse durchzogen den Putz, der an manchen Stellen schon ganz abbröckelte. Der Vorgarten war sehr schmal. Bauschutt, leere

Eimer, zerbrochene Vasen und Ähnliches ragten wie Skulpturen aus dem meterhohen Gras und Unkraut. Die Fenster waren so dreckig, dass Breuer sich fragte, ob man durch sie überhaupt noch etwas sehen konnte.

„Wo befindet sich dein Zimmer?", fragte Breuer.

Damian deutete stumm auf ein Fenster, dessen Scheibe ein Loch hatte, welches notdürftig mit einem Stück Pappe und braunem Paketband geflickt worden war. In dem Zimmer musste es zu dieser Jahreszeit eisig sein. Breuer war schockiert. Durch seinen Beruf kannte er viele Menschen. Auch einige arme Menschen, die manchmal nicht wussten, wie sie am Ende des Monats über die Runden kommen sollten und sich dennoch ganz liebevoll um ihre Kinder kümmerten und versuchten, ihnen eine schöne Kindheit zu schenken. Da wurde schon mal aus einem alten Schuhkarton und einem Putzlappen ein wunderbares Puppenbett gebastelt. Doch das hier ...

Der Junge war nicht nur arm, sondern vernachlässigt. Auch solche Fälle hatte er während seiner Arbeit schon zu Gesicht bekommen und es schmerzte ihn immer wieder. Er musste gar nicht das Haus betreten, um zu sehen, dass dort keine Liebe wohnte. Breuer schaute sich den Jungen an, der sich an der Haustür herumdrückte und sicherlich fieberhaft überlegte, wie er ihn davon abhalten könnte, mit nach drinnen zu kommen. Sein Erscheinungsbild allein hätte ihn darauf vorbereiten sollen, was er jetzt so deutlich zu sehen bekam. Energisch trat er nach vorne und klingelte.

„Nein! Nicht. Ich habe doch einen Schlüssel!", rief Damian entsetzt und zog hektisch seinen Schlüssel aus der Hosentasche.

„Ich möchte mich lieber anständig bei deinem Vater anmelden und nicht plötzlich bei ihm im Wohnzimmer stehen", erwiderte Breuer.

Damian, der gerade schnell aufschließen wollte, hielt inne und schien zu überlegen, worin das geringere Übel bestand. Die Tür wurde mit einem Ruck aufgerissen. Damian stand vor einem Mann, der eindeutig sein Vater war. Dieselbe Statur, nur etwas größer, dieselbe Augenfarbe und Gesichtsform, dieselben Haare. Doch alles, was an Damian noch unschuldig und kindlich wirkte, hatte beim Vater verbitterte Züge angenommen. Die Augen waren glasig und rot unterlaufen. Dass dieser Mann eindeutig betrunken war, hätte Breuer auch dann bemerkt, wenn er nicht direkt die Fahne gerochen hätte. Damians Vater schien Breuer gar nicht zu bemerken. Er sah nur seinen Sohn, der mit dem Schlüssel in der Hand erstarrt vor ihm stand, und brüllte direkt los: „Findest es wohl lustig, deinen Alten zur Tür zu scheuchen! Elender Bastard! Bist zu faul, den Schlüssel zu suchen. Aber warte nur. Gleich werden wir sehen, wer als Letzter lacht." Und damit packte er den Jungen brutal im Nacken und stieß ihn mit solcher Wucht ins Haus, dass Damian mit dem

Gesicht voran gegen die gegenüberliegende Flurwand prallte und sich eine blutige Nase holte. Sofort stürmte Johannsson los, um wieder auf Damian loszugehen, während er der Tür einen Tritt gab, um sie ins Schloss zu werfen. Breuer stellte seinen Fuß in die Türschwelle, um sie offen zu halten. Er atmete dreimal durch, um seine Wut unter Kontrolle zu bringen.

Deeskalation, sagte er sich. Er musste die Situation unter Kontrolle bringen und versuchen, vernünftig mit diesem Mann zu sprechen. Auch wenn ihm jetzt schon klar war, dass er Damian nicht bei diesem Mann lassen konnte. Er machte sich eine mentale Notiz, direkt nach diesem Gespräch mit seinem Freund Eric Maurer vom Jugendamt zu reden. Das hier war eindeutig kein gesundes Zuhause.

„Kriminaloberkommissar Aaron Breuer", stellte er sich mit lauter Stimme vor.

Damians Vater hielt schwankend inne, dann drehte er sich langsam zu Breuer um. „Was wollen Sie?", fragte er unfreundlich.

„Es geht um Ihren Sohn. Darf ich hereinkommen?"

„Ich brauche keine Polizei im Haus. Was hat er ausgefressen?"

„Ihr Sohn hat sich nichts zuschulden kommen lassen, aber es ist etwas vorgefallen, worüber ich dringend mit Ihnen reden muss."

Herr Johannsson sah ihn mit zusammengekniffenen Augen unschlüssig an.

„Ich würde das lieber im Haus tun, als hier draußen in der Kälte und vor all Ihren Nachbarn", sagte Breuer in einem ruhigen Tonfall, der nichts von dem stürmischen Zorn in seinem Inneren verriet. Wie konnte dieser betrunkene Mistkerl es wagen, seinen Sohn so brutal zu misshandeln?

Herr Johannsson ließ ihn zögerlich ein und ging vor in ein Zimmer, wo Breuer das Wohnzimmer vermutete. Als Breuer auf Damians Höhe war, hielt er an. Der Junge hatte das Gesicht abgewandt und sah beschämt zu Boden. Breuer nahm Damians Kinn in die Hand und drehte dessen Gesicht, sodass er den Schaden an der Nase begutachten konnte. Er merkte, wie seine Kiefermuskulatur zu malen anfing. Wie schade, dass er als Polizeibeamter Herrn Johannsson nicht eine reinhauen durfte, oder auch zwei oder drei.

„Ist dir schwindelig oder schlecht?", fragte er den Jungen leise.

Damian schüttelte den Kopf.

„Wenn sich das ändert, sag mir sofort Bescheid. Dann fahr ich dich ins Krankenhaus." Er atmete tief durch und folgte Damians Vater.

Das Wohnzimmer hatte vergilbte Tapeten, eine löchrige Couchgarnitur vor einem großen Fernseher und einen Couchtisch, der allerdings von dem Unrat, der sich auf ihm stapelte, ganz verdeckt war. Überall standen leere Bier- und Schnapsflaschen herum und der Raum roch nach kaltem Rauch und altem Fusel.

Damians Vater saß halb zur Seite gesackt auf der alten Couch. „Was is'n los?", wollte er wissen.

Breuer überlegte, wo er sich am besten setzen sollte, ohne im Anschluss seine Kleider direkt in die Reinigung bringen zu müssen. Er entschied sich für die Armlehne eines Sessels. Damian stand unschlüssig im Türrahmen, ein Taschentuch gegen die blutende Nase gedrückt.

„Zuerst einmal setze ich Sie darüber in Kenntnis, dass Sie eine Anzeige wegen Körperverletzung zu erwarten haben", begann Breuer.

„Körperverletzung? Kommen Sie schon. Das war ein Unfall. Ich war sauer und hab ihn ein bisschen geschubst und er ist gegen die Wand gefallen. Das war keine Körperverletzung. Nicht wahr, Damian?"

„Ja ... nein ... ich meine, es ist schon in Ordnung. Es war nur ein Unfall", stotterte der Junge.

„Wohl kaum. Das steht hier auch nicht zur Diskussion. Ich bin hier, weil ich Ihnen mitteilen muss, Herr Johannsson, dass Ihr Sohn heute Zeuge des tragischen Todes seines Freundes Viktor Resch wurde."

Damians Vater zog die Nase hoch. „Und was hat das mit mir zu tun?", fragte er gelangweilt.

„Sein Freund wurde vor seinen Augen von einem Zug überfahren", versuchte es Breuer noch einmal. Mein Gott, diesem Mann konnte doch sein Sohn nicht vollkommen egal sein. Irgendwo musste es da einen Funken Liebe oder zumindest Mitgefühl geben! Aber die

Augen des Mannes blieben hart. Er schaute Damian nicht einmal an.

„Sie können sich nicht vorstellen, wie schrecklich eine Bahnleiche aussieht. Ich fürchte, Ihr Sohn wurde schwer traumatisiert."

Johannsson griff neben sich, nach einer neuen Flasche Bier und öffnete sie an der Tischkante.

„Wo befindet sich gerade Ihre Frau, Herr Johannsson?", änderte Breuer seine Taktik.

„Die Alte ist mit unserer Tochter bei ihren Eltern in Völklingen."

„Gut. Ich werde Ihren Sohn zu ihr bringen. In Ihrem jetzigen Zustand kann ich den traumatisierten Jungen nicht in Ihrer Obhut lassen. Wir werden morgen noch einmal miteinander reden. Bitte seien Sie zu diesem Gespräch nüchtern."

Johannsson schoss von der Couch hoch, schwankte bedenklich, bevor er sich wieder einigermaßen stabilisiert hatte. Er hielt drohend den Finger in Breuers Richtung und presste hervor: „Sie haben mir gar nichts vorzuschreiben, blöder Bulle."

Breuer atmete einmal tief durch, um sein Temperament zu zügeln. Er wandte sich zu Damian um.

„Sei so gut und pack deine Sachen. Beeil dich."

Johannsson ließ sich wieder auf die Couch fallen und ignorierte ihn. Breuer versuchte noch einmal, mit dem Mann zu sprechen, gab aber bald auf und entschloss sich, nach Damian zu sehen. Er wollte so schnell wie möglich aus diesem Haus verschwinden.

Damians Zimmer fand er leicht. Die Tür war nur angelehnt und er konnte ihn in seinen Sachen wühlen hören. Als er mit einem leisen Klopfen das Zimmer betrat, hätte er am liebsten geflucht. Wie vermutet, war es eiskalt in diesem Raum. Statt eines Bettes lag nur eine alte, mit zahlreichen Flecken und Löchern übersäte Matratze auf dem Boden. Decke und Kissen sahen ebenfalls unzumutbar aus. Neben der Matratze stand ein überquellender Aschenbecher.

An den Wänden waren mehrere Lagen Tapete halb abgerissen. Einige Platten des dreckigen Filzbodens hatten sich gelöst und zeigten den mit Teppichkleber verdreckten Estrichboden. Auf dem Boden lagen schmutzige Kleidungsstücke und zerknüllte Tüten, leere Kartons und Pappbecher einer Fast-Food-Kette. Die Möbel im Raum waren allesamt reif für den Sperrmüll. Breuer sah die gesplitterten Türen des Kleiderschrankes. So als wäre etwas mit großer Wucht gegen sie geschleudert worden. Er hoffte inständig, dass dieses *Etwas* nicht der Körper eines hilflosen Jungen gewesen war.

„Bist du so weit?", fragte er Damian mit belegter Stimme.

Der Junge nickte nur und schulterte seinen Rucksack. Er zog einige Male gierig an einer Zigarette, die fast vollständig heruntergebrannt war.

„Du solltest nicht rauchen. Schon mal was von Krebs gehört?", konnte Breuer sich eine Warnung nicht verkneifen.

Damian zuckte mit den Schultern, drückte die Zigarette aber mit einem kurzen Seitenblick zu Breuer auf der Fensterbank aus.

„Vergiss deine Jacke nicht", erinnerte ihn Breuer. Damian sah ihn eine Weile an. „Ich hab keine."

Beschämt sah er zu Boden. Breuer legte ihm eine Hand auf eine dürre Schulter. Damian, der damit offensichtlich nicht gerechnet hatte, zuckte zusammen, duckte sich und hob instinktiv die Hand zum Schutz.

Breuer trat schockiert einen Schritt zurück.

„Lass uns zu deiner Mutter fahren", sagte er ruhig.

Kapitel 6

Damian saß still in Breuers Wagen. Er musste es dem Kriminaloberkommissar sagen. Es kam ja doch heraus. Spätestens, sobald sie dort waren, und dann wäre Breuer sicher furchtbar wütend. Aber wenn der Kommissar ihn wieder nach Hause fahren würde und er alleine bei seinem Vater bleiben müsste?

Doch warum wäre das jetzt so schlimm? Immerhin lebte er schon das ganze Leben bei diesem Mann. Und falls dieser einmal ein anderer, freundlicherer und nüchterner Mensch gewesen sein sollte, so konnte sich Damian nicht mehr daran erinnern. Wenn es Damian zu viel wurde, verschwand er für ein paar Tage auf die Straße. Auch kein angenehmes Leben, mit anderen Gefahren und Demütigungen. Aber eine Fluchtmöglichkeit, wenn er befürchten musste, von seinem Vater im Suff umgebracht zu werden. Im Moment ertrug er den Gedanken, sich dieser Gewalt aussetzen zu müssen, nicht. Die Todesschreie von Viktor hallten durch seine Seele. Wie lange er sie wohl noch hören musste? Die schrecklichen Bilder von seinem Tod und seiner zerschundenen Leiche sah er jedes Mal, wenn er die Augen schloss. Selbst dann, wenn er nur kurz blinzelte.

Blinzel: Viktor wird vom Zug erfasst.

Blinzel: Ein abgetrennter Arm, der neben den Rädern des Zuges liegt. Rußgeschwärzt mit gebrochenen Fingern, die in grotesken Stellungen von der Hand abstehen. Blinzel: Ein zerteilter Kopf, das Auge starrt ihn anklagend an.

Ein Zittern durchlief seinen Körper. Am liebsten hätte er sich noch eine Kippe angezündet, aber er bezweifelte, dass der Kommissar das erlauben würde. Mit dem Armrücken wischte er sich den Schweiß von der Stirn und zog seine Nase hoch. Breuer warf ihm einen Blick zu.

„Du siehst schlecht aus", sagte der Kommissar.

Damian zuckte mit den Schultern. „Hab mir wohl eine Erkältung eingefangen."

„Ist dein Vater häufig betrunken?", fragte Breuer.

„Sie ist nicht meine Mutter", platzte es aus Damian heraus.

„Was?" Breuer war offenbar vom plötzlichen Themenwechsel überrascht.

„Die Frau, zu der wir fahren, Gisela Johannsson, ist nicht meine Mutter."

Breuer setzte den Blinker nach rechts und parkte den Wagen am Straßenrand. Damian schluckte. Warum hatte er etwas gesagt? Jetzt würden sie zu seinem Vater zurückfahren. Wieder wischte er sich den Schweiß aus dem Gesicht. Scheiße, ging es ihm so dreckig. Breuer wandte sich ihm ganz zu.

„So, jetzt noch mal von vorne", sagte er.

„Gisela Johannsson ist nicht meine Mutter. Sie ist nur meine Stiefmutter."

„Und was ist mit deiner leiblichen Mutter?"

„Die ist irgendwo in Schweden, oder so. Keine Ahnung. Sie hat sich aus dem Staub gemacht, als ich vier Jahre alt war, und seitdem habe ich nichts mehr von ihr gehört." Damian kramte ein altes, zerknittertes Foto aus seinem Rucksack. Es zeigte eine schlanke, blonde Frau in Minirock und Bluse, das Haar vom Wind zerzaust, den Kopf lachend in den Nacken gelehnt.

„Das ist sie", sagte er und reichte Breuer das Foto. Der sah es eine Weile an, drehte es herum, wie um nach weiteren Informationen über diese Frau zu suchen. Doch da war nichts.

„Hast du eine Telefonnummer?"

Damian schüttelte den Kopf.

„Und wie heißt sie?"

„Alva Johannsson. Können Sie sie finden?"

Sollte er das hoffen? Immerhin hatte sie auch ihn verlassen und nicht nur seinen Vater. Einfach im Stich gelassen. Sie hatte doch den Alten gekannt. Sie hätte wissen müssen, wie es ihm bei diesem Mann ergehen musste. War es ihr egal? War *er* ihr egal? Lauter Fragen, die sich ihm schon lange stellten und auf die er keine Antwort fand.

Breuer kratzte sich am Bart. „Keine Ahnung. Warum glaubst du, dass sie in Schweden sein könnte?"

50

„Mein Vater hat mal so etwas erwähnt. Genau weiß er es, glaube ich, auch nicht. Meine Eltern stammen aus Schweden. Vielleicht deshalb."

„Was ist mit deiner Stiefmutter. Hast du zu ihr kein gutes Verhältnis?"

Wieder zuckte Damian mit den Schultern. „Nicht so wirklich."

„Trinkt sie auch?", bohrte Breuer weiter.

Damian schüttelte nur den Kopf.

„Na, das ist doch schon mal was. Wir fahren da jetzt hin und erklären ihr die Situation. Darf ich kurz fühlen, ob du Fieber hast? Du siehst ziemlich krank aus."

Damian nickte. Er versteifte sich, um nicht vor Breuers Berührung zurückzuzucken, als dieser mit seiner Hand an Damians Stirn die Temperatur fühlte.

„Fieber scheinst du keins zu haben. Aber ich würde dennoch einen Arzt aufsuchen."

„Ich bin nur erkältet und vollkommen fertig. Ich möchte jetzt nur noch irgendwo schlafen. Lassen Sie uns zu meiner Stiefmutter fahren", sagte Damian.

Breuer betrachtete den grauen Wohnblock. Er sah gepflegt, aber langweilig aus. Man sah, dass die Einwohner hier eher in der Unterschicht angesiedelt waren. Damians Zeigefinger suchte die lange Klingelleiste ab, bis er den richtigen Namen gefunden hatte: „Lehmann". Zögerlich klingelte er.

„Ja, bitte?", kam eine Stimme aus dem Lautsprecher.

Damian sah sich zu Breuer um. Offensichtlich sollte er sich melden.

„Kriminaloberkommissar Aaron Breuer. Ich bin hier mit Ihrem Enkel Damian Johannsson. Dürfen wir hereinkommen?"

Der Summer wurde gedrückt.

Sie waren kaum an der Wohnungstür im 2. Stock angekommen, da bemühte sich Frau Lehmann schon, den Irrtum aufzuklären.

„Er ist nicht mein Enkel, wissen Sie?"

Breuer zog es vor, darauf nicht einzugehen.

„Dürfen wir hereinkommen? Ich müsste mit Ihrer Tochter sprechen."

Frau Lehmann musterte ihn von oben bis unten und murmelte dann: „Meinetwegen."

Kaum hatten sie die Wohnungstür hinter sich zugezogen, da rief Frau Lehmann mit schriller Stimme nach ihrer Tochter. „Gisela, Liebes, komm doch bitte mal her. Hier ist ein Mann von der Kriminalpolizei und er hat Damian in Gewahrsam. Keine Ahnung, was der Junge wieder ausgefressen hat."

Aus dem Nebenzimmer kam ein freudiger Aufschrei. Ein kleines, etwa sechs Jahre altes Mädchen mit feuerroten Haaren stürzte sich in Damians Arme.

„Damian! Ich habe dich vermisst!"

„Hey, Lotte. Ich dich auch", flüsterte Damian und umarmte das kleine Mädchen fest.

Die Stiefmutter kam herbeigeeilt. Sie hatte rotbraune Haare und war von hagerer Gestalt. Die blau-grauen Augen blickten kalt auf ihren Stiefsohn herab.

„Was hat er angestellt?", fragte sie.

Breuer erklärte ihr in einem erzwungen ruhigen Tonfall, was vorgefallen war und in welcher Verfassung sie Damians Vater vorgefunden hatten.

„Sie verstehen sicher, dass ich Ihren traumatisierten Stiefsohn dort nicht lassen konnte."

Gisela Johannssons Gesicht war noch immer eine steinerne Maske. Ergebnislos suchte Breuer darin nach einem Zeichen des Mitgefühls für ihren Stiefsohn.

„Natürlich verstehe ich das. Wo bringen Sie ihn jetzt hin?", fragte sie.

Breuer war einen Moment sprachlos. Verblüfft warf er Damian einen Blick zu. Der Junge hatte seine Schwester fest an sich gedrückt. Die Augen waren zu Boden gerichtet, die Lippen verbittert zusammengepresst. Breuer wollte sich gar nicht vorstellen, wie es in dem Jungen gerade aussah.

„Ich dachte, er könnte bei Ihnen bleiben. Immerhin sind Sie seine Stiefmutter und damit auch für ihn verantwortlich", sagte Breuer.

„Oh nein. Absolut nicht. Ich war in keinster Weise daran beteiligt, dass er in die Welt gesetzt wurde, und ehrlich gesagt, war er schon verdorben, als ich seinen Vater kennengelernt habe. Ich stand kurz vor meiner Hochzeit, da hab ich ihn total betrunken in seinem

Zimmer liegen sehen. Mit sieben Jahren! Können Sie sich so etwas vorstellen? Ich sag Ihnen: Der Junge bedeutet nur Ärger und ich bin für ein paar Tage zu meinen Eltern gefahren, um genau solch einem Ärger aus dem Weg zu gehen und um mich mal zu entspannen."

„Frau Johannsson, ich muss Ihnen sagen: Ich bin schockiert. Noch nie habe ich ein Kind in einer so lieblosen familiären Bindung gesehen. Ich kann Ihnen versichern, dass das Jugendamt darin ebenfalls keinen Spaß versteht. Sie werden den Jungen aus der Familie holen."

„Gut. Dann bringen Sie ihn doch direkt ins Heim. Dann haben die Damen und Herren vom Jugendamt sich den Weg gespart. Von uns jedenfalls wird keiner dagegen protestieren."

„Mami, nein!", schrie Lotte. „Lass Damian bitte, bitte bleiben!"

Frau Johannsson riss ihre Tochter aus Damians Armen, übergab das sich windende Kind seinem Großvater, der sich die ganze Szene mit offensichtlicher Sensationsgier angesehen hatte, und wies ihn an, Lotte aus dem Raum zu bringen. Dann wurden Breuer und Damian entschieden der Wohnung verwiesen.

Kapitel 7

Juli 2015

Ein einziger Tag kann alles verändern. Ein ganzes Leben. Ich habe mir darüber niemals Gedanken gemacht. Bis es passiert ist.

Und plötzlich befand ich mich in der Hölle.
Tag für Tag, Woche für Woche, Monat für Monat, Jahr für Jahr.

Doch endlich bin ich frei. Wie ein Schmetterling, der als unansehnliche kleine Raupe den Prozess der Verpuppung durchläuft und als etwas Besseres, Schöneres daraus hervorgeht, so habe auch ich mich verpuppt. Wurde verpuppt.
Gegen meinen Willen.

Doch was aus diesem Kokon herausgebrochen ist, ist vielleicht besser, aber ganz und gar nicht schön.
Es ist eine nach Blut gierende Bestie.

Und sie hat soeben mit der Jagd begonnen!

Damian schloss die Augen und ließ das warme Wasser über sein Gesicht prasseln. Er blieb so einige Minuten unter der Dusche stehen, in der Hoffnung, die Müdigkeit auf diese Weise vertreiben zu können. Ausgerechnet heute hatte er nicht schlafen können. Er wusste, warum. Er wusste, wovor er Angst hatte. Berechtigte Angst.

Heute war ein ganz besonderer Tag.

Nachdem er mit 17 sein 1,0er Abi mit Auszeichnung in der Tasche hatte, hatte ihn der Mut verlassen, seinen Traumberuf anzustreben. Warum sich jahrelang auf etwas vorbereiten, wenn es mit einem Satz, mit der Wahrheit über seine Vergangenheit, wieder zerstört werden konnte? War das Risiko nicht zu hoch?

Und so hatte er sich entschlossen, sich seine Intelligenz und sein außerordentliches Verständnis für Zahlen zunutze zu machen und in einem der bestbezahlten Jobs unterzukommen. Nach seinem Studium an der Deutschen Aktuar-Akademie marschierte er zu einem großen Versicherungsunternehmen in Frankfurt und hielt ihnen dort einen Vortrag. Er redete ohne Unterlagen über nationale und internationale Risikobewertungen anhand von Statistiken und Berechnungen. Der Personalchef und sein Stellvertreter hatten ihn zuerst belächelt, dann mit offenem Mund angestarrt und schließlich sofort als Versicherungsmathematiker eingestellt. Zwei Jahre hatte er dort Unternehmensrisiken bewertet, neue Produkte für Versicherte entwickelt und eben jene nationalen und internationalen Risiken mit Hilfe von Statistiken, Wahrscheinlichkeitstheorien und Finanzmathematik berechnet. Dabei hatte er unverschämt viel Geld verdient. Mit geschicktem Handel an der Börse hatte er dieses noch vermehren können. Er hatte einfach alles gehabt. Geld, Macht und den Respekt und die Wertschätzung seiner Arbeitgeber, die wussten, dass er jeden Cent wert war, den sie ihm bezahlten. Doch eines fehlte ihm mit der Zeit immer mehr: eine echte Herausforderung.

Also hatte er seinen Job gekündigt und beschlossen, noch einmal ganz von vorne zu beginnen. Eine Entscheidung, die niemand aus seinem Umfeld verstand. Aber sein Geist brauchte eine Aufgabe. Er schrieb sich in der Hessischen Hochschule für Polizei und Verwaltung ein, legte dort nach drei Jahren seine Kommissarsprüfung ab. In Hessen wusste niemand über seine Vergangenheit Bescheid. Vielleicht hätte er dortbleiben sollen. Durch die Arbeit im Kriminaldauerdienst kannte er schon viele seiner potenziellen neuen Kollegen, wenn er sich in ein Morddezernat versetzen ließ, doch zog es ihn ins Saarland zurück. Seine Schwester lebte dort. Sie war alles an Familie, was er hatte. Jedenfalls alles, was zählte. Es genügte ihm nicht mehr, sie nur zu besonderen Anlässen zu sehen. Er wollte in ihrer Nähe sein. Sie gab ihm den Halt, den er brauchte. Und noch jemand lebte dort. Jemand, dem er etwas beweisen wollte. Also bewarb er sich auf die ausgeschriebene Stelle im Dezernat 213, Straftaten gegen das Leben und die sexuelle Selbstbestimmung. Dieser Job bot ihm Herausforderungen, Rätsel und ... die Zusammenarbeit mit Kriminalhauptkommissar Breuer. Eine große neue Aufgabe und ein großes persönliches Risiko.

Entschlossen drehte er den Wasserhahn zu und trocknete sich ab. Es würde schon gut gehen. Unter allen Bewerbern hatte er die Stelle bekommen. Breuer kannte sein dunkles Geheimnis. Wenn der Mann seiner Laufbahn bei der Polizei ein Ende bereiten wollte, hätte er das sicherlich schon getan. Er war bestimmt darüber informiert worden, wer das neue Mitglied in seinem Team sein würde. Vielleicht hatte er ihn aber auch einfach vergessen? Kaum war Damian in einer Pflegefamilie untergekommen, da hatte Breuer den Kontakt abgebrochen.

Nachdem er sich die Haare trocken gerubbelt hatte, warf er das nasse Handtuch in die schon halb gefüllte Waschmaschine. Mit einem Abzieher ging er über die Fliesen in der Dusche. Die Glastür der Kabine rieb er zuerst mit einem Glasputztuch und danach mit einem Poliertuch trocken. Der Abzieher brachte da einfach nicht das gewünschte Ergebnis. Es gab nichts Schlimmeres, als Glas, welches nicht streifenfrei sauber war. Nach dem ersten Kämmen nahm er sich auf die gleiche Weise den Spiegel vor und entfernte die Feuchtigkeit von den beschlagenen Badezimmerfenstern, bevor auch das Glastuch in der Waschmaschine landete und er diese anschaltete. Das Poliertuch würde er später, nach dem Zähneputzen, noch zum Ausreiben des Waschbeckens brauchen. Er ließ seinen Blick durch das Badezimmer schweifen.

Alles hatte seine Ordnung. So wie es sein musste. Er hatte sein Leben in Ordnung gebracht.

Unten schrillte die Türklingel. Damian warf einen verwunderten Blick auf die Uhr. Sechs Uhr. Wer klingelte um diese Zeit? Da musste etwas passiert sein. Sein Magen zog sich zusammen, wie immer, wenn ihn dieses Gefühl drohenden Unheils beschlich. Hektisch zog er sich seine bereitgelegte Unterhose an und schlüpfte auf dem Weg nach unten in die hellgraue Stoffhose. Er öffnete die Tür. Etwas sprang auf ihn zu und ein Meer aus Rot raubte ihm die Sicht.

❧

Breuers starrer Blick klebte an der braunen Holzdecke seines Schlafzimmers, die er im Dunkeln nur erahnen konnte. Er wusste nicht, wie lange er schon wach lag und immer wieder die gleiche Frage durch sein Hirn wälzte. Warum hatte der Junge sich ausgerechnet zu ihm versetzen lassen? Er hatte seine Laufbahn in Hessen begonnen. Warum nur hatte es ihn ins Saarland zurück verschlagen? Zu dem einzigen Menschen in der Polizei, der von seinen früheren Problemen wusste? Breuer selber hatte damals dafür gesorgt, dass nichts davon in Damians Akten auftauchte. Er wollte ihm eine Chance im Leben geben. Eine Chance, unvorbelastet einen Neustart zu beginnen. Hatte Damian darum solch ein Vertrauen in Breuer oder lagen seine Absichten woanders? Wollte er sich womöglich rächen, weil er sich von Breuer im Stich gelassen fühlte? Hatte er ihn im Stich gelassen?

Manchmal passierten die schlimmsten Dinge aus den besten Absichten heraus. Er hatte immer nur das Beste für den Jungen gewollt. Und den Kontakt zu Damian abzubrechen, war das Beste gewesen. Der Junge hatte sich viel zu sehr an ihn gewöhnt. Er musste sich auf seine neuen Pflegeeltern einlassen können. Diesen Prozess hätte er nur behindert. Oder nicht?

Der Wecker klingelte. Sechs Uhr. Endlich!

Mit einem tiefen Seufzen schaltete er das Licht ein, schwang seine Beine aus dem Bett und rieb sich sein übernächtigtes Gesicht.

„Wach auf, Jack", rief er seinem Golden Retriever zu, der sich auf seiner Decke noch nicht gerührt hatte und ihm auch jetzt nur ein Blinzeln aus einem Auge schenkte. Manchmal vermisste er seinen alten, ungestümen Hund Eastwood. Doch auch Hunde lebten nicht ewig und vor sechs Jahren hatte Eastwood seine Augen für immer geschlossen.

„Jack! Komm in die Gänge. In fünf Minuten erwarte ich dich unten an der Tür zum Gassi gehen."

Damian schnappte nach Luft. Der Druck um seinen Hals verstärkte sich. „Damian. Mein allerliebster Lieblingsbruder!"

„Dein einziger Bruder, Lotte. Und wenn du nicht aufhörst, mir die Luft abzudrücken, hat sich das auch bald erledigt."

Endlich ließ Lotte von ihm ab und trat mit einem breiten Grinsen ein paar Schritte zurück. „Ich bin so froh, dass ich dich jetzt immer besuchen kann."

Damian lächelte glücklich über diesen Kommentar seiner kleinen Schwester. Er entdeckte Lottes Freund, Dr. phil. Hakim Chalid, der verlegen am Türrahmen stand. Er fuhr sich mit einer Hand durch die kurzen, lockigen Haare, die schwarz in der aufgehenden Morgensonne glänzten. „Entschuldige bitte diesen Überfall am frühen Morgen. Ich habe Lotte gesagt, dass das keine gute Idee ist", entschuldigte er sich.

„Natürlich war das eine gute Idee", entrüstete sich Lotte. „Wir wollten dir noch einen guten Start in den neuen Job wünschen." Sie drückte ihm einen Kuss auf die Wange.

„Lotte, du hast mir aber doch schon gratuliert, als ich die Zusage bekommen habe."

„Ja, aber ich dachte, du könntest eine Aufmunterung heute Morgen gebrauchen. Weil du doch so schrecklich nervös wegen dieser Sache bist."

„Bin ich nicht", widersprach Damian und wusste im gleichen Augenblick, dass es sinnlos war, seiner Schwester etwas vormachen zu wollen. Sie durchschaute ihn immer.

„Wollt ihr mit mir frühstücken? Ich habe allerdings nicht viel Zeit", wechselte er das Thema.

Lotte strahlte über das ganze Gesicht und eilte in Richtung Küche. „Klar wollen wir das." Und schon holte sie aus einer großen Stofftasche Brötchen, Butter, Marmeladen und eine Thermoskanne Kaffee.

„Ok, ich seh' schon: Ihr kommt klar. Ich zieh mich dann mal fertig an."

Als Damian zehn Minuten später die Küche betrat, sah Lotte ihn skeptisch an. Die hellgraue Stoffhose wurde durch ein Jackett in der gleichen Farbe vervollständigt. Darunter trug Damian ein weißes Hemd, eine tiefschwarze Krawatte und schwarze Lederschuhe.

„Meinst du nicht, dass du ein wenig overdressed bist?", fragte sie ihren Bruder.

„Ich möchte einen guten ersten Eindruck machen."

„Ja, aber ganz ehrlich: Anzug und Krawatte? Du fängst nicht als Agent beim Geheimdienst an, sondern bei der Kripo. Passende Kleidung wäre da Jeans und Lederjacke", versuchte sie es weiter.

Damian sah skeptisch an sich herunter und zuckte dann mit den Schultern.

„So ist nun mal mein Stil. In allem anderen würde ich mich nicht wohlfühlen."

Damian setzte sich und schmierte sich schnell ein Brötchen mit Rhabarbermarmelade. Eine dampfende Tasse Kaffee stand bereits neben seinem Teller.

Lotte biss herzhaft in ihr Brötchen mit Erdbeermarmelade und sah ihn mit gerunzelter Stirn an.

„Apropos wohlfühlen...", nahm sie das Gespräch wieder auf. „Ich verstehe nicht, warum du dich ausgerechnet für diese Stelle beworben hast und damit deine ganze berufliche Zukunft aufs Spiel setzt."

„Vielleicht möchte ich einfach nur etwas beweisen", sagte Damian. Seine Stimme war kaum mehr als ein Flüstern.

„Beweisen? Aber was?", fragte Lotte.

„Dass ich es wert war, gerettet zu werden."

Kapitel 8

Dezember 2002

Damian schwirrte der Kopf. Er war wütend, wollte auf irgendetwas einschlagen, oder auf irgendjemanden. Er wollte sich in eine dunkle Ecke verkriechen und weinen. Oder doch nicht. In der Dunkelheit warteten wieder die Bilder auf ihn. Er konnte sie nicht länger ertragen. Wollte nur noch vergessen. Es sollte aufhören. Egal wie! Aber jetzt musste er sich erst einmal zusammennehmen. Er würde sich jedenfalls nicht in so ein Kinderheim bringen lassen. Dann lieber ein Leben auf der Straße. Er trottete scheinbar ergeben neben dem Polizisten her. Er musste ihn in Sicherheit wiegen. Sich einen Vorsprung herausarbeiten. Sonst hatte er keine Chance, dem Mann zu entkommen. Damian ließ sich leicht zurückfallen, sodass er einige Schritte hinter Breuer herging, und beobachtete jede seiner Bewegungen. Bittere Enttäuschung stieg in ihm auf. Er hatte angefangen, dem Polizisten zu trauen. Er hätte es besser wissen sollen. Jetzt hatte er schon viel zu viel von sich preisgegeben. Breuer kramte in seiner Jackentasche nach dem Autoschlüssel. Als er ihn hervorzog, rempelte Damian ihn an. Der Schlüssel landete mit einem Klirren unter dem Auto. Das hatte ja besser funktioniert als gedacht.

„Entschuldigung. Hab nicht aufgepasst", murmelte er zu Breuer.

„Kein Problem. Kann passieren." Der Mann lächelte ihn an. Als Breuer in die Knie ging und nach dem Schlüssel fischte, begann Damian zu laufen. Er lief an dem Wohnblock vorbei, über den alten Spielplatz, die nächste Abzweigung links, dann rechts. Er musste den Mann abhängen. Aber noch immer konnte er ihn hinter sich hören. Er rief seinen Namen, fluchte, verlangte, dass er stehen bliebe. Damian versuchte, die Geschwindigkeit zu erhöhen. Jeder Atemzug brannte in seiner Lunge. In seinen Seiten stach es, als steckten dort Messer. Er war in absolut keiner Verfassung, um einen Wettlauf zu gewinnen. Seine einzige Chance bestand darin, in dem Straßengewirr abzutauchen, sich unsichtbar zu machen.

Er rannte um eine weitere Ecke und lief beinahe in einen LKW, der gerade rückwärts in eine Einfahrt fuhr. Seine Hände klatschten gegen die Seitenwände des Fahrzeugs.

„Hey, spinnst du?", brüllte der Fahrer aus dem offenen Fenster der Fahrerkabine.

Damian sprintete wieder los. Auf die Straße, um den LKW herum ...

Er hörte die quietschenden Reifen, noch bevor er den blauen Ford auf sich zurasen sah.

Oh mein Gott. Ich werde sterben wie Viktor, dachte er. Sein Körper erstarrte, sein Herz war mit einem Male eiskalt. Die Reifen des Fords qualmten. Das Auto schlitterte auf ihn zu.

Spring aus dem Weg! Beweg dich. Tu etwas!, schrie die Stimme in seinem Inneren, doch sein Körper bewegte sich keinen Millimeter.

Der Fahrer riss das Lenkrad herum und kam mit einem lauten Krachen an einem Laternenpfahl zum Stehen. Damian fand sich plötzlich auf dem Hosenboden sitzend wieder. Der Schock hatte ihn umgehauen. Sein Atem ging schnell und immer schneller. Sein ganzer Körper schien von Messerstichen durchbohrt zu werden. Er würde sterben. Da war er sich sicher. Sein Körper hatte ihm in den letzten Monaten genug Warnzeichen geschickt. Er hatte ja versucht, sein Leben umzukrempeln, aber wie immer war alles schief gelaufen und jetzt war es zu spät. Er kippte zur Seite. Aus weit aufgerissenen Augen sah er den Asphalt der Straße. Es war nicht einfach nur eine glatte, schwarze Fläche, sondern bestand aus Tausenden von kleinen Erhebungen, von denen jede eine eigene Form hatte. So banal. Aber das Einzige, an das sich sein rasendes Bewusstsein im Moment klammern konnte.

Sein Name wurde gerufen. Breuer. Er war da. Damian hörte, wie der Mann sich mit einem Polizeirevier in Verbindung setzte. Damian wurde leicht angehoben und umgedreht. Sein Kopf ruhte jetzt auf Breuers Schoß. Der Polizist sah besorgt auf ihn herab, suchte nach Verletzungen.

„Sie da! Aus dem Unfallwagen. Wie ist Ihr Name?", rief Breuer jemandem außerhalb von Damians Sichtfeld zu.

„Helmut Niem."

„Sind Sie verletzt, Herr Niem? Nein? Sind Sie sich da sicher? Ich bin Kriminaloberkommissar Breuer. Bitte kommen Sie hier rüber und setzen sich einen Moment auf die Eingangsstufen dort drüben. Sagen Sie mir sofort Bescheid, wenn Ihnen schwindlig oder übel wird oder wenn Sie Kopfschmerzen oder Sehstörungen bekommen. Ein Krankenwagen ist unterwegs. Nur für alle Fälle."

„Mein Auto. Es ist total kaputt", klagte die Stimme des Fahrers.

„Gleich wird ein Kollege von der Schutzpolizei eintreffen und die Unfalldaten aufnehmen. Jeder, der den Vorfall beobachtet hat, bitte hierbleiben. Wir benötigen Ihre Aussagen. Versuchen Sie sich zu beruhigen, Herr Niem. Danken wir erst einmal dem Schicksal, dass hier keiner getötet oder ernsthaft verletzt wurde."

Damian merkte, wie er hochgehoben und auf den Gehweg getragen wurde. Breuers Gesicht kam wieder in sein Sichtfeld.

„Du hyperventilierst, Damian. Versuche doppelt so lange auszuatmen, wie du einatmest. Gut so."

Damian merkte, wie es ihm langsam besser ging. Er setzte sich vorsichtig auf. Ein Streifenwagen fuhr mit Blaulicht vor und zwei uniformierte Polizeibeamte stiegen aus. Der Rettungswagen kam nur Sekunden später vorgefahren. Damians Atem beschleunigte sich wieder.

„Ganz ruhig. Das war ein Unfall. Es ist nur Blechschaden entstanden. Alles wird gut. Ich geh kurz zu meinen Kollegen und bespreche alles mit ihnen. Keine Fluchtversuche mehr. Darüber reden wir später noch." Breuer wartete, bis Damian genickt hatte und ging dann zu seinen Kollegen von der Schutzpolizei. Er sprach etwa zehn Minuten mit ihnen. Anhand seiner Körpersprache wusste Damian, dass er von seiner Flucht, der Verfolgungsjagd und dem darauf folgenden Unfall berichtete. Immer wieder schaute er dabei zu Damian, ob dieser auch noch brav an Ort und Stelle saß. Aber selbst wenn Damian gewollt hätte, wäre er momentan nicht in der Lage gewesen, einen erneuten Fluchtversuch zu starten. Der Schock und die Anstrengung der Verfolgungsjagd waren zu viel für seinen kraftlosen Körper. Breuer wusste das wohl. Ansonsten hätte er ihn kaum hier sitzen lassen.

„Ich gebe dem Revier später noch deine Personalien durch und ich brauche noch die Versicherungsdaten der Privathaftpflicht von deinen Eltern, wenn sie denn eine haben", sagte er, als er zu ihm zurückkam. Er setzte sich neben Damian. „Lass uns reden."

Damian schüttelte den Kopf. Wozu wollte Breuer jetzt reden? Er hatte beschlossen, dass Damian in ein Heim weggesperrt werden sollte. Nichts, was Damian jetzt noch zu sagen hätte, spielte eine Rolle.

Der Notarzt trat zu ihnen, untersuchte Damian und gab Breuer das Ok, dass der Junge in Ordnung sei. Auch dem Fahrer des Unfallwagens fehlte anscheinend nichts. Er hatte es abgelehnt, sich ins Krankenhaus mitnehmen zu lassen, um genauere Untersuchungen vorzunehmen.

„Ich geh nicht ins Heim. Sie können mich vielleicht dort hinschleifen, aber in null Komma nix bin ich da wieder weg", eröffnete Damian das Gespräch, kaum dass der Notarzt weg war.

„Warum? Dort kann es dir doch nur besser gehen, als bei dir zu Hause."

„Es ist ein Gefängnis, in das man Kinder steckt, die niemand haben will", flüsterte Damian.

„Es ist kein Gefängnis. Überleg doch mal: Ein ordentliches Bett, geheizte Räume, ordentliche Kleider, die den Temperaturen angepasst sind, keiner, der dich misshandelt. Ein Betreuer, mit dem du über deine Ängste und Nöte oder auch deine Zukunftspläne sprechen kannst und der dich berät, wie du deine Ziele erreichen kannst", versuchte es Breuer erneut.

„Wohl eher ein Aufseher, der darauf achtet, dass ich in der Spur bleibe und ihm keine Scherereien mache."

Auf dem gegenüberliegenden Bürgersteig lief ein Vater mit seinen zwei Söhnen. Er hatte einen Weihnachtsbaum geschultert und die zwei Kinder liefen aufgeregt schnatternd neben ihm her. Damian konnte hören, dass es eine angeregte Diskussion darüber war, wer nun die Geschenke bringen würde. Der Weihnachtsmann oder das Christkind. Als sie an dem Unfallwagen vorbeikamen, blieben sie kurz stehen und schauten sich das Szenario an.

„Alles in Ordnung. Hier gibt es nichts mehr zu sehen. Bitte gehen Sie weiter", wies sie einer der Schutzpolizisten an.

Der Mann nickte energisch. „Natürlich. Wir wollten auch nicht gaffen. Wenn Sie etwas benötigen sollten, zögern Sie nicht, bei uns zu klingeln. Hausnummer zwölf. Wir helfen gerne." Damit gingen sie weiter.

Vor der Hausnummer zwölf blieben sie stehen und der Vater gab dem älteren Kind den Schlüssel, sodass es aufschließen konnte.

„Wir sind wieder da!", riefen sie und traten unter lautem Geschnatter ins Haus. Damian konnte die fröhliche Stimme der Mutter vernehmen, bevor sich die Haustür wieder schloss.

So etwas wollte er haben. Aber das war etwas, was er niemals bekommen würde. Stattdessen nahm man ihm jetzt auch noch die abgewrackte, gewalttätige Version davon und steckte ihn in ein Heim. Dort würden sie ihm Fragen stellen. Fragen, auf die er nicht antworten wollte oder konnte. Und dann würden sie es herausfinden. Sie würden alles herausfinden. Das durfte nicht passieren.

Er schaute noch immer das Haus an, in dem die Familie verschwunden war, in der Hoffnung, einen weiteren kurzen Augenblick dieser Idylle einfangen zu können.

Neben ihm hörte er, wie Breuer hörbar ausatmete. Er schaute auf und sah, dass dieser seinen Blicken gefolgt war und nun ebenfalls das Haus anstarrte.

„Was mach ich da?", murmelte er geistesabwesend. Dann schaute er Damian an.

Der Junge sah Unsicherheit in Breuers Blick. Dann festigte dieser sich, ganz so, als habe der Mann einen Entschluss gefasst.

„Lass uns kurz zu mir nach Hause fahren. Ich bestell uns eine Pizza", sagte er zu Damian.

Kapitel 9

Breuer parkte seinen Wagen vor einem alten Bauernhaus. Als er die Haustür aus dunklem Holz aufschloss, hörte er schon seinen Hund Eastwood bellen. Seine alte Vermieterin, die 70-jährige Annie Weber, passte immer auf Eastwood auf, wenn Breuer auf der Arbeit war.

„Hast du Angst vor Hunden?", fragte er Damian.

„Nur, wenn sie beißen."

Breuer lachte schallend. „Keine Sorge. Eastwood beißt nicht. Aber stell dich auf eine stürmische Begrüßung ein." Er klopfte an die Wohnungstür.

„Komm rein, Aaron", drang die raue Stimme der Frau heraus.

Kaum hatte Breuer die Tür geöffnet, wurde er von einem großen Golden Retriever angesprungen. Mit wild wedelndem Schwanz und laut fiepend schien er Breuer umarmen zu wollen. Als Breuer ihn getätschelt und gestreichelt hatte, wandte Eastwood sich Damian zu. Er beschnüffelte und umkreiste ihn, um danach wieder an die Seite seines Herrchens zurückzukehren.

„Hallo, Annie. Alles klar?", begrüßte Breuer seine Vermieterin. Sie hatte graues, kurzes Haar mit der typischen Dauerwellenfrisur alter Frauen.

Annie winkte ab. „Ach, das Übliche halt. Die Hüfte macht mir arge Probleme. Aber weißt du, was noch viel schlimmer ist? Bei unserem letzten Einkauf haben wir den Weihnachtsbaum vergessen. Das wird ein trauriges Weihnachten, so ganz ohne Baum. Ach, man wird doch alt. Früher wäre mir so etwas nicht passiert", klagte sie und sah Breuer mit bittendem Blick an.

„Kein Problem, Annie. Ich geh morgen zum Förster und such dir noch einen schönen Baum. Weihnachten ohne Baum geht nun wirklich nicht."

Annie lächelte ihn dankbar an.

Breuer tätschelte den Kopf seines Hundes. „Danke fürs Aufpassen. Bis morgen."

„Ja, und wer ist der Junge? Hast du mir da etwas verheimlicht, Aaron? Einen verschollenen Sohn etwa?"

„Mein Name ist Damian Johannsson. Herr Kriminaloberkommissar Breuer war nur so freundlich, mir etwas zu essen anzubieten", flüsterte Damian mit hochrotem Gesicht.

Breuer lächelte amüsiert über Damians Verlegenheit. Gut, dass der Junge sich zu benehmen wusste. Es wäre ihm unangenehm gewesen, sich vor Annie seinetwegen entschuldigen zu müssen. An patzigen Antworten war er in seinem Beruf schon eine Menge gewohnt. Sie verabschiedeten sich.

Breuer hatte Damian mit der Speisekarte des Italieners in seiner Küche geparkt. Er selber zog sich in sein Arbeitszimmer zurück, um zu telefonieren. Zuerst rief er bei seinem alten Freund Eric Maurer vom Jugend-amt an und erklärte ihm die Situation.

„Du willst für ein paar Tage die Kurzzeitpflege für den Jungen bekommen? Wozu?", fragte Eric.

„Es ist zwei Tage vor Weihnachten. Ich möchte Damian nur nicht gerade in dieser Zeit des Jahres ins Heim stecken. Lass ihn Weihnachten bei mir feiern und schau schon mal nach einem guten Platz für ihn. Dann kann er sich diese kurzen Übergangslösungen vielleicht sparen."

„So etwas ist absolut unüblich, Aaron."

„Komm schon. Reite jetzt nicht auf irgendwelchen Vorschriften herum. Du weißt, ich bin vertrauenswür-dig. Ich bin bei der Polizei, verdammt, und du kennst mich persönlich gut genug. Wir sind immerhin Freun-de. Also gib dir einen Ruck."

„Also gut. Du bekommst die Kurzzeitpflege für Damian Johannsson von heute, 22. Dezember, bis ein-schließlich zum 26. Dezember unter der Bedingung, dass du dir so lange freinimmst."

„Kann ich machen. Ich muss morgen früh nur noch ganz kurz zur Rechtsmedizin und zu Damians Vater. Dauert beides nicht lange. In der Zeit kann sicher meine Vermieterin, Frau Weber, auf ihn aufpassen."

Breuer hörte Eric Maurer in seinen Computer tippen.

„Was ist mit der Halbschwester?", fragte Eric dann.

„Da müsst ihr unbedingt auch jemanden zur Überprü-fung schicken. Sie wird mit der Mutter Weihnachten bei deren Eltern verbringen. Ich denke, da geht es ihr ganz ok. Sie hat jedenfalls einen sehr viel gepflegteren Eindruck gemacht, als Damian. Aber nach Weihnachten solltet ihr dort auf der Matte stehen und der Sache mal auf den Zahn fühlen. Morgen werde ich noch einmal persönlich mit Herrn Johannsson reden. Hoffentlich ist der Mann dann nüchtern. Ich gebe dir die Infos weiter."

Als Nächstes rief er seinen Chef an und klärte seinen Urlaub mit ihm ab. Gleich darauf telefonierte er mit seiner Vermieterin. Annie erklärte sich gerne dazu bereit, auf Damian am nächsten Morgen aufzupassen.

Als er wieder in die Küche kam, hatte Damian die Arme vor sich auf der Tischplatte verschränkt und seinen Kopf darauf gelegt.

Er sieht wirklich krank aus, dachte Breuer, als der Junge bei seinem Eintreten den Kopf hob und ihn mit tränenden Augen und laufender Nase ansah. Das Essen vom Italiener kam schnell und war sehr lecker, aber Damian aß nicht viel.

Breuer erzählte ihm, was er mit dem Jugendamt ausgehandelt hatte. Der Junge schien erst einmal erleichtert, nicht ins Heim zu müssen. Aber er wusste, dass dies nur eine vorübergehende Lösung war. Sie verstauten die Reste des Essens in den Kühlschrank für den Abend. Breuer machte Damian noch eine Tasse Erkältungstee und zeigte ihm das Gästezimmer, wo er während der Dauer seines Aufenthalts schlafen würde.

„Mach es dir bequem und schlaf erst mal ein wenig. Wenn du mich brauchst: Ich bin im Arbeitszimmer", sagte Breuer.

Breuer ließ die Tür zu seinem Arbeitszimmer offen. Er wollte hören, falls Damian von Albträumen gequält würde. Mit ein wenig Glück war der Junge zu müde zum Träumen.

Um 18 Uhr klopfte er an der Tür des Gästezimmers und gab Damian Bescheid, dass sie jetzt zu Abend essen würden.

Er deckte schon einmal den Tisch und überlegte fieberhaft, wie er den Jungen aus seinem Trauma holen könnte. Wenn sie den Abend positiv abschlossen, würde es vielleicht eine ruhige Nacht für sie beide werden.

Damian kam mit einem breiten Grinsen im Gesicht in die Küche und setzte sich an den Tisch. Es ging ihm viel besser. Sowohl körperlich als auch mental. Seine Augen waren zwar noch rot unterlaufen und sahen sehr müde aus, tränten aber nicht mehr, und auch seine Nase hatte sich beruhigt. Die Schweißausbrüche und das Zittern waren verschwunden. Dafür zeigte sich Damian von einer gelösten, beinahe gut gelaunten Seite. Sie unterhielten sich angeregt über Breuers Beruf.

„Manchmal komme ich mir vor, als hätte ich immer die drei Affen als Zeugen. Du weißt schon." Breuer hielt sich mit beiden Händen erst die Augen, dann die

Ohren und dann den Mund zu. „Nichts sehen, nichts hören und nichts sagen", erklärte er.

Damian kicherte. „Mizaru, Kikazaru und Iwazaru."

„Was?", fragte Breuer verwirrt.

„Die drei Affen. So heißen sie."

„Ehrlich? Ich hatte keine Ahnung. Ich kenne nur dieses Bild. Eine Freundin von mir hat es einmal für mein Arbeitszimmer gemalt. Sie hat ihren Beruf als Grafikdesignerin aufgegeben und arbeitet jetzt als freiberufliche Malerin", sagte Breuer.

„Das hätte ich nicht gemacht", meinte Damian.

„Warum nicht?", wollte Breuer wissen.

„Weil die wenigsten Maler von ihrem Beruf leben können. So richtig wertvoll werden deine Bilder eh erst, wenn du den Löffel abgegeben hast. Vincent Van Gogh zum Beispiel hat zu seinen Lebzeiten nur ein einziges Gemälde verkauft. Der rote Weinberg hieß es."

„Aber einige können ganz gut davon leben", argumentierte Breuer.

„Das sind aber eher die Ausnahmen oder wie geht es Ihrer Freundin heute so finanziell?"

Breuer räusperte sich. „Themenwechsel. Da das Weihnachtsfest unmittelbar vor der Tür steht: Wie stehst du zu der Weihnachtsmann-Frage?"

„Ist das Ihr Ernst? Sie fragen mich, der ich jetzt fünfzehn Jahre alt bin, wirklich, ob ich an den Weihnachtsmann glaube?"

„Na ja, ich kenn mich da nicht so aus, bis zu welchem Alter man noch an so etwas glaubt."

„Ich habe mit drei Jahren schon nicht mehr daran geglaubt und mit sechs Jahren hatte ich den mathematischen Beweis dafür."

Breuer lachte auf. „Den mathematischen Beweis, dass es den Weihnachtsmann nicht gibt. Wie soll denn das gehen?"

„Mit der Formel von Dragomer Csaba. Die besagt: Es gibt etwa zwei Milliarden Kinder auf der Welt, zieht man die nicht-christlichen davon ab, bleiben davon noch 15 Prozent, also circa 378 Millionen Kinder. Bei durchschnittlich 3,5 Kindern pro Haushalt sind das 91,8 Millionen Häuser. Durch die verschiedenen Zeitzonen hat der Weihnachtsmann einen 31-Stunden-Weihnachtstag. Damit ergeben sich 822,6 Besuche pro Sekunden. Wenn man die 91,8 Millionen Stopps gleichmäßig auf der Welt verteilt, erhalten wir eine Entfernung von 1,3 Kilometer von Haus zu Haus. Das sind zusammen 120,8 Millionen Kilometer ohne Pinkelpausen, Essen oder Trinken wohlgemerkt. Das bedeutet, die Geschwindigkeit würde 1040 Kilometer pro Sekunde betragen, also 3 000-fache Schallgeschwindigkeit. Wenn nun jedes Kind nur ein mittelgroßes Lego-Set von etwa einem Kilo bekommt, dann wiegt der Schlitten 378 000 Tonnen. Wenn ein fliegendes Rentier das Zehnfache seines normalen Gewichts tragen kann, braucht man 216 000 Rentiere.

Das erhöht das Gewicht des Schlittens auf 410 400 Tonnen. Dieses Gewicht bei einer Geschwindigkeit von 1040 Kilometer pro Sekunde erzeugt einen unglaublichen Luftwiderstand von 16,6 Trillionen Joule Energie pro Sekunde. Das heißt, die Rentiere werden praktisch augenblicklich in Flammen aufgehen. Und während die Rentiere noch vaporisiert werden, wird der etwa 120 Kilo schwere Weihnachtsmann der 17 500-fachen Erdbeschleunigung ausgesetzt und ans Ende seines Schlittens genagelt, und zwar mit einer Kraft von 20,6 Millionen Newton.

Wenn der Weihnachtsmann irgendwann existiert hat und nur einmal den Versuch unternommen hat Geschenke zu bringen, ist er heute tot. Natürlich gibt es da noch die unverbesserlichen Optimisten, wie Joachim Nawrocki, die die Heisenbergsche Unschärferelation anführen, die sagt, wenn Elektronen an mehreren Orten zugleich sein können, dann kann der Weihnachtsmann das auch. Aber ich halte das für Blödsinn."

Breuer starrte Damian mit offenem Mund an. „Aha. Also kein Besuch vom Weihnachtsmann."

Wenn Breuer auch sehr froh war, dass es Damian besser ging, so verwunderte es ihn doch, wie wenig Damian plötzlich vom Tod seines Freundes beeindruckt zu sein schien. War das die Verdrängung eines nicht bewältigbaren emotionalen Problems oder stimmte hier etwas anderes nicht? Viel gegessen hatte er jedenfalls wieder nicht.

Kapitel 10

Breuer betrat um 9:00 Uhr am nächsten Morgen das Institut für Rechtsmedizin der Uni Homburg. Der aufdringliche, süßliche Geruch der Verwesung, vermischt mit Formaldehyd, hatte sich im ganzen Gebäude festgesetzt. Dr. Louis Dupont, der zuständige Rechtsmediziner, hatte bereits die Überreste von Viktor Resch anatomisch korrekt auf den Seziertisch gelegt. Es war ein Puzzle aus größeren und kleineren Teilen, in seiner Gesamtheit kaum mehr als Mensch zu erkennen. In Anwesenheit von Kriminaloberkommissarin Schuster, die Breuer bis jetzt vertreten hatte, und der Staatsanwältin Theresia Rau, hatte Dr. Dupont mit der Obduktion begonnen. Breuer fragte sich, wie alt der Rechtsmediziner wohl war. Er hatte silbrig-weiße Haare und seine pergamentartige Haut umspannte knittrig seinen knochigen Körper. Äußerlich unterschied er sich nicht sonderlich von manchen seiner Kunden, die vor ihm auf dem silbernen Metalltisch landeten.

„Guten Morgen, Dr. Dupont", begrüßte er den Mann und nickte seiner Kollegin und der Staatsanwältin freundlich zu.

„Salut, Kriminaloberkommissar Breuer."

„Haben Sie eine Erklärung für den Krampfanfall von Viktor Resch gefunden?"

„Bien sûr. Natürlich. Schauen Sie hier."

Er zeigte auf einen abgetrennten Arm des Opfers. Von der Armbeuge bis etwa zur Mitte des Unterarms waren zahlreiche Einstichspuren und Vernarbungen zu sehen. Sie reihten sich entlang der Vene auf, wie eine Perlenkette. Rechts und links davon hatten sich Blutergüsse gebildet.

„Eine Fixerstraße", stellte Breuer fest.

„Ja. Die Urinuntersuchung war positiv auf Heroin. Im Blut war kein Heroin mehr zu finden. Er hatte zur Zeit des Unfalls wohl unter starken Entzugserscheinungen gelitten", sagte Dr. Dupont. „Dadurch lassen sich die unkontrollierten Bewegungen und die Krampfanfälle erklären", fuhr er fort.

„Somit wäre also auch dieses Rätsel gelöst", murmelte Breuer. „Wie äußern sich solche Entzugserscheinungen im Allgemeinen? Es fängt ja nicht gleich mit Krampfanfällen an. Was kommt davor?", fragte er den Rechtsmediziner.

Dr. Duponts wässrig-graue Augen bohrten sich forschend in seine. „Nun, da wären Unruhe, Ängstlichkeit, Niesen, Gähnen, Schwitzen, laufende Nase, tränende Augen, Zittern, Appetitlosigkeit, Muskel- und Knochenschmerzen, besonders in den unteren Extremitäten und im Lumbalbereich, ..."

„Und wenn der Drogenabhängige sich dann die nächste Dosis spritzt, sind diese Symptome verschwunden?", unterbrach Breuer den Redefluss des Rechtsmediziners.

„Ja, bis der Suchtdruck wieder einsetzt."

„Und bis dahin? Wie würde sich eine solche Person verhalten?", forschte Breuer nach. Sein Magen hatte sich inzwischen zu einem schmerzenden Klumpen verkrampft.

„Das Spektrum reicht von ruhig und ausgeglichen bis hin zu euphorisch. Es ist ein glückseliger Zustand, bei dem Depressionen, Schmerzen und persönliche Probleme in den Hintergrund treten. Warum fragen sie?"

„Ich gehe da nur einem Verdacht nach. Also können wir den Fall Viktor Resch damit endgültig als abgeschlossen betrachten. Es war ein Unfall infolge seiner Drogensucht. Ich danke Ihnen, Dr. Dupont. Schöne Weihnachten, euch allen."

Auf dem Weg zu seinem Auto kochte Breuer vor Wut und Enttäuschung. Er hatte dem Jungen einen Platz unter seinem Dach geboten. Er hatte ihm ein schönes Weihnachtsfest bereiten wollen. Und wie dankte er es ihm? Indem er sich in seiner Wohnung Drogen spritzte! In seiner Wohnung! Er war Polizist, verdammt. Wenn sich sein Verdacht bestätigte, konnte der Junge gleich seine Sachen packen. Dann ging es geradewegs ins Heim.

Kapitel 11

Breuers erster Impuls war es, sofort nach Hause zu fahren und Damian Johannsson zur Rede zu stellen. Auf halbem Weg entschloss er sich dann doch lieber zuerst den zweiten Pflichttermin, der heute auf der Tagesordnung stand, abzuarbeiten.

Der Besuch bei Damians Vater. Hoffentlich war dieser nüchtern.

Er musste mehrmals klingeln, bis ihm endlich die Tür geöffnet wurde. Vor ihm stand ein verkaterter Johannsson, nur mit Boxershorts bekleidet und mit wirrem Haar und zerknittertem Gesicht.

„Wissen Sie, wie spät es ist?", nuschelte er anklagend.

Breuer schaute auf seine Armbanduhr.

„10:13 Uhr", antwortete er.

„Och, wie grausam", stöhnte Johannsson, drehte sich um und verschwand wieder im Haus.

Breuer zögerte und trat dann durch die geöffnete Tür. Johannsson stand in der Küche und sah sich im verdreckten Chaos suchend um. Unter einer zerrissenen Papiertüte kramte er eine angebrochene Schnapsflasche hervor und genehmigte sich erst einmal mit zitternden Händen einige Schlucke aus der Flasche.

„Ahh, besser", meinte er nach einigen Minuten und noch mehr Schlucken. Er sah Breuer misstrauisch an.

„Was wollen Sie?", fragte er.

So nüchtern, wie ich ihn kriegen kann, dachte Breuer.

„Ich muss Sie darüber informieren, dass Ihre Frau sich geweigert hat, Damian aufzunehmen. Im Endeffekt bleibt für Damian also nur eine Unterbringung in staatlicher Obhut."

Johannsson starrte auf die Flasche in seiner Hand. „Ist wahrscheinlich sowieso das Beste für den Jungen", sagte er. „Die Alte hat ihn noch nie gemocht."

„Wenn Sie eine Entziehungskur und ein Anti-Aggressionstraining absolvieren ...", begann Breuer, wurde aber von Johannsson mit einem entschiedenen „Nein!" unterbrochen.

„Auch nicht für Ihren Sohn?", versuchte Breuer es erneut.

„Schon gar nicht für ihn. Er war nur ein Unfall. Hat uns das ganze Leben ruiniert. Plötzlich sprach Alva nur noch von Verantwortung, Pflicht, einem festen Job und dass wir sesshaft werden müssten. Alles nur wegen dieses Balgs. So hatte ich mir mein Leben nicht vorgestellt."

„Ihre Frau sagte mir, dass Damian schon mit sieben Jahren selber in Kontakt mit Alkohol gekommen ist."

Johannsson lachte trocken. „Kein Problem, für das es nicht die passende Lösung gibt." Damit prostete er Breuer mit seiner schon fast leeren Schnapsflasche zu. Dieser versuchte krampfhaft, seine Mimik unter Kontrolle zu behalten. Johannsson musste nicht wissen, welch eine Abscheu und Verachtung er für ihn emp-fand. Noch nicht.

„Wissen Sie, ob er inzwischen auch Kontakt zu härteren Drogen gefunden hat?", fragte er in einem neutralen Ton.

„Keine Ahnung. Interessiert mich auch nicht."

„Darf ich mich mal in seinem Zimmer umsehen?", fragte Breuer.

Johannsson zuckte mit den Schultern. „Tun Sie, was Sie nicht lassen können. Ich bin im Wohnzimmer."

Breuer betrat den heruntergekommenen Raum. Viel gab es nicht zu durchsuchen. Den Kleiderschrank mit den gebrochenen Türen nahm er sich als Erstes vor. Auf der einen Seite des Schrankes befand sich eine Kleiderstange mit einigen wenigen Kleidungsstücken, die sich dort aufreihten. Sowohl Hosen als auch T-Shirts und Pullis hingen an Kleiderbügeln. Die Hälfte davon sah um einiges zu klein für einen Jungen von Damians Größe aus. Unter den Kleidern stapelten sich Zeitschriften. Breuer verschaffte sich einen Über-blick. Es waren mehrere Ausgaben des Kunstmaga-zins „Art", das sich sowohl mit alten Meistern als auch mit zeitgenössischer Kunst beschäftigte. Der Adressaufkleber auf den Covern besagte, dass diese Ausgaben einmal einem Peter Joost gehört hatten. Der Zustand der Hefte war teilweise sehr schlecht. Genauso wie bei den Ausgaben der Zeitschrift „Expo-sitiones Mathematicae" für angewandte Mathematik, die dem Adressaufkleber zufolge einmal einem Dr.

Helmut Schneider gehört hatten. Breuer verglich die Adressen. Beide kamen aus Dillingen. Beide aus benachbarten Straßen. Breuer wettete, dass Damian die Zeitschriften aus einem Altpapiercontainer gefischt hatte. Keine leichte Kost.

Er fand noch einige weniger spezielle wissenschaftliche Zeitschriften und fünf Bücher im Format A4, die in hellbraunes Leinen gebunden waren und säuberlich in der hintersten Ecke des Schrankes aufgereiht standen. Breuer nahm sich den ersten Band, setzte sich auf den dreckigen Boden und schlug das Buch auf. Auf der ersten Seite stand in großer, unsicherer Kinderschrift:

DAMIAN JOHANNSSON
TAGEBUCH NUMMER 1

Breuer betrachtete eine Weile die krakeligen, tanzenden Buchstaben, die offensichtlich von einem Kind stammten, das gerade schreiben lernte. Wie kam ein so junges Kind dazu, ein Tagebuch anzufangen?
Breuer blätterte weiter.

24. Dezember 1991

Breuer rechnete nach. Da war der Junge ja erst vier. Wieso konnte er da schon schreiben? Er dachte wieder an die Unterhaltung mit Damian am Abend zuvor.

Was für ein unglaubliches Wissen und welche Rechenleistung Damian gezeigt hatte. Ein Wunderkind. So etwas war der Junge wohl. Und er verschwendete diese Gabe, indem er seinen Geist mit Drogen vergiftete, bis alles, was dieser noch hervorbringen konnte, das Lechzen nach dem nächsten Schuss war. Breuer las weiter:

Heute ist Weinachten und isch bin ganz aleine. Aber isch bin selber schuld.
Papa und Mama haben gestriten. Das war gestern. Sie haben sich angeschrien.
Papa hat Mama wieder gehauen bis sie geschlafen hat. Isch bin zu Mama gerant, aber da hat Papa misch verhauen und misch auf mein Zimer geschikt.
Heute ist Mama weg und Papa hat gesagt, dass sie nicht wieder kommt, weil sie mich nicht mehr ertragen kan. Dass sie misch nie haben wollte und er auch nicht. Isch bin ein Unfall, hat er gesagt.
Isch vermisse Mama.
Papa ist mit Freunden in der Kneipe Weinachten feiern. Isch bin ganz allein!

Breuer fuhr sich mit der Hand durchs Gesicht. Scheiße! Er wollte diesen vierjährigen Jungen in den Arm nehmen und trösten. Ihm sagen, dass er nicht der Grund war, warum seine Mutter das Weite gesucht hatte, sondern sein Monster von Vater. Wie konnte eine Mutter ihr

Kind bei so einem Mann lassen? Sie wusste doch am besten, wozu so eine Kreatur fähig war.

Breuers Blick glitt zum letzten Satz dieses Eintrags. Die Worte brannten sich in seine Seele.

Isch bin ganz allein!

Er würde den Jungen nicht ins Heim bringen.

Ob sich sein Verdacht mit den Drogen nun bestätigte oder nicht. Dieses Weihnachten würde Damian nicht alleine sein. Er würde sich willkommen und gewollt fühlen, auch wenn Breuer keine Ahnung hatte, wie er das anstellen sollte.

Seufzend griff er nach dem letzten Buch in der Reihe. Wenn er Hinweise auf die Drogen finden würde, dann hier:

14.Juli 1998

Heute war wieder so ein scheiß Schultag.

Unbemerkte Rechenfehler an der Tafel, Verallgemeinerungen und Halbwahrheiten in Geschichte, Ungenauigkeiten und Falschaussagen in Chemie und ein Deutschlehrer, der nicht einmal einen Satz Hochdeutsch herausbekommt. Und immer werden so dämliche Fragen gestellt, dass es schon peinlich wäre, sich zu melden, um diese zu beantworten. Wieso vergeude ich mit so etwas meine Zeit?

Breuer musste lächeln. Ja, eindeutig unterfordertes Genie. Damian hätte gefördert werden müssen. Ob es dazu zu spät war? Wenn er recht hatte, musste sich der Junge erst einmal auf die Bezwingung seiner Sucht konzentrieren. Er kannte eine hervorragende Entzugsklinik. Dr. Elfi Sommer, eine gute Freundin von ihm, war dort Ärztin. Er würde mal mit ihr sprechen. Er blätterte vor, bis er in diesem Jahr angekommen war.

8. Februar 2002
Ich glaub, ich hab mir beinahe den Goldenen Schuss gesetzt.
Der Stoff war doch besser, als ich gedacht hatte. Mir fehlen zwei Tage. Heute bin ich auf dem Boden meines Zimmers mit Hammer-Entzugserscheinungen in meiner eigenen Kotze aufgewacht. Von den anderen entleerten Körpersekreten ganz zu schweigen. Die leere Spritze steckte noch in meinem Arm.
Absolut eklig! Wie konnte es nur so weit mit mir kommen? Ich verachte und verabscheue mich selbst. Und dennoch kreisen all meine Gedanken um den nächsten Schuss.

Da war er also. Der Beweis, nach dem er gesucht hatte. Aber er empfand kein Gefühl der Befriedigung ob dieses Fundes, wie es sich sonst so oft bei ihm einstellte, wenn er eine Theorie bestätigt sah. Dieses Mal hätte er sich nur allzu gerne geirrt. Er blätterte ziellos weiter, bis einige Seiten seine Aufmerksamkeit auf sich zogen. Dort war die Schrift krakelig und kaum zu entziffern.

23. Juli 2002, 15.00 Uhr

Bin jetzt seit vier Tagen clean. Glaub, ich schaff es nicht länger. Nehm Magnesium gegen die Muskelkrämpfe und Neo Citran gegen das Schwitzen und die Kälte. Außerdem jeden Tag ein heißes Bad. Mach ich aber nicht mehr. Wäre heut beinahe nicht mehr aus der Wanne gekommen und mir war schon ganz schwarz vor Augen. Hab gedacht, ich würde da drin ersaufen.

Kann kaum mehr laufen. Bin so fertig, aber kann nicht schlafen. Wenn ich dann doch schlafe, kommen die Albträume.

Mein Magen tut so weh. Ich glaub, er zerreißt gleich.

Krieg den Teufel einfach nicht aus meinem Kopf.

23. Juli 2002, 23.55 Uhr

Ist vielleicht mein letzter Eintrag.

Ich glaub, ich sterbe. Mir geht es so schlecht, dass ich keine Worte dafür finde. Vielleicht sollte ich es mir leichter machen und mir den Goldenen Schuss setzen. Dann wäre es wenigstens schnell vorbei. Ich werd bewusstlos, ohne Schmerzen, und spür nicht mehr, wenn die Atmung aussetzt und ich sterbe. Ein leichter Tod. Ein verlockender Tod.

24. Juli 2002, 11.30 Uhr

Ich glaub, ich hab's geschafft. Geht mir schon besser. Das Schlimmste ist wohl überstanden.

Komisch. Ich bin voll depri drauf und freu mich trotzdem schon auf eine Zukunft ohne Drogen. Ich fange noch einmal ganz von vorne an und mach die Schule und die Uni. Was für ein Fach? Keine Ahnung. Vielleicht Kunstgeschichte, oder was mit Mathe, Physik oder Chemie. In meiner neuen Welt, ohne Drogen, stehen mir alle Türen offen.

25. Juli 2002, 17.45 Uhr

Ich hab's verkackt. Hab mir gestern einen Schuss gesetzt. Scheiße.

Hab gedacht, ich hätt's geschafft, aber dann wurde der Suchtdruck noch mal ganz übel und plötzlich stand ich doch vor meinem Dealer und hab um ne Dosis gebettelt. Hab gleich drei gekauft. So hab ich erst mal bis heut Abend Ruhe.

Vielleicht versuch ich später noch mal, clean zu werden. Ich weiß ja, dass ich so vor die Hunde gehe und wenn ich nicht bald den Absprung schaffe, ist es zu spät. Aber nicht gleich morgen. Muss mich erst einmal davon erholen. Vielleicht in zwei Wochen oder so. Jetzt muss ich erst einmal neue Kohle ranschaffen.

Breuer hatte genug gelesen. Frustriert schlug er das Tagebuch zu und steckte es mit den anderen in einen alten Rucksack, den er in einer Zimmerecke fand. Dazu noch einige frische Kleider und ein paar Zeitschriften. Auf der Fensterbank entdeckte er eine Tasche mit Schulsachen.

Auf dem Weg nach draußen machte er am Eingang des Wohnzimmers Halt.

„Ich lasse Ihnen einen Zettel hier, auf dem stehen der Name und die Telefonnummer des Mannes vom Jugendamt, der für Ihren Sohn zuständig ist. Das ist Herr Eric Maurer. Rufen Sie ihn an, wenn Sie wissen wollen, wo sich Damian gerade befindet, oder ein Treffen oder Gespräch mit Ihrem Sohn wünschen."

Johannsson grunzte nur eine Bestätigung und blickte weiterhin geradeaus auf den Fernseher, in dem irgendeine Talkshow lief. Er hatte die geleerte Schnapsflasche auf den Boden zu dem restlichen Altglas geworfen und sich inzwischen seinem Bier zugewandt. Breuer schüttelte den Kopf und verschwand grußlos.

Kapitel 12

Als Breuer seine Haustür aufschloss, konnte er den gedämpften Ton des Fernsehers aus dem Wohnzimmer hören. Er folgte dem Klang und trat durch die offene Tür. Damian saß im Schneidersitz auf der Couch, von Büchern umringt. Er schrieb fieberhaft Notizen auf einen Block, der auf seinen Beinen ruhte.

Ab und zu hob er den Blick und schaute konzentriert auf den Fernseher, in welchem eine Dokumentation über Ramses II. und die Kulturdenkmäler lief, die Ägypten noch heute diesem großen Pharao zu verdanken hatte.

„Hallo, Damian", machte Breuer sich bemerkbar.

Der Junge zuckte zusammen, drehte sich um und sah Breuer aus erschrocken aufgerissenen Augen an. Dann sprang er auf, raffte hektisch sämtliche Bücher und Papiere zusammen. Schnell schaltete er den Fernseher aus.

„Tut mir leid. Ich weiß, das sind Ihre Bücher. Ich war auch ganz vorsichtig."

„Schon gut. Ich hab keine Probleme damit, dass du meine Bücher liest." Breuer kam herum, setzte sich auf die Couch und bedeutete Damian, sich ebenfalls wieder zu setzen. Ein Blick auf die Bücher zeigte ihm, dass es sich hierbei um Fachliteratur der Kriminalistik handelte.

„Ich hätte vorher fragen müssen. Genauso, ob ich den Fernseher anmachen durfte. Entschuldigen Sie bitte."

„Ich war nicht da zum Fragen. Alles im grünen Bereich. Keine Sorge." Breuer schaute sich den nervösen Jungen genau an. Die Augen waren wässrig und kleine Schweißperlen hatten sich auf Stirn und Oberlippe gebildet. In seinem blassen Gesicht stachen die dunklen Augenringe deutlich hervor. Ein Schaudern ging durch seinen Körper.

„Willst du mir verraten, was mit dir los ist?"

„Nichts. Nur ein wenig kalt." Damian verzog sein Gesicht zu einem schiefen Lächeln und ordnete die Bücher zu zwei sauberen Stapeln. Breuers Blick bohrte sich in Damians Profil. Der Junge hatte ihm gerade mit einem Lächeln ins Gesicht gelogen. Nun gut. Damit würde er sich später beschäftigen.

„Wo ist Frau Weber?", erkundigte er sich.

„Mit dem Hund spazieren. Sie wollte gleich wiederkommen."

„Wir müssen reden."

„Worüber?"

„Viktor war heroinabhängig."

Damian schlug die Augen nieder und fummelte an den Büchern herum. Breuer wartete eine Weile auf eine Reaktion, aber Damian schwieg hartnäckig.

„Du kannst mir doch nicht erzählen, dass du davon nichts wusstest. Warum hast du mir das verschwiegen? Ich habe dich doch in der Vernehmung ausdrücklich gefragt, ob etwas mit Viktor nicht stimmte, das den Krampfanfall hätte auslösen können, und du hast mir ins Gesicht gelogen."

„Viktor war tot. Warum ihn noch in den Dreck ziehen? Sie hätten ihm doch keine Bedeutung mehr beigemessen, wenn Sie gewusst hätten, dass er nur ein Junkie war. Einer weniger. Gut so."

„Das ist nicht wahr. So hätte ich mit Sicherheit nicht gedacht. Und meine Kollegen auch nicht. Ist es nicht so, dass du weniger an die Würde deines Freundes gedacht hast, sondern eher sehr egoistische Gründe hattest, Viktors Heroinsucht zu verheimlichen?"

„Was für egoistische Motive? Ich stand doch unter Mordverdacht. Da sollte mir doch daran gelegen sein, mich von dem Vorwurf reinzuwaschen."

„Auch wenn das zweifellos die Frage aufwirft, ob du ebenfalls drogenabhängig bist?"

Damian war einen Moment sprachlos. „Wie kommen Sie denn jetzt auf den Mist!" Er war aufgesprungen und sah Breuer mit weit aufgerissenen Augen an.

„Ich bin nicht blind, Damian. Du schwitzt, frierst, du kannst so gut wie nichts essen, deine Augen tränen, deine Nase läuft, du bist weiß wie die Wand. Ich habe das zuerst für die Symptome einer Erkältung gehalten, aber wieso waren diese Symptome gestern Abend dann so plötzlich verschwunden und wieso schien dich auf einmal der Tod deines Freundes so wenig zu kümmern? Ich bin nicht so dumm und ahnungslos, wie du zu glauben scheinst. Ich habe daraufhin die richtigen Fragen gestellt. Versuchen wir es also noch einmal. Und diesmal die Wahrheit bitte: Bist du heroinabhängig?"

„Nein." Damian schaute überall hin. Nur nicht in seine Augen.

„Ich denke, ich habe es nicht verdient, von dir belogen zu werden. Willst du deine Antwort noch einmal überdenken?"

Damian ballte die Hände zu Fäusten und presste die Lippen fest aufeinander, sodass nur ein dünner Strich von ihnen zu sehen war.

Breuer wartete eine Weile, aber Damian blieb stumm.

„Also gut. Dann halt anders. Zeig mir deine Arme, Damian."

„Was?"

„Zieh die Ärmel von deinem Pulli hoch und zeig mir deine verdammten Arme!", brüllte Breuer los.

Damian starrte ihn nur mit unstetem Blick an. Er schrie erschrocken auf, als Breuers Hand hervorschnellte, seinen linken Arm packte und den Pulli hochzog. Damian wehrte sich heftig gegen den schraubstockartigen Griff. Breuer ließ ihn unvermittelt wieder los, sodass Damian von seinem eigenen Schwung zu Boden geschleudert wurde. Breuer hatte gesehen, wonach er gesucht hatte. Ein Einstich, der sich an den nächsten reihte, wie eine groteske, geschwollene und blutunterlaufene Perlenkette.

„Also gut. Ich weiß, dass du mich belogen hast und ich weiß, dass du heroinabhängig bist. Setzen wir unser Gespräch doch an dieser Stelle fort."

Damian sah ihn nicht an und richtete sich nicht auf. Er lag weiter am Boden mit bebenden Schultern. Breuer seufzte und setzte sich wieder auf die Couch. Dieses Gespräch verlief nicht wie erhofft.

„Setz dich bitte zu mir auf die Couch", sagte Breuer sanft, nachdem er Damian ein paar Minuten Zeit gegeben hatte.

Der Junge richtete sich langsam auf und setzte sich neben Breuer. Sein tränennasses Gesicht ignorierte er, genauso wie Breuers Bemühen, Blickkontakt zu ihm herzustellen.

„Worum ging es wirklich in dem Streit zwischen Viktor und dir?"

„Ich sagte ihm, dass ich einen kalten Entzug machen möchte. Wieder einmal. Ich hab das nämlich vorher schon ein paar Mal probiert. Ich habe es aber nie geschafft. Diesmal sollte es anders sein. Deshalb erklärte ich ihm auch, dass ich mich in Zukunft von ihm und unseren Freunden fernhalten müsste, sonst hätte ich gar keine Chance, das durchzuhalten. Viktor war super sauer. Er sagte, ich würde unsere Freundschaft verraten. Er verstand gar nichts. Wie auch. Er war voll auf Turkey."

„Auf was?"

„Auf Turkey. Auf Entzug."

„Wenn du dazu bereit warst, deine Freundschaften und Verbindungen abzubrechen, um nicht nur clean zu werden, sondern es auch zu bleiben, war es dir wirklich ernst damit. Das finde ich gut und sehr mutig. Warum hast du dann aber nach Viktors Tod wieder Heroin konsumiert?"

„Weil ich die Hammer-Entzugserscheinungen hatte. Sie waren schon misstrauisch geworden. Wenn es noch schlimmer geworden wäre, hätten Sie es hundertprozentig herausbekommen und außerdem hätte ich das mit dem Entzug jetzt, nach Viktors Tod, so und so nicht geschafft. Ich muss nur die Augen schließen, dann sehe ich Viktors Leiche vor mir und hör seine Schreie und all die Geräusche. Wenn dann noch entzugsbedingte Hallus dazukommen, können Sie mich gleich in die nächste Klapse bringen."

Breuer lehnte sich zurück und blickte an die Decke. Damian hatte sich zusammengekauert und starrte den Boden zwischen seinen Füßen an. Eine Weile herrschte Schweigen.

„Ich möchte, dass du mir all deine Drogen gibst."

Damian starrte ihn entsetzt an. „Ich hab keine mehr."

„Wenn ich jetzt in dein Zimmer gehe und es durchsuche, werde ich nichts davon finden?", fragte Breuer.

Damian zögerte. Seine Pupillen huschten hin und her.

„Mein Zimmer? Sie wollen jetzt nach Dillingen fahren und mein Zimmer durchsuchen?"

„Nein, ich meine dein Zimmer hier. Also – kann ich suchen gehen?"

Damian schluckte. „Ich hab doch gesagt, ich schaff das im Moment nicht", sagte er mit weinerlicher Stimme.

„Du musst das jetzt nicht alleine durchstehen. Ich werde dir helfen", versuchte Breuer ihn zu beruhigen.

„Das ist Scheiße. Das ist gefährlich. Ich kann sogar dabei draufgehen. Sie haben doch gar keine Ahnung!", schrie Damian.

„Vielleicht hab ich die nicht, aber ich kenne jemanden, der so richtig Ahnung davon hat. Dr. Elfi Sommer. Sie arbeitet in einer Drogenklinik. Wir hören uns erst einmal an, was sie uns in deiner Situation rät. Aber bis dahin möchte ich nicht, dass du etwas Dummes tust. Also, wir gehen jetzt in dein Zimmer und du gibst mir den Stoff."

Eine halbe Stunde später stand Damian mit Breuer in dessen Arbeitszimmer.

Breuer hatte den Telefonhörer in der Hand und sprach mit Dr. Elfi Sommer. Damians Magen war nur noch ein schmerzender Klumpen. Er fühlte sich zittrig und elend und das Telefonat schien auch nicht gut zu laufen.

„Wir brauchen also ein ärztliches Attest, das sagt, wie schlimm es ist.

Die Entzugstherapie muss erst von der Krankenkasse genehmigt werden? Und wie lange dauert das in der Regel?

Vier bis sechs Wochen? Das ist doch bekloppt! Entschuldige, ich wollte dich nicht anschreien.

Ja, ich weiß, du hast die Regeln nicht aufgestellt. Entschuldige. Du sitzt doch an der Quelle. Kannst du da nicht was deichseln, dass der Junge schneller da rein kommt?

Wie, du arbeitest da nicht mehr? Entlassen? Warum denn das, in Gottes Namen?

Ja, aber ihr wart doch immer voll ausgelastet. Wie können die da Stellen wegrationalisieren?"

Breuers Gesicht verdüsterte sich immer mehr, je länger er mit Dr. Elfi Sommer sprach.

Damian trat von einem Fuß auf den anderen und wich dabei unwillkürlich immer weiter vor Breuer zurück, bis er die Wand im Rücken spürte. So wie Breuer aussah, wollte er sich nicht in seiner Reichweite aufhalten, sobald das Telefonat beendet sein würde. Er wusste aus Erfahrung, dass es äußerst ungesund war, sich in der Nähe frustrierter oder gestresster Erwachsener aufzuhalten.

Breuer legte den Hörer auf. Er fuhr sich mit der Hand über sein Gesicht und gab dabei ein unwilliges Brummen von sich. In diesem Moment erinnerte er Damian an einen gereizten Grizzlybären. Damian spannte seine Muskeln an. Mit einem raschen Seitenblick schätzte er die Entfernung zur Zimmertür ab. War es klug zu fliehen? Breuer war Polizist. Er konnte die Hölle in Bewegung setzen, um ihn zu finden. Seine

Sachen waren alle noch oben im Zimmer. Auf die konnte er nicht so einfach verzichten. Aber Breuer hatte auch gesagt, er wolle ihm helfen. Konnte er das? Vielleicht war es besser, stehen zu bleiben und einfach zu ertragen, was auch immer jetzt auf ihn zukommen würde.

Breuer sah ihn abschätzend an. Dann lehnte er sich betont lässig gegen die Schreibtischkante und lächelte Damian an. „Tja, das lief dann mal nicht so toll wie geplant", sagte er ruhig und noch immer lächelnd. Seine Augen lächelten jedoch nicht.

Damian wurde heiß vor Zorn und Demütigung. Breuer hatte seine Angst gesehen und gab sich deshalb so entspannt. Seine Hände ballten sich zu Fäusten, seine Kiefermuskeln mahlten. Er hasste es, schwach zu wirken. Schwach zu sein.

„Dr. Sommer wird gleich bei uns vorbeikommen und deine Optionen besprechen. Also lassen wir den Kopf nicht hängen."

Kapitel 13

Dr. Elfi Sommer stieg aus ihrem Auto und betrachtete das gemütlich aussehende Bauernhaus. Hier also wohnte Aaron Breuer. Ihr Herzschlag beschleunigte sich bei dem Gedanken an den gut aussehenden Kriminaloberkommissar. Seine Lebendigkeit und Energie hatten sie vom ersten Moment an umgehauen. Und natürlich sein Blick: Unergründlich, warm und klug. Ein Mann, der schon vieles gesehen hatte, aber sich nicht hatte abstumpfen lassen. Sie atmete einmal tief durch. Die eiskalte Luft stach in ihren Lungen. Gut! Sie musste einen kühlen Kopf bewahren. Sie war hier, weil ihre professionelle Hilfe gefragt war, und nicht, weil der unnahbare Kriminaloberkommissar plötzlich sein Interesse für sie entdeckt hatte. Sie griff sich ihre pinkfarbene Louis Vuitton Tasche, die aus der Zeit stammte, als sie sich solche Extravaganzen hatte leisten können. Sie stand noch nicht richtig vor der dunklen, massiven Haustür, da ging zu ihrer Rechten das Fenster auf und eine alte Dame schüttelte ein Küchentuch aus, auf dem Elfi keinerlei Dreck, aber dafür noch die Bügelfalten entdecken konnte. Elfi unterdrückte ein Schmunzeln, und ihr Verdacht, dass die alte Dame den Gast ihres Mieters nur einmal genauer unter die Lupe nehmen wollte, wurde sofort bestätigt.

„Ah, guten Tag. Sie möchten doch bestimmt zu Herrn Breuer, nicht wahr?"

„Ja, er erwartet mich."

„Soso. Sind Sie die Mutter dieses Jungen, der im Moment bei ihm wohnt?"

„Nein, das bin ich nicht."

„Kommt Ihr Mann auch noch vorbei? Ich könnte ihm sagen, dass Sie schon da sind."

„Nicht nötig. Ich bin nicht verheiratet." Elfi hatte die letzten Worte kaum ausgesprochen, da wusste sie schon, dass das ein Fehler gewesen war. Die grauen Augen der alten Frau fingen zu leuchten an. „Der Herr Kriminaloberkommissar ist aber auch ein herzensguter Mann. Ich habe nie verstanden, dass seine Frau ihn verlassen hat. Man sollte meinen, dass bei so einem Mann die Frauen Schlange stehen. Aber keine Sorge. So einer ist der nicht, der Aaron. Der ist kein Schürzenjäger. Er hat bisher auch noch nie Frauenbesuch hier gehabt."

Elfi spürte, wie ihr das Blut ins Gesicht schoss. „Nein, nein. So ist das nicht. Ich bin quasi ..."

Das Telefon der Vermieterin klingelte.

„Da muss ich rangehen. Auf Wiedersehen, meine Liebe", sagte die grauhaarige Dame schnell und schloss das Fenster.

„... beruflich da", beendete Elfi den angefangenen Satz.

„Ich glaube, ich habe deinen Ruf ruiniert oder zumindest die wildesten Gerüchte über dich in Umlauf gebracht", begrüßte Elfi Aaron Breuer, kaum hatte dieser ihr die Tür geöffnet. Auf Elfis Erklärung hin brach er in schallendes Gelächter aus.

„Der Junge ist oben in seinem Zimmer. Lass uns ins Wohnzimmer gehen, damit ich dir einen Überblick verschaffe."

Breuer erzählte Elfi von dem schrecklichen Bahnunfall am Vortag und dem Mordverdacht, unter dem der Junge gestanden hatte, die Entdeckung von Damians Drogensucht und dessen katastrophaler familiärer Situation. Elfi hörte sich alles aufmerksam an und machte sich hier und da ein paar Notizen. Sie kannte Breuers Ruf. Man sagte, wenn er sich in einen Fall verbissen hätte, würde er nicht eher wieder loslassen, bis der Täter gefasst und alle Fragen geklärt wären. Aber das ging über beruflichen Ehrgeiz weit hinaus. Damian hatte in Breuers Wohnung schon sein Zimmer. Und diese Tatsache schien Breuer noch nicht einmal zu bemerken. Elfi musste lächeln. „Der Junge hat dein Herz ja im Sturm erobert."

„Was? Nein! – Na ja, vielleicht. Aber er ist auch ein außergewöhnlicher Junge. In meiner ganzen Zeit bei der Polizei hab ich ja schon so einige schlimme familiäre Verhältnisse gesehen, aber noch nie so schlimm, wie bei Damian. Ich finde es einfach schrecklich, wie man ein Kind mit seinen Fähigkeiten und seiner Intelligenz dermaßen kaputt machen kann. Ich würde ihm gerne helfen. Ihm eine Chance geben, wenn ich mir auch nicht sicher bin, ob es dazu nicht bereits zu spät ist."

Den letzten Teil des Satzes flüsterte Breuer und warf dabei der geschlossenen Tür einen argwöhnischen Blick zu. „Ich gehe ihn dann mal holen. Dann können wir besprechen, was wir am besten weiter tun sollen. Er hat schon wieder Entzugserscheinungen und ich habe sein Heroin. Wenn ich es ihm zurückgeben soll, musst du mir das sagen. Ich bin mit meiner Weisheit am Ende."

Elfi sprach eine Stunde mit Damian über seine Drogensucht. Die beste Therapie nutzte nichts, wenn der Betreffende nicht mit den Drogen aufhören wollte. Doch bei Damian hatte sie ein gutes Gefühl, bis der Junge mit nur einem Satz ihrer Zuversicht einen Tiefschlag versetzte:

„Ich kann jetzt nicht aufhören!"

„Warum? Waren das vorher nur Sprüche, als du mir sagtest, du wolltest nicht in der Gosse enden, raus aus deinem trostlosen Leben, das nur noch von der Droge kontrolliert wird?" Elfi warf Breuer einen enttäuschten Blick zu.

„Nein!" Damian sprang aufgebracht auf.

„Ich habe es schon Herrn Breuer erklärt. Nach Viktors Tod ... ich sehe die ganze Zeit diese Bilder vor mir. Ich höre seine Schreie, den Aufprall, das Quietschen und Reißen." Damian brach in Tränen aus. „Ich weiß schon jetzt nicht, wie ich das noch aushalten soll. Das Heroin gibt mir wenigstens kurzzeitig Frieden. Wenn Sie im Entzug gearbeitet haben, wissen sie, was da alles auf mich zukommen wird. Das halte ich im Moment nicht aus. Zuerst muss ich mit Viktors Tod fertigwerden."

Dr. Elfi Sommer sah Damian nachdenklich an. Er saß zusammengekauert auf der Couch, die Arme um sich geschlungen, und wiegte sich vor und zurück.

„Wie lange bleibt Damian bei dir?"

„Bis einschließlich zum 26. Dezember."

„Ganz ehrlich, Breuer, in so kurzer Zeit kann man keinen Entzug machen. Selbst wenn Damian jetzt dazu bereit wäre. Er würde nur durch die Hölle an Entzugserscheinungen gehen, um dann direkt wieder rückfällig zu werden."

„Was sind unsere Optionen?", fragte Breuer.

„Sag dem Jugendamt und der Heimleitung Bescheid, sodass sie für Damian einen Therapieplatz beantragen können."

Breuer raufte sich die Haare. Mit großen Schritten durchquerte er den Raum. Hin und her und her und hin. „Ich halte das für eine ganz schlechte Idee", platzte es aus ihm heraus.„Bis die Genehmigung durch ist, hat Damian sich womöglich schon eine tödliche Überdosis gespritzt. Was können wir ansonsten tun?"

Kapitel 14

Breuer stieg aus dem Auto und ging schnellen Schrittes mit köstlich nach gebratenem Fleisch und Knoblauch duftenden Tüten den Natursteinweg entlang. An der Haustür kramte er nach dem richtigen Schlüssel und steckte ihn ins Schloss. Plötzlich verließ ihn sämtliche Energie. Dumpf starrte er den Schlüssel an, ohne die Kraft aufbringen zu können, ihn herumzudrehen. Worauf hatte er sich da nur eingelassen? Er hatte die Probleme eines 15-jährigen Jungen zu seinen eigenen gemacht. Und nun wusste er nicht, wie er sie bewältigen sollte oder konnte. Zum ersten Mal in seinem Leben hatte er das Gefühl der hoffnungslosen Überforderung. Das Leben dieses Kindes hing von ihm ab. Wenn er die falschen Entscheidungen traf oder auch nur die falschen Worte verwendete, konnte das den Tod des Jungen nach sich ziehen.

Hier gab es keinen bösen Mörder oder Entführer, den es zu bezwingen galt. Mit solchen Situationen wurde er fertig. Dafür war er ausgebildet. Dieser Feind war weitaus heimtückischer, denn er verbarg sich im Inneren des Opfers. In seinem Körper. In seinem Geist. Er war nicht zu vernichten. Man konnte ihn nur in einen Käfig ganz tief in der Seele des Jungen einsperren und hoffen, dass er niemals wieder ausbrechen würde. Am Anfang war dieses Gefängnis noch schwach und instabil, aber je mehr Zeit vergehen würde, desto stärker und zuverlässiger würde der Käfig werden. So hatte es ihm Dr. Elfi Sommer erklärt.

Er hatte Eric Maurer vom Jugendamt angerufen und fast eine Stunde mit ihm telefoniert und diskutiert. Elfi hatte ebenfalls mit ihm gesprochen und bestätigt, dass in diesem Zustand das Heim nicht der beste Platz für Damian war. Schließlich hatte Eric Maurer ein Zugeständnis gemacht.

„Eine Bitte noch, Eric. Kein Wort von der Drogensucht in Damians Akten. Ich will ihm für sein zukünftiges Leben keine Steine in den Weg legen."

„Ich kann das nicht geheim halten, Aaron", sagte Eric Maurer. „Seine zukünftige Pflegefamilie oder das Heim müssen darüber Bescheid wissen."

„Dann sag ihnen Bescheid. Lass nur nichts davon in die Akten einfließen. Sei ein bisschen kreativ, mein Freund", beharrte Breuer.

„Das *mein Freund* strapazierst du heute ganz schön über. Aber gut. Ich werde sehen, was ich tun kann", sagte Maurer.

Sechzehn Wochen. Sechzehn Wochen würde Damian bei ihm bleiben. Sie hatten ihn überzeugen können, doch direkt mit dem Entzug zu beginnen, solange er noch ihre Unterstützung hatte. Sechzehn Wochen, um zu entgiften und sich so weit zu stabilisieren, dass nicht die kleinste Widrigkeit des Schicksals ihn zurück in seine Drogensucht werfen würde.

War das zu schaffen? War er der richtige Mann für diese Aufgabe?

Was er eben noch am Telefon mit Überzeugung bejaht hatte, wagte er jetzt, zu bezweifeln. Er war Polizist, verdammt. So etwas lag nicht in seinem Zuständigkeitsbereich.

Wenn er schon diese Zweifel hatte, wie konnte er dann von Damian erwarten, ihnen zu vertrauen? Wenn er schon jetzt am Ende seiner Kräfte war, wie sollte er aushalten, was noch alles kommen würde?

Am liebsten hätte sich Breuer wieder in seinen Wagen gesetzt und wäre irgendwohin gefahren. Egal wohin. Nur weg!

Aber das war nicht seine Art.

Ein Breuer läuft nicht vor seinen Problemen davon!, hatte sein Vater einmal zu ihm gesagt und Aaron hatte sich sein Leben lang daran gehalten.

Er atmete einmal tief durch, dann betrat er das Haus.

Kapitel 15

Damian legte mit zittrigen Händen seinen Kebab auf seinen Teller. Den letzten Bissen hatte er kaum herunter bekommen, aber Breuer zuliebe hatte er versucht, wenigstens etwas zu essen. Mehr als ein paar Bissen waren es nicht geworden. Eigentlich schade, dachte er. So oft komme ich nicht an Gratisessen.

„Ich muss noch Weihnachtsbäume für meine Vermieterin und mich kaufen. Bleibst du so lange bei Damian?", hörte er Breuer fragen.

„Warum gehen wir nicht zusammen die Bäume aussuchen?", erwiderte Dr. Sommer.

Damian sah sie entsetzt an. Er fühlte sich scheiße. Er wollte sich auf seinem Bett zusammenrollen und sich seinem Schicksal ergeben. Für den Weihnachtsmist hatte er jetzt keinen Kopf.

„Ich denke, das tut dir ganz gut", wandte sich Dr. Sommer an Damian. „Dich hier verkriechen und darüber nachzudenken, wie dreckig es dir geht, bringt gar nichts. Bewegung und frische Luft helfen in dieser Phase am besten."

Sie hatten ausführlich über die verschiedenen Entzugsmöglichkeiten diskutiert. Aber Damian lehnte es kategorisch ab, eine Ersatzdroge wie Methadon zu nehmen, um vom Heroin loszukommen. Was brachte es einem, eine Sucht durch die andere zu ersetzen, auch wenn diese dann legal war und herunter dosiert werden konnte.

Eine Dreiviertelstunde später standen sie auf dem schneebedeckten Hof eines Forstbetriebes und sahen sich die verschiedenen Bäume an. Damians Hoffnung, dass dieser Ausflug schnell beendet sein sollte, verflüchtigte sich beim Anblick der Massen an Bäumen, die auf dem riesigen Hofgelände noch immer auf ihre Bestimmung warteten. Damian hätte sich zwei Exemplare geschnappt und fertig, aber Dr. Sommer und Breuer schienen gewillt, sich jeden einzelnen Baum genauestens anzuschauen. Das konnte ewig dauern. Als es auch noch zu schneien anfing, erreichte Damians Stimmung ihren Tiefpunkt, während die von Dr. Sommer in euphorischen Höhen schwebte. Damian hätte es nicht verwundert, wenn sie ein Weihnachtslied trällernd durch die Baumreihen getanzt wäre, so glücklich schien sie.

Er stopfte seine behandschuhten Hände in die Taschen der dicken, braunen Winterjacke und stapfte hinter den beiden Erwachsenen her. Die Winterausstattung, inklusive Schal und einem Paar dicke Socken, hatte Breuer ihm geliehen. Es war zwar alles zu groß, aber das Erlebnis, durch den Schnee zu laufen, ohne vor Kälte wie Espenlaub zu zittern, war beeindruckend.

Breuer hatte sich inzwischen von Dr. Sommers Stimmungshoch anstecken lassen und die beiden liefen schwatzend und lachend von Baum zu Baum. Vielleicht würden sie ja ein Duett anstimmen? Mary Poppins und der Schornsteinfeger Bert im Winterweihnachtsparadies. Bei diesem Gedanken musste Damian über das ganze Gesicht grinsen.

In diesem Moment drehte sich Breuer um.

„Elfi, sieh mal, wen da die Weihnachtsstimmung eingeholt hat", lachte er, zog Damian an den Schultern zu sich und fragte: „Was hältst du von diesem Baum für Frau Weber?"

Damian betrachtete den großen Baum und hielt den hölzernen Meter an: 1,80 Meter. Blautanne, sehr schön gewachsen, nicht zu ausladend.

„Wird sie ihn selber schmücken?", fragte er.

„Ja. Das macht sie jedes Jahr", erwiderte Breuer.

„Dann würde ich einen kleineren Baum empfehlen. Wenn Frau Weber mit ihrer kaputten Hüfte auf einer Leiter herumturnen muss, um den Baum zu schmücken, und dabei herunterfällt, ist das Weihnachtsfest ruiniert."

Breuer runzelte die Stirn. „Ja, da hast du recht. Wie gut, dass wir dich dabei haben." Er grinste wieder und klopfte Damian anerkennend auf die Schulter. Dann begann die Suche von Neuem.

Damian war überrascht. Normalerweise ließen sich Erwachsene nicht gerne sagen, dass sie sich irrten oder einen Fehler machten, und so hatte Damian auch mit einer rüden Antwort auf seine Kritik gerechnet. Sein Vater hätte ihm dafür mit Sicherheit eine

geknallt. Ermutigt beteiligte er sich an der Suche nach dem perfekten Baum. Vergessen war der Wunsch, das Ganze so schnell wie möglich hinter sich zu bringen. Es machte ihm geradezu Spaß, den Fehler an jedem Baum zu finden, den Breuer oder Dr. Sommer für gut erachteten. Sein eigener Vorschlag für einen Baum für Frau Weber wurde von den anderen begeistert angenommen. Was diesem Baum an Höhe fehlte, machte er durch seine dichten, vollen Zweige wett. Er war dadurch zwar sehr ausladend, aber Breuer versicherte, dass Frau Weber den nötigen Platz in der Wohnung hätte. Den Baum für das eigene Fest zu finden war da schon weitaus schwieriger. Nach einer weiteren halben Stunde blieb Breuer vor einer Nordmanntanne stehen. „Was haltet ihr von diesem Prachtexemplar?"
Elfi klatschte begeistert in die Hände. Sie sahen erwartungsvoll Damian an. Dessen Augen glitten über den Baum. Er war bestimmt zwei Meter groß, aber in Breuers Wohnung waren die Decken sehr hoch. Er müsste also von der Größe her passen. Seine Äste waren dicht und gleichmäßig am Baum verteilt und bildeten eine perfekte Kegelform. Die Nadeln hatten eine satte, grüne Farbe. Damian lächelte, als er Breuer und Dr. Sommer ansah. „Er ist perfekt."

Annie Weber war begeistert von ihrem Baum. Sie hatte schon den Christbaumständer bereitgestellt und so war der Baum im Nu aufgestellt. Annie wollte sie noch zu Kaffee und Kuchen einladen, doch Breuer lehnte dankend ab. „Damian geht es nicht so gut. Ein andermal gerne."

Damian war dankbar für Breuers Rücksichtnahme. Kaum war er wieder etwas zur Ruhe gekommen, meldeten sich die verdrängten Entzugserscheinungen mit aller Heftigkeit wieder. Als sie auch Breuers Baum aufgestellt hatten, schleppte er sich zur Couch und rollte sich zu einem zitternden Häufchen Elend zusammen.

Breuer setzte sich zu ihm. „Kann ich irgendetwas für dich tun?", fragte er.

Damian öffnete die Augen und sah ihn an. „Ja. Holen Sie Ihre Dienstwaffe und erschießen Sie mich."

Breuer lachte. „Tut mir leid, mein Junge. Die liegt im Präsidium im Waffenschrank."

Dr. Sommer kam mit einem dampfenden, nach Schokolade riechenden Topf ins Wohnzimmer. „Kakao für alle."

Damian stöhnte und vergrub sein Gesicht in einem Kissen. Sein Magen zog sich schmerzhaft zusammen. Jemand strich über seine Haare.

„Wenn Kakao nicht geht, versuch es mit Wasser. Du solltest heute mindestens vier Liter trinken", hörte er Dr. Sommers Stimme.

Damian hob den Kopf. „Vier Liter?"

„Mindestens."

„Ich schaff ja kaum einen."

„Je mehr du trinkst, umso schneller schaffst du das Zeug aus deinem Organismus. Also, zum Wohl."

Sie reichte Damian ein Glas Wasser, das Breuer inzwischen geholt hatte. Seufzend richtete Damian sich halb auf und trank ein paar Schlucke. Dr. Sommer hielt ihn an weiterzutrinken und so leerte er das ganze Glas. Breuer füllte es direkt wieder.

Kapitel 16

Juli 2015

Sein Wagen fuhr ruckend auf den Parkplatz. Er würgte ihn noch zweimal ab, bevor er ihn in einer Parklücke eingeparkt hatte. Verächtlich beobachtete ich, wie er sich in einer quälenden Langsamkeit aus dem Auto mühte, die seinem Leben so zu eigen geworden war. Er bekam kaum mehr seine Gehhilfe aus dem Auto. Mit zittrigen Händen schloss er ab. Ich schob mir den letzten Rest meines Mars-Riegels in den Mund, bevor ich die Plastikverpackung in den überquellenden Aschenbecher meines Autos stopfte und ebenfalls ausstieg. Die klebrig-süßen Überreste des Riegels hafteten noch an meinen Zähnen.

Seinem Leben ein Ende zu setzen, würde schon beinahe als Akt der Gnade durchgehen. Aber nur beinahe.

Ich lächelte, als sich meine Augen in seinen Rücken bohrten. Erregung erfasste mich. Diesen Moment hatte ich schon so lange geplant, in meinen Gedanken durchgespielt, bis alles perfekt war. Jetzt war es endlich so weit. Würde die Realität meinen Erwartungen und Fantasien standhalten?

Sein Aftershave erfüllte meine Sinne, so nah war ich ihm schon. Ich zog die Luft ein. Ja, ich würde jeden kostbaren Augenblick genießen und in meinem Gehirn *abspeichern, sodass ich ihn immer wieder durchleben könnte.*

Ich fühlte die gottgleiche Macht, die mir in diesem Moment innewohnte.

Als Herr über Leben und Tod!

„Oh Mann. Ein Schnösel." Die Enttäuschung war deutlich in Kathrin Momsens Stimme zu hören. Breuer blickte von einem Formular auf und folgte dem Blick seiner IT-Spezialistin.

Vor der Glastür war Breuers Vorgesetzter, Kriminaldirektor Lauer, zu sehen, der dem Neuen offensichtlich eine Einführung in das Präsidium gab. Das war also Damian Johannsson. Mit dem schlaksigen, vernachlässigten Jungen hatte dieser Mann nicht mehr viel gemein. Er war bestimmt an die 1,90 Meter groß, grazil aber athletisch gebaut. An ihm schien einfach alles perfekt zu sitzen. Von den schwarzen Haaren, die locker aus dem Gesicht gekämmt waren, über Anzug und Krawatte. Sogar die Schuhe sahen aus, als wären sie frisch aus dem Laden. Das perfekte Outfit für den Vorstandsvorsitzenden einer großen Bank. Aber hier im Morddezernat wirkte es deplatziert.

Lauer führte ihn in das lang gestreckte Großraumbüro.

„So, und hier befinden sich dein Arbeitsplatz und deine neuen Kollegen. Das hier ist dein Vorgesetzter, Kriminalhauptkommissar Aaron Breuer. Aaron, das ist dein neuer Mitarbeiter, Kriminalkommissar Damian Johannsson."

Breuer ging mit festen Schritten auf Damian zu. Er würde sich seine Nervosität und Zweifel nicht anmerken lassen. Während er Damian die Hand schüttelte, blickte er ihm forschend ins Gesicht. Dieser hatte ein unverbindliches Lächeln aufgesetzt, welches die strahlend blauen Augen nicht erreichte. Abschätzend und fragend sahen sie ihn an. Spiegelten sich da nicht auch Unsicherheit und Furcht? Breuer war stolz auf seinen Ruf, eine herausragende Menschenkenntnis zu besitzen, und er war sich verdammt sicher, dass sich sein Gegenüber lange nicht so souverän fühlte, wie er sich gab.

„Hallo, Damian. Schön, dich wiederzusehen. Willkommen im LPP 213. Wie bei der Polizei so üblich, sind wir hier alle ganz ungezwungen beim Du", begrüßte er ihn.

„Ach, ihr kennt euch schon?", fragte Lauer verblüfft und auch die anderen sahen sie neugierig an.

Ja, da war sie! Da war eindeutig Angst in Damians Augen.

„Ich habe Damian kennengelernt, da war er fünfzehn. Ein äußerst intelligenter Junge mit einer scharfen

Beobachtungsgabe. Hat einen bleibenden Eindruck bei mir hinterlassen."

Lauer klatschte in die Hände. „Na wunderbar. So jemanden können wir hier immer gebrauchen. Ich überlass dich dann mal deinen Kollegen, Johannsson", sagte er und verschwand mit einem Blick auf die Uhr durch die Tür.

„Gut, dann mach ich hier mal die große Vorstellungsrunde", sagte Breuer. „Das hier ist Kriminalkommissarin Kathrin Momsen, Spezialgebiet IT."

„Nenn mich einfach Momo. Das machen hier alle so", sagte die braun gelockte Frau und reichte Damian die Hand. Ihre dunklen Augen glitten abschätzend über Damians Aufzug.

„Das ist Kriminaloberkommissar Dirk Falkner. Er ist unser Forensik-Spezialist", fuhr Breuer fort und zeigte auf den dunkelblonden Mittvierziger.

„Hallo." Typisch Dirk. Einsilbig, knapp.

Breuer fuhr fort: „Kriminalkommissarin Johanna Schneider. Sie studiert nebenbei noch Psychologie."

„Hi, nenn mich Jo. Willkommen in unserer Truppe."

„Und hier ist Kriminaloberkommissar Manfred Dresslau, die gute Seele in unserem Laden."

Manfred verzichtete darauf, seinen massigen Körper aus seinem gepolsterten Schreibtischstuhl zu wuchten und hob lächelnd die Hand zum Gruß. Breuer schaute in die Runde, ob noch jemand ein paar Worte sagen wollte oder Fragen hatte. Da keiner das Bedürfnis zu verspüren schien, lotste er Damian in sein Büro. Er war sich sicher, dass diese Zurückhaltung bald vorbei sein würde. Er schloss die Glastür, blickte zurück und richtig: Schon war sein Team in eine angeregte Unterhaltung vertieft.

Breuer bot Damian einen Stuhl vor seinem Schreibtisch an und nahm auch selber Platz.

„Wie geht es dir, Damian?", eröffnete er das Gespräch.

„Ich bin clean geblieben, falls Sie ... ich meine, falls du das meinst." Also direkt zum Kernproblem.

„Das freut mich zu hören. Ein unangekündigter Drogentest, zum Beispiel jetzt, wäre also kein Problem?", testete Breuer.

Damian presste die Lippen aufeinander und schüttelte den Kopf. „Nein. Kein Problem."

Breuer studierte sein Gegenüber. Leicht verärgert, aber offen. Zeit für ein Entgegenkommen.

„Gut. Ich vertrau dir hierbei mal. Dieses spezielle Problem von dir wird unter uns bleiben. Von mir erfährt niemand etwas darüber. Ich habe kein Interesse daran, deine Zukunft zu zerstören. Ganz im Gegenteil, Damian. Ich bin sehr stolz auf dich, dass du das geschafft hast. Ich weiß, das muss hart gewesen sein."

Damian entspannte sich sichtlich in seinem Stuhl. Sein sanftes Lächeln erfasste diesmal auch die Augen.

„Dennoch", fuhr Breuer fort und seine Stimme wurde hart, „sollte dieses Vertrauen gebrochen werden, indem du die Finger nicht von den Drogen lässt oder mir eine Verwicklung in das Drogenmilieu verschweigst, bist du direkt weg vom Fenster. Verstanden?"

„Verstanden."

Es klopfte an der Tür und Kathrin Momsen streckte den Kopf herein.

„Entschuldige die Störung, Chef. Wir haben 'ne Leiche."

Breuer sprang auf. „Wo?"

„Direkt am Staatstheater."

„Danke, Momo. Wir sind sofort da."

Breuer wandte sich an Damian. „Ich hoffe, du hast nichts gegen Überstunden. Davon gibt es hier nämlich mehr als genug."

Kapitel 17

Die Fahrt vom Präsidium in der Graf-Johann-Straße bis zum Saarländischen Staatstheater am Schillerplatz dauerte gerade mal sechs Minuten. Kaum aus dem Auto ausgestiegen, glitt Damians Blick an dem beeindruckenden Gebäude empor. Die Inszenierungen des Theaters, gerade der klassischen Stücke, waren für seinen Geschmack zu modern umgesetzt, die Musik und die Tänzer jedoch spitzenmäßig. Er war ein regelmäßiger Gast in diesem historischen Gebäude. Die Atmosphäre von künstlerischer Kreativität erfasste und überwältigte ihn jedes Mal schon beim Betreten der Eingangshalle.

Kathrin Momsens Blick war seinem gefolgt. „Sieht nicht schlecht aus, der alte Kasten. Ein bisschen zu protzig und zu viel Schnickschnack für meinen Geschmack."

Damian sah sie entsetzt an. „Den Schnickschnack nennt man Neoklassizismus und das Protzige ist durchaus gewünscht. Der Architekt, Paul Otto August Baumgarten, sollte ein Bollwerk gegen Frankreich entwerfen. Dazu muss man wissen, dass es 1937/38, also kurz vor dem Zweiten Weltkrieg, erbaut wurde."

Kathrin Momsen schob sich an ihm vorbei und ging schnellen Schrittes auf das Theater zu. Als sie auf gleicher Höhe, wie der vorangegangene Breuer war, hörte Damian sie halblaut murmeln: „Ein Schnösel. Sag ich doch. Und ein Besserwisser noch dazu."

„Momo, bitte. Gib ihm eine Chance", hörte er Breuer zurück flüstern.

Damian presste seine Lippen aufeinander und starrte mit geballten Fäusten dem wirren Lockenkopf seiner Kollegin hinterher. Am liebsten hätte er ihr „Kulturbanause" nachgerufen, doch er hielt es für ratsam, sich als Neuling zurückzuhalten. Also ging er mit gesenktem Kopf und zusammengezogenen Augenbrauen seinen Kollegen hinterher. Er fragte sich zum wiederholten Male, ob die Versetzung zum LPP 213 eine so gute Idee gewesen war. Das LPP 225, Wirtschafts- und Vermögenskriminalität, wäre vielleicht die bessere Wahl gewesen.

Die Leiche lag rechts vom Gebäude. Der Wach- und Streifendienst hatte bereits die Absperrungen vorgenommen.

Breuers Team versammelte sich um das Opfer, einen alten, grauhaarigen Mann mit großen Geheimratsecken. Einen Moment nahm jeder schweigend die Situation in sich auf.

Auf dem Boden war mit einem schwarzen kreideartigen Stift ein großes Fragezeichen gemalt worden, in dessen Mitte der alte Mann lag. Seine Arme waren zu beiden Seiten ausgestreckt und auf seiner Brust war eine römische Eins eingeritzt. Das Auffälligste aber waren die Ein-Euro-Münzen, welche die Augen bedeckten.

Dirk Falkner fand als Erster seine Stimme wieder.

„Der ist jedenfalls nicht einfach so tot umgekippt und einen Unfall können wir wohl auch ausschließen. Ich behaupte mal ganz spontan: Das war Mord."

Manfred Dresslau, der neben Damian stand, klopfte ihm auf die Schulter. „In unserm Geschäft sagen ja viele Kollegen, dass sich ihnen ihre erste Mordermittlung unvergesslich ins Hirn gebrannt hätte. Dein erster Fall hat jedenfalls eindeutig das Potenzial zur Unvergesslichkeit."

„Er ist sogar noch warm", bemerkte Breuer, der sich zur Leiche heruntergebeugt hatte. Er erhob sich wieder und sah Damian an.

„Dann lass mal hören: Wie ist deine erste Einschätzung der Lage?"

Alle Augen richteten sich auf Damian. Ein Test. Sein Herzschlag beschleunigte sich und er spürte, wie seine Handflächen feucht wurden. Wenn er jetzt etwas übersah oder einen Fehler machte ... vor all seinen Kollegen ...

Er schluckte. Seine Augen glitten rasch noch einmal über das Szenario und die Umgebung.

„Da das Opfer noch warm ist, können wir davon ausgehen, dass es innerhalb der letzten zwei Stunden ermordet wurde. Der Todeszeitpunkt liegt also zwischen 9:30 Uhr und 11:30 Uhr. Der Täter muss sehr abgebrüht sein, wenn er es riskiert, sein Opfer am helllichten Tag inmitten einer belebten Stadt wie Saarbrücken umzubringen und sich auch noch die Zeit nimmt, das Opfer auf diese Weise zu drapieren. Allerdings hat er sich hier auch eine relativ geschützte Stelle ausgesucht. Das Gebäude versteckt ihn vor Blicken von der Straße. Hier auf der anderen Seite befindet sich nur noch Grünfläche und dann die Saar. Die Straße auf der anderen Seite der Saar ist zu weit weg, als das dort ein vorbeifahrender Autofahrer erkennen könnte, was hier vor sich geht, und eine Mauer und die Sträucher geben eine gute Deckung. Der Blick nach hinten ist durch diesen kleinen Treppenvorbau abgedeckt, bleibt also nur noch ein Restrisiko eines Spaziergängers an der Saar entlang. Aber wenn man sich am Boden hält, wird man von dem Mäuerchen verdeckt und die Sträucher behindern auch hier die Sicht. Das an dieser Stelle jemand von der alten Brücke etwas erkennen kann, halte ich für unwahrscheinlich. Dieser Vorsprung am Gebäude deckt die Sicht auch in diese Richtung gut ab. Wenn ich mir die günstige Lage des Tatortes betrachte, können wir also von einem sehr geplant vorgehenden Täter ausgehen.

Ich sehe am Opfer eine blau-violette Verfärbung der Haut oberhalb des Schals, Abwehrverletzungen an den Fingern und Kratzspuren am Hals sowie eine kleine Blutspur aus der Nase und Punktblutungen im Gesicht. Todesursache ist also vermutlich Erdrosselung."

Breuer nickte. „Kommen wir also zur Inszenierung. Was sagt dir die über unseren Täter?"

„Die ganze Inszenierung der Leiche setzt auch einen großen organisatorischen Aufwand im Vorfeld der Tat voraus. Die einzelnen Elemente scheinen eine wichtige Bedeutung für den Täter zu haben. Was er uns oder jemand anderem damit sagen möchte, ist mir zurzeit noch nicht wirklich klar. Die Münzen auf den Augen des Toten deuten auf die antike Mythologie hin. Sowohl die Römer als auch die Griechen glaubten, dass die Seelen der Verstorbenen auf dem Weg zur Unterwelt, dem Totenreich Hades, den Fluss Styx überqueren mussten. Diesen Fluss konnte man nur durch den Fährmann Charon überwinden. Charon bezahlte man durch Münzen, die man auf die Augen oder in den Mund der Toten legte."

„Gibt es eigentlich etwas, über das du nicht aus dem Stegreif ein Referat halten kannst?", warf Momo sarkastisch ein.

Damian bedachte sie mit einem Seitenblick und fuhr unbeirrt fort: „Das schwarze Fragezeichen kann ich in seiner Bedeutung im Moment nicht einordnen. Es wird eine Frage oder ein Rätsel aufgestellt."

„Vielleicht ist unser Täter der Riddler", warf Manfred Dresslau ein. „Ihr wisst schon: Der Riddler. Der Rätselsteller. Der Superschurke aus dem Batman-Universum."

Verhaltenes Lachen quittierte diese Bemerkung. Auch Breuer erlaubte sich ein schiefes Lächeln. Nur

126

Damian sah mit gerunzelter Stirn von einem zum anderen.

„Ok", lenkte Breuer das Gespräch wieder in die richtige Richtung, „Hat jemand einen konkreten Vorschlag, was das Fragezeichen betrifft?"

Allgemeines Schweigen und ratlose Blicke.

„Also gut. Fahre fort, Damian", sagte Breuer.

Damian beugte sich zum Toten hinunter. „Er hat einen Kopfhörer im rechten Ohr. Hier an der Jacke klemmt der dazugehörige iPod. Aufgrund des Alters des Opfers nehme ich an, dass dies Teil der Inszenierung ist. Vermutlich hat der Täter dort seine Nachricht oder sein Rätsel zurückgelassen."

„Vermuten können Sie viel. Hauptsache, Sie lassen die Finger von den Beweisen, bis wir damit durch sind", kam eine schneidende Stimme von hinten.

Damian drehte sich entrüstet um.

Die Mitarbeiter der Spurensicherung mit ihren weißen Overalls waren eingetroffen. Ein besonders großes, breitschultriges Exemplar dieser Sorte hatte sich vor Breuer und seinem Team aufgebaut.

„Ihr Frischling wollte doch eben nicht etwa Beweise verunreinigen?", fragte er Breuer.

Damians Blut begann in seinen Adern zu kochen, während Momo sich über den Kommentar offensichtlich amüsierte. Damian warf ihr und dem Troll im weißen Overall einen giftigen Blick zu.

„Natürlich nicht, Engel. Wir sind doch hier alles Profis", sagte Breuer im ruhigen Ton.

Dieser grunzte nur abfällig und machte sich an die Arbeit.

„Heißt er wirklich Engel?", fragte Damian.

Breuer nickte nur lächelnd.

„Welch eine Ironie", konnte Damian sich nicht verkneifen. Er drehte sich wieder zur Leiche und fuhr fort: „Zuletzt möchte ich noch auf das beunruhigendste Detail der Inszenierung zu sprechen kommen: Die in die Brust eingeritzte römische Eins. Man fängt nicht bei Eins an zu zählen und hört dann auf. Wir können also davon ausgehen, dass dies nicht das einzige Opfer des Täters bleiben wird. Wir arbeiten gegen die Zeit."

Damian blickte in die Runde. Die anderen nickten zustimmend, ihre Gesichter ernst und grimmig. Serienmörder waren das Schlimmste.

Breuer nickte und ergänzte: „Da die Gehhilfe des alten Mannes hier neben ihm im Gras liegt, können wir davon ausgehen, dass der Fundort der Leiche auch der Tatort ist und unser Opfer hier nicht nur abgelegt wurde. Bis die Spurensicherung fertig ist, befragt ihr die Menschen in der unmittelbaren Umgebung, ob sie etwas Verdächtiges gesehen oder gehört haben. Im Theater scheinen Proben zu laufen, befragt auch diese Leute. Damian und ich fangen beim Hausmeister an, der die Leiche entdeckt hat."

Nach zwei Stunden gab die Spurensicherung den Tatort frei. Zuvor hatte Engel schon Breuer das Portemonnaie des Toten und den iPod überreicht. Der Personalausweis identifizierte ihn als Karl Schmied, 71 Jahre. Der gelbe Mitgliedsausweis der Deutschen Parkinson Vereinigung erklärte, warum Schmied auf die Gehhilfe angewiesen war. Kathrin Momsen nahm den iPod an sich und verband ihn mit ihrem Laptop. Alle scharrten sich gespannt um sie herum.

„Was ist da drauf, Momo? Hat der Täter uns dadurch eine Nachricht hinterlassen?", fragte Breuer.

„Phil Collins", sagte Momo mit gerunzelter Stirn und klickte sich wild durch das Verzeichnis des iPods.

„An Phil Collins?"

„Nein, Chef. Da sind nur lauter Lieder von Phil Collins drauf. Sonst nichts. Ich werde mir das Ding im Präsidium noch mal genauer vornehmen. Vielleicht hat er ja in irgendeiner Datei Informationen versteckt. Bis jetzt habe ich dafür jedoch keine Hinweise entdeckt."

Während die Leiche zur Gerichtsmedizin in Homburg abtransportiert wurde, machten sich Breuer, Damian und Johanna Schneider auf den Weg zu der Witwe des Opfers. Johanna, als angehende Psychologin, sollte Frau Schmied als Seelsorgerin zur Seite stehen.

Die Tür wurde ihnen schon nach dem ersten Klingeln schnell geöffnet.

„Frau Erna Schmied?", fragte Breuer.

Die Frau mit den sorgfältig hochgesteckten, weißen Haaren nickte mit besorgter Miene. Breuer stellte sich und seine Begleiter vor.

„Wir haben eine Nachricht für Sie, Frau Schmied. Dürfen wir herein kommen?"

Als Breuer sie über den Tod ihres Mannes informierte, brach die alte Dame in Tränen aus. Johanna, die sich neben sie gesetzt hatte, legte ihr eine tröstende Hand auf den Rücken. Eine Weile sprach niemand ein Wort.

„Ich hatte mir schon Sorgen gemacht, weil Karl so lange weg war. Ich befürchtete, er sei gestürzt oder so etwas, aber doch nicht tot", begann Erna Schmied nach einer Weile. „Was ist denn passiert?"

„Ihr Mann wurde wohl Opfer eines Verbrechens", sagte Breuer.

„Karl? Aber, wer würde ihm denn etwas antun wollen?"
Breuer gab Damian ein Zeichen, dass er übernehmen sollte. Da dem Überbringer der schlechten Nachricht oft Abneigung oder sogar Wut entgegenschlug, war es sinnvoll, wenn die entscheidenden Fragen von einem anderen gestellt wurden.

„Wir hatten gehofft, dass Sie uns da weiterhelfen könnten. Fühlen Sie sich in der Lage, uns einige Frage zu beantworten?", fragte Damian.

Erna Schmied sah ihn aus wässrigen Augen an. Dann straffte sich mit einem Male ihre Gestalt und der Blick wurde klar.

„Stellen Sie Ihre Fragen. Ich werde Ihnen helfen, so gut ich kann. Wenn ich irgendetwas dafür tun kann, dieses Monster, das mir meinen Karl genommen hat, hinter Gitter zu bringen, werde ich es tun."

Frau Schmied gab ihnen ausführlich Auskunft, aber eine konkrete Spur ergab sich daraus nicht.

„Ich muss Ihnen noch eine Frage stellen, Frau Schmied. Auch wenn es seltsam klingt, aber hat Ihr Mann vielleicht einen iPod besessen? Das ist so ein kleines Gerät. Auf diesem kann man ganz viel Musik speichern und abspielen", fragte Damian.

„Junger Mann, ich weiß sehr wohl, was ein iPod ist. Ich bin vielleicht alt, aber deshalb noch lange nicht von gestern. Ja, mein Mann besaß so ein Gerät. Karl hatte Parkinson."

Breuer lehnte sich nach vorne: „Tut mir leid, aber ich sehe den Zusammenhang nicht."

„Sehen Sie, Musik bewirkt Wunder. Sie hilft Stotternden flüssig zu reden, rührt Frohnaturen zu Tränen und zaubert Depressiven ein Lächeln auf die Lippen, sie hilft Schmerzen besser zu ertragen und Parkinson-Patienten hilft der Rhythmus dabei, sicherer zu gehen. Mein Mann geht nicht mehr ohne seine Musik aus dem Haus. Ich meine ... er ging nie ohne ..." Frau Schmied brach ab und kämpfte erfolglos gegen die Tränen. „Sehen Sie, Karl war als junger Mann ein erfolgreicher Sänger in einer Rock 'n' Roll Band. Als wir heirateten und ein Jahr später unser Sohn Theo auf die Welt kam, hörte er mit dem Rock 'n' Roll auf und widmete sich seiner zweiten großen Leidenschaft: Der Klarinette. Er wurde Klarinettist beim Saarländischen Staatsorchester. So musste er nicht mehr ständig auf Tour und hatte ein gesichertes Einkommen. Die Musik war sein Leben."

Damians Blick glitt über die teure Einrichtung des Wohnzimmers und blieb an einer Vitrine hängen. Plötzlich sprang er auf und betrachtete sich die Geige darin genauer. Er drehte sich zu Frau Schmied um, die blauen Augen weit aufgerissen, und flüsterte ehrfürchtig: „Ist das eine echte Stradivari?"

Erna Schmied lächelte. „Sie haben ein gutes Auge. Verzeihen Sie, aber ich habe nicht erwartet, dass ein Kriminalbeamter eine Stradivari von einer gewöhnlichen Geige unterscheiden könnte."

Damian lächelte charmant. „Sie ist aus Stradivaris zweiter Periode. Eine ,long pattern', nicht wahr?"

„Ja, ganz recht. Geigen sind meine Leidenschaft." Frau Schmieds Augen begannen zu leuchten.

„Verzeihen Sie bitte diese Frage", begann Damian, „aber Sie sind offensichtlich sehr wohlhabend."

„Karl hatte eine reiche Erbtante. Mit dem Geld, das er als Klarinettist im Staatsorchester verdient hat, hätten wir uns all das nicht leisten können."

„Könnte jemand versucht haben, Ihren Mann zu erpressen? Hat jemand Geld von ihm verlangt?", fragte Damian.

„Nein ... obwohl ... etwas hat ihn in letzter Zeit sehr aufgeregt. Er sagte zwar immer, es sei alles in Ordnung, aber ich habe gemerkt, wie die Aufregung sein Parkinson immer schlimmer werden ließ. Es hatte bestimmt etwas mit diesen Anrufen zu tun. Er wollte mir nie sagen, wer dran gewesen ist. Er sagte immer nur, es sei ein Freund gewesen.“

Breuer, Damian und Johanna sahen sich an. Da war sie. Die erste heiße Spur. Nun galt es herauszufinden, wer der mysteriöse Anrufer war.

„Wissen Sie noch, wann diese Anrufe angefangen haben?“, fragte Damian. Erna Schmied überlegte angestrengt. Dann schüttelte sie den Kopf. „Ich weiß es beim besten Willen nicht mehr. Es tut mir leid.“

„Kein Problem. Wir finden das schon raus“, beruhigte Breuer die alte Frau. „Und wann war der letzte Anruf?“

„Ich glaube, gestern. Ja, ich bin mir ziemlich sicher. Karl war wieder ganz aufgeregt. Gestern, so gegen 10 Uhr.“

Breuer und Damian verabschiedeten sich und ließen Frau Schmied eine Karte da, auf der ihr Name und die Handy-Nummern ihrer Dienst-Telefone standen.

„Falls Sie noch Fragen haben, oder Ihnen noch etwas einfällt, können Sie uns zu jeder Zeit anrufen, Frau Schmied“, sagte Damian.

Johanna blieb noch eine Weile bei der trauernden Frau.

Breuer bat die Staatsanwaltschaft um einen richterlichen Beschluss, der die Überprüfung der Anrufliste der Schmieds vom vergangenen Monat genehmigte. Er betonte die Dringlichkeit und den begründeten Verdacht, dass es sich hierbei um den Anfang einer Mordserie handeln könnte. Die Staatsanwaltschaft versicherte, dass sie die Unterlagen noch heute fertig machen und an den zuständigen Richter weiterleiten würden, sodass sie am nächsten Morgen mit der Genehmigung rechnen könnten.

Nach der abschließenden Teambesprechung für diesen Tag konnte sich keiner dazu durchringen, nach Hause zu gehen. Jeder dachte an ein mögliches zweites Opfer, dass es zu verhindern galt. Sie wälzten Protokolle, besprachen Theorien, aber bei dem bisherigen Ermittlungsstand war es nur ein Herumstochern im Dunkeln.

Breuer schaltete seinen Computer aus und schaute in die Runde. Auf allen Schreibtischen war das Chaos ausgebrochen, bis auf Damians. Dort waren sogar die Bleistifte nach Größe und die Kugelschreiber nach Farbe sortiert. War das noch normal?

„Ok. Ich geh noch in *Die Schwarze Acht* eine Runde Billard spielen. Wer kommt mit?"

Der Vorschlag wurde begeistert angenommen. Damian wollte ablehnen, aber Breuers Blick sagte ihm deutlich: *„Komm mit"* und so ergab er sich seinem Schicksal.

Die Schwarze Acht befand sich nicht weit vom Präsidium entfernt.

„So Jungs, jetzt benehmt euch. Die Polizei ist im Haus!", rief die Bedienung im Billardcafé ein paar grölenden Jugendlichen zu, als Breuer und sein Team eintraten. Breuer verzog das Gesicht.

„Herzlichen Dank auch, Lizzi", sagte er sarkastisch.

Lizzi strahlte ihn nur an und nickte in Richtung der nun sehr viel ruhigeren Jugendlichen, die ihnen immer wieder verstohlene Blicke zuwarfen.

„Wieso, hat doch wunderbar gewirkt? Was kann ich euch bringen?", fragte sie.

Jeder gab seine Bestellung auf.

Manfred Dresslau klatschte in die Hände.

„Jo, Momo. Traut ihr euch eine Runde Doppel gegen Dirk und mich?"

„Klar, Manni. Auch wenn wir gegen dich nicht viel Chancen haben", lachte Momo und Johanna ergänzte an Damian gewandt: „Manni ist so ziemlich der beste Billardspieler, den ich kenne."

Manni nickte und klopfte sich auf seinen umfangreichen Bauch. „Wenigstens eine Sportart, in der ich so richtig gut bin."

Damian merkte schon bald, dass gut die Untertreibung des Jahrhunderts war. Auch ohne Billard-Kenntnisse sah Damian, dass Manni genial spielte. Fasziniert sah er dem korpulenten Mann zu, wie er mit Leichtigkeit eine Kugel nach der anderen versenkte.

„Hast du auch Lust auf eine Runde Billard?", fragte ihn Breuer. Damian schürzte die Lippen.

„Das habe ich noch nie gespielt." Breuer sah ihn ungläubig an. „Ernsthaft?"

Damian zuckte die Schultern. „Wie sind denn die Regeln?"

„Ok. Das Wichtigste jetzt. Alles andere lernst du beim Spiel. Der Billard-Tisch hat sechs Löcher und du hast fünfzehn nummerierte und eine weiße Kugel. Zuerst werden die Kugeln zu einem Dreieck aufgebaut. Die schwarze Acht kommt in die Mitte. Ziel ist es, dass du alle deine Kugeln, also entweder die Vollfarbigen oder die gestreiften Kugeln, versenkst. Eigentlich mit Ansage, in welches Loch du welche Kugel versenken möchtest, aber das lassen wir für den Anfang erst einmal. Wenn also all deine Kugeln versenkt sind, kommt die schwarze Acht an die Reihe. Wenn auch die versenkt ist, hast du gewonnen." Breuer klatschte in die Hände.

„Gut. Probieren wir es mal aus. Ich überlass dir den Anstoß."

Breuer richtete für Damian die Kugeln und warf ihm dann einen Queue zu. „Die erste Kugel, die du einlochst, ist deine Farbe."

Damian schaute sich von Manni die Körperhaltung und Positionierung des Qeues ab. Dann fixierte er über die Länge des Queues die umgekehrte Pyramide aus Kugeln. Welche wollte er treffen? Er setzte einen vorsichtigen Stoß. Die weiße Kugel setzte sich mit einem leisen Tock in Bewegung, als die Spitze des Queues sie traf, rollte über den grünen Filzbelag und traf die rot gestreifte Elf. Das Gebilde aus Kugeln geriet in Bewegung und die Pyramide verlor ihre Form. Das war allerdings auch schon alles, was passierte. Missmutig sah Damian auf den Spieltisch. Als Manni seinen Anstoß gemacht hatte, hatte das so einfach ausgesehen.

„Du musst mit mehr Kraft arbeiten", sagte Breuer. „Komm, ich zeig es dir."

Er betrachtete kurz die Lage der Kugel und versetzte dann der Weißen einen kraftvollen Anstoß, sodass sie in das bunte Kugelfeld preschte. Blitzartig sprangen die Kugeln auseinander. Dabei landeten drei Gestreifte in den Löchern. Damian schaute Breuer mit großen Augen zu. Wie hatte er es geschafft, dass keine vollfarbige Kugel eingelocht wurde? Er hatte doch scheinbar wahllos auf den Kugelhaufen gespielt? Breuer ging um den Tisch herum und betrachtete sich die Lage der weißen Kugel von allen Seiten. Dann setzte er zu einem weiteren Stoß an. Die grüne Vierzehn rollte ins Loch, eine kurze Neuausrichtung und er versenkte die lila Zehn. Erst der nächste Schuss war kein Treffer, brachte aber die gelbe Neun in eine günstige Position vor dem linken, oberen Loch.

Damian schaute ihn mit offenem Mund an. „Ich sehe schon, Manni ist hier nicht der einzige Profi."

Breuer grinste schief. „An Mannis Spielkünste kommt hier keiner ran. Versuch es diesmal mit mehr Power."

Damian trat an den Tisch heran. Das konnte doch nicht so schwer sein. Er machte sich eine Kugel aus, berechnete den Winkel, in dem die weiße Kugel sie treffen musste, damit sie ins Loch rollte. Eigentlich nur Geometrie. Bestimmt ganz einfach, wenn man mal den Bogen raus hatte. Er verengte die Augen zu Schlitzen. Jetzt nur mit genügend Kraft die weiße Kugel treffen. Er zog den Queue zurück und stieß ihn mit einer blitzartigen Bewegung nach vorne, sodass er kraftvoll die weiße Kugel traf. Diese spritzte von der Spitze weg, schoss quer durch den Raum und landete zwei Tische weiter, wo sie tatsächlich noch eine vollfarbige Kugel versenkte.

Damian richtete sich langsam auf. Die Menschen in ihrer unmittelbaren Umgebung hatten sich auf den Boden geworfen und kamen nun langsam wieder auf die Füße. Die Bedienung wagte sich wieder aus ihrer Deckung hinter dem Tresen hervor und warf Damian einen bösen Blick zu.

Damian hob die Hand und rief in den Raum: „Entschuldigt, Leute."

Breuer schüttelte den Kopf und schien sich das Lachen kaum verkneifen zu können.

„Versuch das nächste Mal auf deinem Tisch zu bleiben", sagte er.

„Ich zermarter mir die ganze Zeit das Gehirn, was der Täter uns mit dem Fragezeichen sagen will", meinte Manni und versenkte eine weitere Kugel.

„Vielleicht steht die Frage in Zusammenhang mit dem Tatort?", mutmaßte Momo.

„Dann könnte Herr Schmied also auch ein Zufallsopfer sein, der nur zum falschen Zeitpunkt am falschen Ort war. Ja, das wäre auch ein Lösungsansatz. Wir müssen dem auf jeden Fall nachgehen, falls sich aus den merkwürdigen Telefonaten keine heiße Spur ergibt", sagte Breuer.

„Der Täter wartete also am Staatstheater, bis jemand vorbeikam. Dann ermordete er denjenigen, damit er seine verrückte Inszenierung umsetzen konnte", fasste Dirk zusammen.

Damian setzte zu einem neuen Stoß an. Die Kugel verfehlte das Loch um Längen. Er fluchte, bevor er zu einer Antwort ansetzte.

„Nicht ganz. Das Auto von Schmied wurde auf dem Parkplatz am Schillerplatz gefunden. Von seiner Frau Erna Schmied wissen wir, dass er beim Ticketvorverkauf Karten für das Kammerkonzert Nr. 6 mit Stücken von Fauré, Liszt und Brahms kaufen wollte."

„Wo ist der Widerspruch zu meiner These?", fragte Dirk.

„Der Ticketvorverkauf findet am Schillerplatz 2 statt. Also dort, wo auch das Auto stand. Das ist genau gegenüber dem Staatstheater. Karl Schmied wurde wahrscheinlich erdrosselt. Aber der Täter muss auch noch eine andere Waffe besessen haben, mit der er Karl Schmied dazu veranlassen konnte, ruhig und unauffällig mit ihm auf die andere Straßenseite und zum Staatstheater zu gehen. Ein Messer oder eine Pistole", sagte Damian.

„Das ergibt Sinn", meinte Manni und versenkte in schneller Folge gleich drei Kugeln.

„Nur zu schade, dass dabei keinem Passanten etwas aufgefallen ist. Wir sollten einen Zeugenaufruf in der Zeitung starten. Vielleicht hat ja ein Autofahrer oder ein vorbeigehender Fußgänger doch etwas bemerkt."

„Gute Idee, Manni. Leite das morgen früh bitte direkt in die Wege. Aber gib keine Einzelheiten preis", sagte Breuer.

„Wir dürfen auch die Theorie nicht außer Acht lassen, dass diese ganze Inszenierung uns nur von dem eigentlichen Motiv ablenken soll. Der Täter könnte durchaus auch aus dem direkten Umfeld von Karl Schmied stammen", warf Jo ein.

„Damian und ich gehen morgen früh noch einmal zu der Witwe Schmied und arbeiten mit ihr die Telefonliste durch. Dabei befragen wir sie dann gezielt zu den Verhältnissen im näheren Umfeld. Jo, lade du bitte schon einmal den Sohn, Theo Schmied, aufs Präsidium zu einer Befragung", sagte Breuer.

Kapitel 18

Breuer schlurfte mit langsamen Schritten durch die taunasse Wiese. Seine grünen Gummistiefel glänzten vor Feuchtigkeit. Jack jagte mit wedelndem Schwanz vorneweg, bevor ihm der Abstand zu groß wurde und er mit ungeminderter Geschwindigkeit wieder zu Breuer zurückrannte. Breuer schüttelte belustigt den Kopf. So ungestüm zeigte sich Jack nur selten. Er war eher ein Hund der gemütlichen Sorte. Inzwischen hatten sie die ersten Häuser des Dorfes wieder erreicht. Breuer ging seinen gewohnten Gang in das kleine Tabak- und Zeitschriftengeschäft, um sich seine Tageszeitung zu kaufen. Da er sowieso jeden Morgen mit Jack raus musste, benötigte er kein Abo der Saarbrücker Zeitung. Je nach Fall war es zusätzlich auch ganz interessant, was die Boulevardblätter dazu schrieben. An einem solchen blieb in diesem Moment sein Blick hängen.

„So eine verdammte Scheiße!", fluchte er laut genug, um einen missbilligenden Blick der Ladeninhaberin, Frau Kaiser, zu kassieren. Er riss das Schundblatt aus dem Ständer und starrte mit zusammengekniffenen Augen auf die Titelseite.

„Der Fährmann hat zugeschlagen!", stand dort als reißerische Überschrift. Darunter war ein großes Bild, das die Leiche am Tatort zeigte. Zumindest hatte man

den Anstand besessen, das Gesicht des Toten unkenntlich zu machen. Im Artikel darunter überschlug man sich mit wilden Spekulationen und Panikmache. Breuer schnappte sich noch die Saarbrücker Zeitung und bezahlte beide Blätter mit grimmiger Miene. Der Tag hatte kaum angefangen und seine Laune befand sich schon auf dem Tiefpunkt.

Im Präsidium angekommen, donnerte Kriminaldirektor Lauers Stimme durch die Korridore: „Breuer! Wie kommen dieses Bild und die Informationen an die Presse?"

Breuer atmete einmal tief durch und drehte sich dann zu seinem Vorgesetzten um. „Ich habe keine Ahnung, wie es dazu kommen konnte. Aber von meinen Leuten war das keiner. Dafür leg ich meine Hand ins Feuer. Und Informationen hatten die Reporterheinis auch keine. Was da steht, ist nur wilde Spekulation."

„Das ist eine absolute Katastrophe. Das ist dir ja wohl klar. Finde heraus, wie es dazu kommen konnte!", verlangte Lauer und funkelte ihn wütend an.

Breuer schickte Manni und Momo zur Redaktion des Boulevardblatts.

Er und Damian fuhren zu Erna Schmied und gingen mit ihr die Telefonlisten durch. Dabei kristallisierte sich heraus, dass die besagten Anrufe alle von öffentlichen Telefonanschlüssen getätigt worden waren und auch nie vom selben Standort aus.

„Verdammter Mist. Das ist eine Sackgasse", fluchte Breuer. Erna Schmied zuckte bei diesem Ausbruch zusammen.

„Es tut mir leid. Ich wünschte, ich könnte Ihnen mehr sagen", sagte sie mit zittriger Stimme.

Breuer fuhr sich mit der Hand übers Gesicht.

„Nein, Sie waren ja gar nicht gemeint. Es tut mir leid, Frau Schmied. Ich bin nur frustriert. Heute ist einfach nicht mein Tag. Aber vielleicht können wir aus den Telefonnummern doch noch die ein oder andere Information herausziehen."

„Aber ich dachte, das seien Nummern von öffentlichen Anschlüssen? Was für Informationen sollten denn da noch zu finden sein?", fragte Frau Schmied.

„Wir können nachprüfen, wo sich die Anschlüsse befinden und dadurch die Wohlfühlzone des Täters eingrenzen", erklärte Damian.

„Gut, ich mach uns erst einmal einen Tee und stell ein paar Plätzchen auf den Tisch. Wir haben bestimmt noch einiges zu besprechen", sagte Frau Schmied und stand energisch auf. Sie kam mit einer Kanne mit schwarzem Tee und ein paar Schokoladenplätzchen zurück. Sie lächelte wehmütig.

„Mein Mann liebte Tee mit Plätzchen. Er sagte dann immer: So sieht der Tag gleich viel freundlicher aus."

Breuer nahm einen Schluck Tee und biss in ein Plätzchen. Er kaute genüsslich, dann lächelte er: „Stimmt."

„Frau Schmied, darf ich Ihnen einige Fragen zu den Menschen im direkten Umfeld ihres Mannes stellen?", fragte Damian.

Sie besprachen etwa eine Stunde alle Personen, die mit Karl Schmied mehr oder weniger viel zu tun hatten. Daraus ergaben sich zwei Menschen, mit denen sich Breuer genauer unterhalten wollte. Theo Schmied, der Sohn des Opfers, der inzwischen sowieso schon seine Vorladung ins Präsidium haben dürfte, und Una Zeickovski, die Pflegekraft des von Parkinson geplagten Mannes. Beide schienen recht unangenehme Zeitgenossen zu sein.

Theo Schmied war 42 Jahre alt und von stämmiger Figur. Seine lichten, dunkelblonden Haare hatte er streng nach hinten gegelt. Er kam direkt mit seinem Anwalt, was durchaus sein gutes Recht war, aber Breuer schon gleich gewaltig auf die Nerven ging. Den Anwalt hingegen kannte und schätzte Breuer schon lange, auch wenn Anwälte im Allgemeinen seine Arbeit nicht gerade einfacher machten. Simon Sommer war ein jüngerer Bruder von Dr. Elfi Sommer. Mit seinem sommersprossigen Gesicht und den funkelnden braunen Augen hatte er, trotz seiner 41 Jahre, einen einnehmenden jungenhaften Charme. Breuer stellte ihn Damian vor, der bei der Befragung mit anwesend sein würde.

Sie hatten sich noch nicht ganz gesetzt, da polterte Theo Schmied auch schon los: „Warum werd ich hierher zitiert, wie ein Verbrecher. Ich bin hier das Opfer. Da sollte man doch etwas mehr Taktgefühl erwarten."

Damians Blick kühlte innerhalb von Sekunden unter den Gefrierpunkt herunter.

„Ihr Vater ist das Opfer, Herr Schmied. Nicht Sie, und man sollte meinen, dass gerade Ihnen viel daran gelegen wäre, dass der Tod Ihres Vaters so schnell wie nur möglich aufgeklärt wird."

Theo Schmieds Gesicht wurde dunkelrot und er schien sich wie ein Kugelfisch aufpumpen zu wollen. Bevor er jedoch zu einer rüden Antwort ansetzen konnte, ergriff sein Anwalt lächelnd das Wort.

„Selbstverständlich ist meinem Mandanten die rasche Aufklärung des Todes seines Vaters wichtig und er ist gerne dazu bereit, Ihnen Ihre Fragen zu beantworten." Simon Sommer warf seinem Mandanten einen warnenden Seitenblick zu.

„Ihre Firma, eine Event-Firma, ist insolvent gegangen und Sie sind im Moment arbeitslos. Ist das so richtig?", fragte Breuer.

„Ich wäre mit meiner Firma nicht insolvent gegangen, wenn ich ein wenig finanzielle Unterstützung bekommen hätte. Aber mein Vater saß ja auf seinem Geld, der Geizkragen. Er hat doch tatsächlich gemeint, ich müsste lernen, auf eigenen Beinen zu stehen", empörte sich Schmied.

Damian besah sich Theo Schmied. Er hatte ihnen gerade ein einwandfreies Mordmotiv geliefert. War der Mann wirklich so dumm? „Ist es nicht so, dass Ihre Eltern Ihnen Ihr Haus bezahlt haben? Da kann man doch wohl kaum von Geiz sprechen", sagte er.

„Ich war dabei, zu ertrinken und da kommt mein lieber Herr Vater und wirft mir keinen Rettungsring, sondern ein paar Lebensweisheiten um die Ohren", keifte Theo Schmied. Seine Spucke spritzte quer über den Tisch.

„Und da haben Sie sich dazu entschlossen, ihm eine Lektion zu erteilen", sagte Damian.

„Was? Nein! Ich habe mit seinem Tod nichts zu tun. Aber ich muss ja auch nicht besonders traurig darüber sein. Darf er das? Darf er mir so etwas vorwerfen?", fragte Theo Schmied seinen Anwalt und fuchtelte dabei mit seinem Zeigefinger wild vor Damians Gesicht herum.

„Ja, darf er", sagte dieser knapp.

„Ist das nicht Verleumdung oder so etwas? Wofür hab ich Sie denn dabei?"

„Herr Schmied, als Ihr Anwalt rate ich Ihnen, sich sofort zu beruhigen und der Kriminalpolizei so gut es geht, behilflich zu sein."

Schmied schnaubte verächtlich und zerrte am Knoten seiner grün gemusterten Krawatte, die so gar nicht zu seinem blau karierten Hemd passte.

„Zuerst die wichtigste Frage: Wo waren Sie gestern zwischen neun und elf Uhr?", fragte Breuer.

„Also werde ich doch verdächtigt!", empörte sich Schmied.

„Sehen Sie es als Routinefrage", sagte Breuer. Schmied überlegte kurz. „Ich war auf so einem bescheuerten Seminar vom Arbeitsamt."

„Wie hieß es?", fragte Breuer.

„Bewerbung und Selbstvermarktung. Hat in Saarlouis stattgefunden. Von 9 bis 12 Uhr. Totale Zeitverschwendung, wenn Sie mich fragen."

Nach einer Stunde beendete Breuer die Befragung. Theo Schmied rauschte ohne einen Abschiedsgruß davon.

Simon Sommer lächelte schief. „Es ist eine schiere Unmöglichkeit, manche Mandanten vor sich selbst zu schützen. Aber er hat ein gutes Alibi."

„Ja, Ihren Job möchte ich nicht haben und das mit dem Alibi werden wir erst noch überprüfen", sagte Breuer.

„Ihren Job möchte ich aber noch viel weniger haben. Wie ich höre, wetzt die Presse schon die Messer, wegen diesem Fährmann-Mörder", erwiderte Simon Sommer und verabschiedete sich.

„Dieser Theo Schmied muss der Mörder sein", meinte Damian, kaum dass der Anwalt außer Hörweite war.

„Ja, der Bursche ist ein echter Kotzbrocken", sagte Breuer. „Und nun bekommt er auch noch seinen Erbteil, was bestimmt nicht wenig ist. Damit dürften seine

Geldsorgen vorerst gelöst sein. Für mich hört sich das nach einem guten Motiv an."

„Und was noch viel schlimmer ist: Er hat absolut keinen Stil!", ergänzte Damian trocken.

„Chef. Wir haben ein Problem." Manni kam mit eiligen Schritten auf sie zu.

„Momo und ich waren bei der Zeitung. Also, die gute Nachricht ist, dass es bei uns kein Leck gibt. Das war keines unserer Tatortfotos. Die schlechte Nachricht ist, dass unser Mörder gezielt die Öffentlichkeit sucht. Ich bin mir ziemlich sicher, dass er derjenige war, der das an die Zeitung geschickt hat."

„Ok. Aber damit haben wir noch mal mehr Anhaltspunkte. Welches Fotopapier wurde verwendet, lass prüfen, ob wir das zurückverfolgen können ...", setzte Breuer an.

Manni schüttelte den Kopf. „Da werden wir kein Glück haben. Der Fotoabzug wurde mit einem handelsüblichen Haushaltsdrucker ausgedruckt. Da ist nichts an Informationen raus zu ziehen. Ich hab es der Spurensicherung übergeben, zusammen mit dem Umschlag. Vielleicht können die einen Fingerabdruck oder DNA-Spuren an der Klebelasche des Umschlags oder so sichern. Er wurde mit dem Drucker beschriftet. Also keine Handschriftenprobe. Er wurde auch direkt bei der Redaktion eingeworfen. Kein Poststempel. Nichts. Die sichergestellten Gegenstände sind alle fotografiert worden. Die Daten befinden sich auf deinem Rechner."

„War ein Anschreiben oder etwas Ähnliches dabei?", fragte Damian.

„Ein Ausdruck. Ich hab ihn hier. Es steht aber nicht viel drauf." Manni hielt einen eingetüteten Zettel hoch. Breuer nahm ihn entgegen.

„Tatort: Außerhalb des Saarbrücker Staatstheaters, Richtung Saar. Tatzeit: Heute Morgen, 10:15 Uhr. Opfer: Karl Schmied, 71 Jahre", las er laut vor. Er drehte das Blatt um, um zu sehen, ob sich noch etwas auf der Rückseite befand, aber das waren schon alle Informationen.

„Nicht viel. Jetzt kennen wir wenigstens den genauen Todeszeitpunkt. Bring das auch noch der Spurensicherung und danach überprüf doch bitte das Alibi von Theo Schmied. Ich möchte wissen, ob er wirklich bei diesem Seminar vom Arbeitsamt war und ob er sich zwischendurch verdünnisieren konnte."

„Wird gemacht, Chef", sagte Manni und war schon auf dem Weg. Breuer drehte sich zu Damian um.

„Und wir zwei fahren jetzt in die Rechtsmedizin. Die Obduktion ist in zwanzig Minuten angesetzt."

Damian schluckte und nickte stumm.

Kapitel 19

Damian starrte angestrengt aus der Seitenscheibe von Breuers Dienstwagen. Er wollte jetzt kein Gespräch führen. Die heiße Juli-Sonne ließ den Asphalt flimmern, aber ihm war mit einem Male eisig kalt. Er knetete seine Hände, um sie aus ihrer Totenstarre zu befreien.

Die Rechtsmedizin. Klar hatte er von Anfang an gewusst, dass dieser Bereich Teil seines Jobs sein würde. Immerhin mussten bei jeder Leichenöffnung ein ermittelnder Beamter und ein Vertreter der Staatsanwaltschaft dabei sein. Aber das hieß noch lange nicht, dass ihm das gefallen musste.

Das weiße Gebäude des Instituts für Rechtsmedizin der Uni Homburg sah weder kalt noch abweisend aus. Es strahlte mit seinen vielen Fenstern eine behagliche Eleganz und Freundlichkeit aus, die so manchem modernen Neubau, mit seinen klaren Linien, verloren ging. Breuer ergatterte den letzten freien Parkplatz direkt vor dem Gebäude und warf seinem neuen Kollegen einen fragenden Blick zu. Schnell stieg Damian aus. Er wollte nicht den Eindruck erwecken, seinem Job nicht gewachsen zu sein. Sie waren schon recht spät dran und so ging Breuer zügig voraus und hielt Damian die Eingangstür auf. Mitten im Durchgang blieb dieser stehen und drehte sich zu Breuer um.

„War Viktor auch hier?"

Kaum hatte die Frage seine Lippen verlassen, hätte er sie am liebsten wieder zurückgenommen. Woher war das jetzt gekommen? Er wollte einen professionellen Eindruck machen und nicht wie ein verängstigtes Kind klingen. Unwirsch schüttelte er den Kopf und murmelte: „Nicht so wichtig", bevor er sich schnell von Breuers schockiertem Gesichtsausdruck abwandte und mit raschen Schritten den Eingangsbereich betrat. Während seines Studiums hatte er seine erste Sektion miterlebt. Sie war ihm noch unangenehm im Gedächtnis. Und heute schien es auch nicht besser zu laufen. Der Geruch in diesem Haus reizte jetzt schon seinen nervösen Magen.

„Ja, er war auch hier", sagte Breuer.

Damian, der seine ganze Aufmerksamkeit seiner Körpermitte zugeteilt hatte, sah ihn einen Moment verwirrt an.

„Dein Freund, Viktor Resch. Er wurde nach seinem Unfall auch hierher gebracht", sagte Breuer. Er sah Damian forschend ins Gesicht. „Möchtest du draußen auf mich warten? Es ist ok, wenn du dir das noch nicht zutraust. Bei deiner Vergangenheit ..."

„Nein", unterbrach ihn Damian. „Es ist alles in Ordnung. Ich weiß selber nicht, wieso ich diese Frage gestellt habe. Vergiss sie bitte einfach. In welchem Raum findet die Obduktion statt?"

Breuer sah ihn eine Weile abschätzend an, dann sagte er: „Hier entlang", und wies Damian den Weg.

Als sie vor der Tür angekommen waren, lächelte er geheimnisvoll.

„Ich habe auch noch eine Überraschung für dich." Damit klopfte er kurz an und betrat den Obduktionssaal. Damians Beklemmung wich Verwirrung. Was für eine Überraschung könnte ihn hier erwarten? Mit einer gewissen Neugier betrat er den nüchternen Raum. Der Boden war weiß gefliest und überhaupt schien alles an diesem Raum weiß zu sein. Die einzige Ausnahme war der große, silberne Metalltisch, dessen Kopfende in einem großen Abflussbecken mündete. Darüber war der kleine Organtisch mit Schiebetablett angebracht. Der Raum war von einigen Milchglasfenstern in helles Tageslicht getaucht. Auf dem Seziertisch lag schon die Leiche von Karl Schmied und in der Ecke, nicht weit von der Tür, saß ein blasser junger Mann von der Staatsanwaltschaft.

„Ah, die Herren von der Kriminalpolizei beehren uns auch mit Ihrer Anwesenheit. Können wir dann endlich anfangen?", wurden sie von einem der Rechtsmediziner begrüßt.

„Seien Sie lieb, Dr. Köhler. Ich bin sicher, es gibt einen guten Grund für die Verspätung. In diesem Beruf lässt sich halt nicht alles genau planen. Nicht wahr, Breuer?", sagte eine bekannte Stimme.

Damian sah die schlanke Frau, etwa in Breuers Alter, erstaunt an. Ihre braunen Haare, die mit zahlreichen grauen Strähnen durchzogen waren, hatte sie zu einem festen Knoten zusammengebunden. Ihre braunen Augen hatten Damian nur gestreift und ruhten nun auf Breuer. Dieser lächelte sie mit seinem charmantesten Lächeln an.

„Ja, wir wurden bei einer Befragung aufgehalten. Entschuldigen Sie bitte alle. Meinen neuen Kollegen, Damian Johannsson, kennst du ja bereits, Doc."

Doktor Elfi Sommers Blick flog zurück zu Damian. Eine Weile sahen sie sich in erstauntem Schweigen an.

„Hallo, Damian. So erwachsen hätte ich dich beinahe gar nicht mehr erkannt", sagte sie.

Damian nickte beklommen. Er hatte nur gute Erinnerungen an die lebenslustige Ärztin und mochte sie sehr gerne. Ohne sie hätte er den Absprung in sein neues Leben nicht geschafft. Doch nun war Breuer nicht mehr der Einzige, der in seinem beruflichen Umfeld sein Geheimnis kannte. Das ganze entwickelte sich zu einem unkalkulierbaren Risiko für seine Laufbahn. Zu Damians Erleichterung ging Elfi Sommer nicht weiter auf seine Vergangenheit ein, sondern band sich ihre Haube um und begann zusammen mit ihrem Kollegen, Dr. Köhler, und einem Assistenten die Obduktion. Die äußere Leichenschau ergab nicht viel Neues. Karl Schmied war mit seinem eigenen Schal erdrosselt worden. Der Täter stand dabei über dem Opfer. Wenn man sich den Winkel der Strangulation ansah, ließ er darauf schließen, dass Karl Schmied zum Tatzeitpunkt vermutlich gekniet hatte.

„Ihn in die Knie zu zwingen, dürfte bei seiner fortgeschrittenen Parkinsonerkrankung nicht besonders schwergefallen sein", sprach Dr. Sommer in ihr Diktiergerät, welches sie um den Hals hängen hatte.

„Er hat sich gewehrt, gegen den tödlichen Druck des Schals angekämpft. Das belegen nicht nur die Abwehrverletzungen an seinen Händen, sondern auch die Wollfasern und Hautschuppen unter seinen Fingernägeln. Ob es sich bei diesen Hautzellen nur um Material aus den Kratzverletzungen am eigenen Hals des Opfers oder um Fremdmaterial handelt, muss nachgeprüft werden. Dieser Kampf dürfte allerdings nicht lange gedauert haben, da durch den starken Druck die Blutzufuhr zum Gehirn abgeklemmt wurde." Die Ärzte suchten den Körper systematisch nach Punktblutungen oder Stauchungsblutungen ab. Als Dr. Sommer dazu die Augenlider mit einer Pinzette vollständig umschlug, erhob sich ein sehr blasser Staatsanwalt und verschwand durch die Tür. Damian sah ihm mit einer gewissen Erleichterung nach. Zumindest würde er heute nicht der Erste sein, der schlapp machte. Nach einigen Minuten kehrte der junge Mann mit einem verlegenen Lächeln zu seinem Stuhl zurück. Er hatte gerade wieder Platz genommen, da sprach Dr. Sommer in ihr Diktiergerät, dass die äußere

Leichenschau nun abgeschlossen sei und Dr. Köhler und sie mit der inneren Leichenschau weitermachen würden. Das schmatzende Geräusch, als Karl Schmieds Bauchdecke angehoben wurde, ließ Damian zusammenzucken.

Der junge Staatsanwalt sprang wieder von seinem Stuhl auf und stürzte aus der Tür. Damians Hände umklammerten krampfhaft die Seiten der Sitzfläche seines Metallstuhls. Er lenkte seine ganze Konzentration auf die Kühle, die das Metall an seine Finger und Handflächen abgab. Er durfte nur nicht an seinen inzwischen heftig rebellierenden Magen denken.

Damian warf Breuer einen verstohlenen Blick zu. Dieser saß mit ernstem Gesicht und übereinandergeschlagenen Beinen auf seinem Stuhl und machte sich Notizen. Als der Doc, wie Breuer Elfi Sommer genannt hatte, ihm einen kurzen Blick zuwarf, verzogen sich seine Lippen zu einem flüchtigen Lächeln. Dann hörte er weiter gebannt ihren Ausführungen zu. Damian runzelte die Stirn. Warum machte das diesem Mann so gar nichts aus? Wenn es Breuer auch sichtlich schlecht gegangen wäre, hätte er zumindest auf ein paar Sympathiepunkte hoffen können, wenn er den Kampf gegen seinen Magen verlor. Aber so musste er dastehen wie ein unfähiger Schwächling, der seinen Job nicht richtig ausführen konnte.

Er entschloss sich, nicht mehr hinzuschauen. Stattdessen konzentrierte er sich auf Elfi Sommers Gesicht. Er sah darin keinen Ekel oder Abscheu, sondern reine Konzentration. Warum arbeitete diese Frau nur in der Rechtsmedizin? Klar, in einem Krankenhaus zu arbeiten und einen lebenden Menschen zu operieren, war mit Sicherheit auch nicht immer die appetitlichste Angelegenheit. Und wie oft arbeitete man gegen den Tod. Und wie oft verlor man diesen Kampf. Damit musste man erst einmal fertigwerden. Hier, in der Rechtsmedizin war dieser Kampf bereits entschieden. Hier konnte, nein, hier musste man sich die nötige Zeit nehmen, um alles offenzulegen und zu dokumentieren, was zur Lösung des Rätsels dieses Todes beitragen konnte. Dazu gab es keine zweite Gelegenheit mehr. Die Anziehungskraft eines Rätsels. Vielleicht war es genau das, was diese Frau daran so faszinierte. Dieses Motiv konnte Damian sehr gut verstehen. Bildete es doch die Triebfeder in seinem eigenen Leben. Dr. Sommer holte eine kleine elektrische Säge hervor und schaltete sie an. „Ich beginne nun mit der inneren Besichtigung der Kopfhöhle", sprach sie in das Diktiergerät.

Damians Magen schien Achterbahn zu fahren. Er holte tief Luft, um ihn wieder zu beruhigen, doch im gesamten Raum roch es inzwischen nach Schlachthaus. Hektisch fragte er sich, ob es besser wäre, jetzt sofort aus der Tür zu stürmen oder zu versuchen, auf seinem Stuhl auszuharren und zu riskieren, seinem Chef vor die Füße zu kotzen. Mit einer gemurmelten Entschuldigung stand er auf und verließ den Raum.

Sinnigerweise waren die Toiletten direkt gegenüber den Sektionssälen. Nachdem er sich übergeben hatte, trat er zu den Waschbecken und spritzte sich kaltes Wasser ins Gesicht. Enttäuscht betrachtete er sein blasses Selbst im Spiegel. Leute wie er waren die Witzfiguren auf jeder Rechtsmedizinerveranstaltung. Da war er sich sicher. Und schlimmer: Würde man ihn auf dem Präsidium überhaupt noch ernst nehmen? Die Tür wurde geöffnet und Breuer trat ein.

„Geht es wieder?", fragte er.

Damian betrachtete angestrengt einen kleinen Wassertropfen, der erst sehr langsam, dann immer schneller den Beckenrand Richtung Ausguss herabglitt.

„Die wievielte Obduktion war das für dich? Die zweite?", fragte Breuer.

Damian nickte.

„Weißt du, was mir bei der Obduktion in meinem ersten Fall passiert ist?"

Damian schüttelte still den Kopf, sah Breuer aber neugierig durch den Spiegel an.

„Ich bin umgekippt. Meinem Chef direkt in die Arme", sagte Breuer und lachte bei der Erinnerung. Damian musste grinsen. „Ehrlich?", fragte er.

„Ja. Ich hatte mich gerade noch zu ihm umgedreht, um ihm zu sagen, dass ich mal vor die Tür müsste, und da hatte es mich auch schon umgehauen. Mann, war mir das peinlich", lachte Breuer, dann wurde er wieder ernst. „Inzwischen habe ich so etwas schon öfter gesehen, als mir lieb ist. Man stumpft ab, mit der Zeit."

Damian nickte. „Danke", sagte er. „Dr. Sommer arbeitet jetzt also hier? Ich war wirklich überrascht."

Breuer lächelte. „Ja. Sie hat sich zur Rechtsmedizinerin umschulen lassen und arbeitete danach einige Jahre in den USA. Erst letztes Jahr kam sie zurück. Seit dem haben wir öfters beruflich miteinander zu tun."

Damian konnte sich denken, wie froh Breuer darüber war. „Ich denke, ich kann wieder zurück."

„Ganz sicher?", fragte Breuer. „Ich kann auch alleine weitermachen."

„Nein, das wird nicht nötig sein", versicherte Damian und ging festen Schrittes zu der Tür, hinter der die Obduktion weiterhin stattfand.

Kaum waren sie wieder im Präsidium, wurden sie von Momo begrüßt.

„Hey, Chef. Und, wie hat sich unser Neuer bei der Obduktion gehalten?", fragte sie und musterte dabei Damian mit einem schadenfrohen Lächeln.

Breuer verzog genervt den Mund. Wenigstens hatte sie die Stimme gesenkt und versuchte, nicht unnötigerweise die Aufmerksamkeit aller Kollegen auf ihre verbale Spitze zu lenken. Doch auch so gab es noch genügend Zuhörer.

„Du meinst, im Vergleich zu deinem ersten Auftritt in diesem – wie hattest du es noch so theatralisch genannt – Vorhof der Hölle?", fragte er.

Das verhaltene Lachen der Kollegen trieb Momo die Schamesröte ins Gesicht. Sie lächelte merklich gezwungen und wechselte schnell das Thema.

„Manni und ich haben das Alibi von Theo Schmied überprüft. Es ist wasserdicht. Die Teilnehmer haben sich zu Beginn des Seminars, um neun Uhr, in eine Liste eingetragen. Die Gruppe war so übersichtlich, dass sich niemand heimlich davonschleichen konnte. Außerdem hat unser lieber Schmied Junior einen bleibenden Eindruck bei der Seminarleiterin hinterlassen."

„Im negativen Sinne, vermute ich", sagte Breuer.

Momo schnaubte. „So was von negativ. Theo Schmied versteht es, Menschen gegen sich aufzubringen. Ach, und noch etwas. Ich habe hier eine Karte, auf der ich markiert habe, von welchen öffentlichen Anschlüssen die Anrufe unseres Unbekannten kamen. Hier, seht." Sie zeigte auf einen aufgestellten Stadtplan von Saarbrücken. Etliche rote Reißzwecken steckten darin. Sie waren quer über die Stadt verteilt.

„Also ist Saarbrücken seine Wohlfühlzone. Hier kennt er sich aus, lebt womöglich sogar hier", schlussfolgerte Breuer.

„Oder möchte uns das weismachen und seinen wahren Wohnort nicht verraten. Immerhin hat Saarbrücken im Saarland die höchste Dichte an öffentlichen

Telefonanschlüssen. Auf dem Land muss man so etwas schon suchen, falls es überhaupt vorhanden ist", merkte Damian an.

Breuer und Momo nickten.

Dirk streckte den Kopf zur Tür herein. „Gut, dass ihr da seid. Una Zeickovski ist zur Befragung hier. Die ersten Ergebnisse von der Spurensicherung sind auch da."

„Irgendetwas, was für die Befragung interessant sein könnte?", fragte Breuer.

„Nein, eigentlich nicht. Höchstens, dass das schwarze Fragezeichen mit Künstlerkohle gemalt wurde."

Una Zeickovski erhob sich bei ihrem Eintreten von ihrem Stuhl. Breuer schüttelte ihr die Hand.

„Guten Tag, Frau Zeickovski. Vielen Dank für Ihr Kommen."

„Kein Problem. Ich helfe gerne, wenn ich etwas tun kann, um dieses fürchterliche Verbrechen aufzuklären. Allerdings bezweifle ich, dass ich Ihnen da großartig weiterhelfen kann", sagte sie und lächelte entschuldigend.

„Manchmal sind es Kleinigkeiten, die unbedeutend erscheinen, die den entscheidenden Hinweis geben", sagte Damian.

Una Zeickovski nickte. „Also gut. Was möchten Sie wissen?"

„Wie würden Sie Ihr Verhältnis zu Herrn Schmied beschreiben?"

„Wir haben uns gut verstanden. Ich denke, er war sehr zufrieden mit mir und meiner Arbeit. Ein lieber, alter Mann. Ich verstehe gar nicht, wie ihm jemand so etwas antun konnte."

„Hat Herr Schmied Ihnen gegenüber mal erwähnt, dass er erpresst oder bedroht würde?", fragte Breuer weiter.

„Nein, nein. So etwas hat er nie gesagt, der arme Mann", sagte Una Zeickovski und strich sich eine Strähne rot-blonder Haare aus dem Gesicht.

„Herr Schmied bekam Anrufe, die ihn sehr mitgenommen haben. Haben Sie davon etwas mitbekommen?"

„Nein. Tut mir leid." Sie zuckte entschuldigend mit den Schultern. „Ich wünschte, ich könnte Ihnen da mehr helfen."

„Hatten Sie das Gefühl, dass er in letzter Zeit besonders nervös oder ängstlich war?"

„Nein. Sein Parkinson wurde halt immer schlimmer. Das machte die Pflege für mich natürlich auch immer anstrengender. Vor allem körperlich musste ich da so manches Mal bis an meine eigenen Grenzen gehen. Wenn einem 80-Kilo-Mann beim Waschen und Anziehen sein eigener Körper mehr im Weg steht, als dass er mithelfen könnte, ist das schon eine ganz schöne Belastung für mich."

Damian verfolgte aufmerksam das Gespräch. Frau Zeickovski machte auf ihn einen sehr freundlichen Eindruck. Er fragte sich, wieso Erna Schmied sie als unsympathische Person bezeichnet hatte. Damian sah zu Breuer hinüber. Dieser konnte mit seinem entspannten Gesicht und einem warmen Lächeln mehr Sympathien transportieren, als andere in einem ausgewachsenen Freundschaftsbrief. Doch wenn Breuer Frau Zeickovski ansah, spiegelte sich nichts dergleichen in seinen Gesichtszügen. Una Zeickovski mochte das für ein freundliches Gespräch mit einem charmanten Polizisten halten, aber Damian sah den abschätzenden, kalkulierenden Blick in Breuers Augen. Verließ er sich so sehr auf Erna Schmieds Einschätzung dieser Frau oder übersah Damian irgendetwas Verräterisches, was auf einen schlechten Charakter hindeutete?

„Wie würden Sie Karl Schmied charakterisieren? Was für ein Mensch war er so?", fragte Breuer.

Una Zeickovski lehnte sich in ihrem Stuhl nach vorne. Ihre Augen begannen zu glänzen. „Ach, Sie wissen doch, wie die Reichen halt so sind. Ihm ist das Geld einfach so in den Schoß gefallen, ohne dass er dafür großartig arbeiten musste. Aber dennoch saß er auf seinem Reichtum wie ein Pfennigfuchser. Karl Schmied hatte keine Ahnung von der hart arbeitenden Bevölkerung, wie wir es sind. Ich habe von den Schmieds nie auch nur einen Cent mehr bekommen, als in meinem Arbeitsvertrag stand. Da gab es mal ein wenig Weihnachtsgeld, mag sein. Aber nie mehr, als absolut nötig." Ihre Stimme hatte sich verschwörerisch gesenkt und sie schaute Breuer und Damian Zustimmung heischend an.

Damian lehnte sich zurück und verschränkte die Arme vor seiner Brust. „Von Weihnachtsgeld steht nichts in ihrem Vertrag und es ist auch nicht nötig, in ihrer Branche noch nicht einmal üblich", sagte er mit kalter Stimme. Wenn es um die Beurteilung von Menschen ging, konnte er noch eine Menge von Breuer lernen. So viel war Damian jetzt klar.

Kapitel 20

Die kühle Luft roch unverbraucht und klar, mit einer harzigen Note nach Tannen und einer leichten Süße des Waldbodens, der von Tautropfen benetzt war. Mit Wasserperlen geschmückte Spinnweben glitzerten in der frühen Morgensonne. Der Zivilisationslärm war noch nicht erwacht und ließ Platz für das Wetteifern der Vögel um das schönste Lied.

„Er hat es direkt bemerkt. Ich wette, er hatte Una Zeickovski schon durchschaut, als sie ihm gerade mal die Hand geschüttelt hatte. Das ist so eine untrügliche Gabe von ihm. Diese Menschenkenntnis."

Damian joggte leichtfüßig neben seiner Schwester Lotte her und schwärmte dabei unablässig von seinem neuen Chef. Lottes Atem ging schnaufend, doch sie lief tapfer weiter.

„Ich hingegen habe erst ziemlich am Ende des Gesprächs gerafft, was für ein Mensch die Zeickovski ist. Neidisch auf all jene, die es zu einem gewissen Vermögen gebracht haben. Ihr Unvermögen, diesen Neid zu unterdrücken, gipfelt schon in Hass auf die entsprechenden Personen. Nur oberflächlich versucht sie eine nette Fassade aufrecht zu erhalten. Ich habe mir die Aufzeichnungen dieses Gesprächs später noch mal angehört. Ihre Ich-Bezogenheit hätte mir schon früher auffallen können. Sie sieht die Leiden ihrer

Patienten vor allem als ihr eigenes Problem. Die Nachteile, die für sie daraus resultieren. Mitgefühl oder Empathie, sind da nicht zu finden. Wie konnte mir so etwas am Anfang entgehen? In Sachen Menschenkenntnis habe ich noch eine Menge zu lernen. Und ich glaube Breuer ist da der beste Lehrer, den ich bekommen kann", sagte Damian.

Er sah, wie Lotte mit den Augen rollte. Keuchend blieb sie stehen. Sie stützte ihre Hände auf ihre leicht gebeugten Knie und versuchte, erst einmal zu Atem zu kommen. „Warum verehrst du ihn so? Klar bin ich ihm auch unendlich dankbar, dass er dich aus der Heroinabhängigkeit befreit hat. Aber danach hat er dich ganz schön fallen gelassen. Er hat sich nicht einmal mehr bei dir gemeldet. Nichts. Nada. Wahrscheinlich hat er sich nicht einmal mehr nach dir erkundigt. Oder ihm waren die Probleme, die du danach hattest, vollkommen egal. So oder so: Du solltest ihn nicht so vergöttern. Emotional Abstand halten. Denn ich habe Angst, dass er dich sonst ganz nach unten zieht, wenn er deine Erwartungen wieder enttäuscht."

Damian sah sie wütend an. „Ich habe keine Erwartungen! Die hatte ich auch damals nicht."

Eine Lüge und das wussten sie beide.

„Ich dachte, du wolltest zehn Kilo abnehmen. Die verschwinden nicht von alleine. Also lass uns weiterlaufen", sagte Damian brüsk und lief los.

Hinter sich hörte er Lotte entrüstet nach Luft schnappen. Dann joggte sie ihm hinterher.

Das war ihr siebter, achter oder neunter Versuch, ihr leichtes Übergewicht in den Griff zu bekommen. Bisher war sie immer auf ganzer Linie gescheitert. Damian wunderte sich, warum Lotte sich nicht einfach so akzeptierte, wie sie war. Er fand sie wunderschön. Auch mit ein paar Kilos zu viel.

„Das war gemein. Und das weißt du. Ich möchte doch nur verhindern, dass du wieder verletzt wirst."

„Ich komm schon alleine klar. Ich bin immer alleine klargekommen."

„Aber jetzt musst du nicht mehr alleine sein. Wir sind erwachsen und niemand kann uns mehr verbieten, füreinander da zu sein. Eine Familie zu sein." Seine Schwester hielt ihn am Arm fest. „Verstanden?"

Damian holte tief Luft. „Verstanden. Entschuldige bitte, Lotte. Du bist wirklich der letzte Mensch, den ich verletzen möchte. Ich weiß, dass ich für Breuer nur eine Art Hilfsprojekt oder eine gute Tat oder so etwas war. Und als das abgeschlossen war, hatte ich keine Bedeutung mehr für ihn. Aber er hat noch eine Bedeutung für mich, denn mein ganzes Leben, so wie ich es jetzt führe, würde es ohne seine Hilfe nicht für mich geben. Ich wäre jetzt irgend so ein Junkie in der Gosse, oder ein Krimineller oder aber, und das ist am wahrscheinlichsten, einfach schon lange tot."

Lotte schloss ihre Augen und verzog das Gesicht, als hätte sie starke Schmerzen. „Und dafür werde ich Breuer auch ewig dankbar sein. Sei nur vorsichtig, großer Bruder. Lass dir nicht wehtun."

Damians Handy klingelte. Er schaute aufs Display: KHK Breuer.

„Die Arbeit ruft", sagte er zu Lotte, bevor er den Anruf entgegennahm. „Johannsson."

„Habe ich dich geweckt?"

„Nein. Ich bin schon eine Weile auf", antwortete Damian und gab Lotte ein Zeichen, dass sie umkehren würden.

„Eine Weile? Wir haben gerade mal sechs Uhr. Na ja, egal. Wir haben eine zweite Leiche." Breuers Stimme klang ziemlich fertig. Sie hatten nicht verhindern können, dass der Mörder ein zweites Mal zuschlug.

„Wo?"

Breuer atmete deutlich hörbar durch.

„Das Opfer ist Erna Schmied. Sie wurde in ihrem Haus ermordet."

„Scheiße", entfuhr es Damian.

„Ja. Wie schnell kannst du dort sein?"

„Eine Stunde."

„Ok. Beeil dich."

Kapitel 21

Als Damian das Haus der Schmieds betrat, spürte er die Veränderung sofort. Die ehemals gemütliche und warme Atmosphäre, die jeder einzelne Raum, ja sogar der Eingangsflur verströmt hatte, war wie weggeblasen. Übrig geblieben war ein kaltes, seelenloses Gemäuer mit teurer Einrichtung. Er folgte den gedämpften Stimmen und den unablässigen, klickenden Geräuschen der Fotoapparate ins Wohnzimmer. Dorthin, wo sie noch gestern, zusammen mit Erna Schmied, bei Tee und Plätzchen in den gemütlichen Sesseln gesessen hatten.

„Mein Mann liebte Tee mit Plätzchen. Er sagte dann immer: So sieht der Tag gleich viel freundlicher aus", hörte er noch ihre Stimme. – Nun, diesen Tag würden kein Tee und keine Plätzchen mehr retten können.

Damian sah Breuer vor der Leiche von Erna Schmied kauern. Er schien nicht fassen zu können, was er da sah. Unablässig schüttelte er den Kopf, das Gesicht bleich und tief traurig.

Damian trat näher und betrachtete sich das, was einmal eine freundliche, intelligente ältere Frau mit perfekt sitzenden Haaren und ausgewählter, stilvoller Kleidung gewesen war. Er erkannte sie fast nicht wieder. Ihre natürliche Würde war wie weggeblasen. Zerstört.

So als hätte es dem Mörder nicht gereicht, ihr das Leben zu nehmen.

Sie war barfuß, nur mit einem Nachthemd bekleidet, das ihr bis über die Knie hochgerutscht war. Die Haare hatten im Tod ihren Glanz verloren und lagen wirr und stumpf um ihren Kopf herum. Um ihren Hals war eine Gardinenkordel geknotet. Das Gesicht war aufgedunsen und von extremen Stauungsblutungen entstellt. Die geschwollene, bläulich verfärbte Zunge schaute aus ihrem leicht geöffneten Mund heraus.

„Hallo, Chef", begrüßte Damian den immer noch fassungslos scheinenden Breuer. Dieser blickte zu ihm hoch und erhob sich. „Was stimmt hier nicht?", fragte er.

Damian war einen Moment verwirrt. Alles stimmte hier nicht. Erna Schmied hätte nicht auf diese Weise sterben sollen.

„Sieh genau hin und sag mir, was hier nicht stimmt", hörte er Breuers eindringliche Stimme neben sich. Deshalb das Kopfschütteln. Breuer war etwas aufgefallen. Aber was?

Das schwarze Fragezeichen war auf den Teppich gemalt, auf den Augen zwei Fünfzig-Cent-Münzen.

„Es sind keine Ein-Euro-Münzen. Ich bin mir nicht sicher, ob das von Bedeutung ist", versuchte es Damian.

„Das ist es. Warum sollte der Mörder dieses Detail ändern? Dafür gibt es keinen Grund", sagte Breuer.

„Vielleicht hatte er keine zwei Ein-Euro-Münzen mehr zur Hand?", spekulierte Damian, ohne selber so richtig an diese Theorie glauben zu können.

Breuer schüttelte den Kopf. „Unwahrscheinlich. Ich denke, jedes Symbol hat seine wichtige Bedeutung. Der Mörder würde es nicht einfach ändern. Weiter. Was siehst du noch?"

Damians Blick glitt über den toten Körper, die ausgebreiteten Arme, wie bei Karl Schmied.

„Sollte da nicht eine römische Zwei in ihre Brust geritzt sein?"

Breuer nickte. „Auf jeden Fall. Was noch?"

Ratlos betrachtete Damian die Leiche. Breuer ließ ihm Zeit. Dann fiel es ihm wie Schuppen von den Augen.

„Karl Schmied wurde schnell und effektiv mit seinem Schal erdrosselt. Erna Schmied jedoch nicht. Die ausgeprägte Dunsung und die Stauungsblutungen im Gesicht und Halsbereich legen nahe, dass sie einen längeren Kampf hatte."

Damian ging in die Knie und betrachtete ihren Hals von Nahem. „Ja. Hier sind Hämatome am Hals zu sehen, die darauf hindeuten, dass man erst versucht hat, sie mit den Händen zu erwürgen. Man sieht sogar, wo sich die Fingernägel in die Haut gegraben haben. Als das Erwürgen nicht geklappt hat, ist der Täter dazu übergegangen, sie mit der Gardinenkordel zu erdrosseln. Dieser Mord erscheint stümperhaft gegenüber unserem ersten Mord."

Wieder nickte Breuer. „Und was sagt uns das?"

„Das sagt uns, dass dieser Mörder ein Nachahmungstäter ist und nicht unser Fährmann."

„Ich hab hier etwas gefunden", sagte Manni, der im Türrahmen erschien. Er hielt einen Ordner in der Hand und zeigte auf ein Dokument. „Das ist das Testament von Karl und Erna Schmied. Ich hab es mir mal durchgelesen. Es nennt sich Berliner Testament."

„Dadurch wurde nach Karl Schmieds Tod Erna Schmied zur Alleinerbin bestimmt und erst nach ihrem Tod kann das Erbe an einen Dritten fallen", sagte Damian.

Manni nickte grimmig.

„Rate mal, wer sich wieder in der Position des Hauptverdächtigen befindet?", knurrte Breuer.

Damians Augen verengten sich. „Theo Schmied. Er hatte auf das Erbe seines Vaters spekuliert und musste feststellen, dass er leer ausgehen würde, solange seine Mutter noch lebte."

„Also hat er diesen Umstand kurzerhand geändert", ergänzte Manni.

„Aber die alte Lady hat sich tapfer gewehrt. Soweit ich sehe, werden wir einige schöne DNA-Spuren unter ihren Fingernägeln finden. Engel, tüten Sie mir vor dem Transport der Leiche die Hände gut ein, damit da nichts verloren geht!", rief Breuer dem Chef der Spurensicherung zu.

Dieser drehte sich wütend zu Breuer um. „Halten Sie mich für inkompetent? Hier wird alles perfekt gesichert und nichts geht unter meiner Leitung verloren!", polterte er.

„Ich weiß, ich weiß. Seien Sie nicht so empfindlich", versuchte Breuer ihn zu beruhigen, doch Engel war offensichtlich kein Morgenmensch. Er lief puterrot an und wollte zu einer heftigen Erwiderung ansetzen, als Breuer auf seine Uhr sah und sagte: „Manni, du setzt dich mit der Staatsanwaltschaft in Verbindung. Fahr persönlich hin. Wir benötigen sofort die Genehmigung für eine DNA-Probe von Theo Schmied, für eine körperliche Untersuchung und einen Haftbefehl. Damian und ich fahren zu Theo Schmied nach Hause und nehmen ihn vorläufig fest."

„Haben Sie uns etwas zum Tod ihrer Mutter zu sagen, Herr Schmied?", fragte Breuer.

„Was soll die Frage? Damit habe ich nichts zu tun. Ich habe innerhalb kürzester Zeit beide Elternteile verloren. Sie sollten ein bisschen Mitgefühl mit mir haben, anstatt mich permanent zu beschuldigen!", empörte sich Theo Schmied.

„Tun Sie lieber Ihre Arbeit und fassen Sie diesen Fährmann", fügte er hinzu.

„Oh, wir tun schon unsere Arbeit, Herr Schmied. Wir sind sogar verdammt gut darin", flüsterte Damian und sah den Mann scharf an.

172

Dieser wurde blass und rutschte nervös auf seinem Stuhl hin und her. Theo Schmied war kein besonders guter Schauspieler.

„Wo waren Sie zum Tatzeitpunkt, das war etwa 23:00 Uhr gestern Abend?", übernahm wieder Breuer.

„Da habe ich ein Alibi. Wie ich auch letztes Mal ein Alibi vorweisen konnte, als Sie mich fälschlicherweise beschuldigt hatten", sagte Schmied und gewann sichtlich an Selbstvertrauen.

„Tatsächlich? Wie lautet denn Ihr Alibi?", fragte Breuer mit einem gefährlichen Lächeln.

Schmied schluckte und warf seinem Anwalt Simon Sommer einen unsicheren Seitenblick zu. „Ich bin mit meinem Kumpel Norbert Groß ein wenig um die Häuser gezogen. Er kann das bestätigen."

„Wo?"

„In Saarlouis."

„Wo genau?"

„Wir waren ziemlich lange im Irish Pub in der Bierstraße."

„Im Irish Pup? So so. Wir werden das überprüfen. Aber zuvor möchte ich Ihnen sagen, was wir haben, Herr Schmied. Wir haben stichhaltige Beweise. Wie ich sehe, haben Sie Kratzer auf Ihrer Hand."

„Ich habe Rosen geschnitten und habe mich dabei gekratzt. Es ist nichts weiter", sagte Schmied schnell. Er begann zu schwitzen.

„Wirklich? Ich habe Ihre Rosen gesehen. Sie sahen ziemlich verwildert aus. Aber wir können natürlich ganz leicht nachprüfen, ob Sie dort etwas geschnitten haben", sagte Breuer.

Schmied schluckte. Dünne Schweißperlen liefen ihm inzwischen die Stirn hinunter. „Ich hab sie nicht bei mir geschnitten. Sondern anderswo."

„So so. Anderswo. Ich könnte Sie jetzt fragen, wo genau, aber ich kürze das Ganze mal ein wenig ab, um Ihnen und vor allem mir eine Menge Zeit zu ersparen: Wir haben eine körperliche Untersuchung und einen DNA-Abgleich beantragt. Sobald wir die richterliche Genehmigung dazu vorliegen haben, und ich versichere Ihnen, dass es nur eine Frage der Zeit ist, bis diese kommt, können wir genau sagen, ob es sich bei Ihren Kratzspuren um Rosenkratzer oder Kratzer von Fingernägeln handelt. Wir können dadurch sogar auf die Größe der Hand schließen, die Sie gekratzt hat, und diese mit der Hand Ihrer Mutter vergleichen. Dann haben wir da noch jede Menge DNA-Spuren unter den Fingernägeln Ihrer Mutter sichergestellt. Wenn ein Abgleich mit Ihrer DNA vorliegt, ist Ihnen die Tat schon nachgewiesen. Ein Motiv haben wir auch schon. Das Berliner Testament Ihrer Eltern, wodurch Sie auch nach dem Tod Ihres Vaters leer ausgingen. Erst, als auch Ihre Mutter starb, wurden Sie erbberechtigt. Eine schlüssige Beweiskette. Wollen Sie auf die Ergebnisse warten oder vorher ein umfassendes

Geständnis ablegen? Ihr Anwalt wird Ihnen bestätigen, dass das bei einer Verhandlung durchaus positiv vom Richter gewertet und beim Strafmaß berücksichtigt wird."

Schmied warf Simon Sommer einen verunsicherten Blick zu. Dieser stützte seine Stirn auf die Fingerspitzen seiner rechten Hand und nickte.

„Ich möchte einen Deal", forderte Schmied.

Damian lächelte kalt. „Sie haben uns nichts zu bieten. Also, hier ist Ihre Chance. Sobald es an die Tür klopft und wir die Genehmigung in den Händen halten, ist diese Chance vertan."

Schmied sah ängstlich zur Tür. „Ich hatte keine Wahl", sagte er mit weinerlicher Stimme. „Ich bin arbeitslos. Ich habe kein Geld und keine Aussicht, an welches zu kommen. Was sollte ich denn tun? Ich brauchte das Erbe, um mir wieder ein Leben aufzubauen."

„Und da haben Sie sich dazu entschlossen, zu Ihrer Mutter zu fahren und Sie umzubringen?", fragte Breuer. Gerne hätte er diesem Mann gesagt, was er von ihm und seiner Tat hielt, aber dann würden Sie keine Informationen mehr von ihm bekommen.

„Ja."

„Nein", schaltete sich sein Anwalt ein. „Die willkürliche Wahl des Erdrosselungswerkzeugs deutet auf eine Affekthandlung hin. Sie können meinem Mandanten keinen Vorsatz nachweisen."

Er warf Theo Schmied einen eindringlichen Blick zu.

„Falsch. Ihr Mandant hatte nur gedacht, er könne seine Mutter mit bloßen Händen erwürgen. Aber das ist gar nicht so einfach, wenn das Opfer noch über genug Kraft verfügt, um sich zu wehren. Als das nicht so schnell klappte, ging er dazu über, sie mit der Gardinenkordel zu erdrosseln. Die Utensilien, um das schwarze Fragezeichen auf den Boden zu malen und die Leiche so zu arrangieren, dass es nach der Tat des Fährmanns aussah, hatte er bereits bei sich. Das beweist sehr wohl den Vorsatz der Tat", schaltete sich Damian ein. Schmied sah Hilfe suchend zu seinem Anwalt.

„Ich möchte, dass hier vermerkt wird, dass mein Mandant seine Tat zutiefst bereut und sein umfassendes Geständnis aus diesem Grund abgibt", versuchte Simon Sommer die Position seines Mandanten zu stärken.

Breuer nickte. „Ist vermerkt. Am besten, Sie fangen noch einmal ganz von vorne an, Herr Schmied."

*Ich lehnte mich in meinem abgewetzten Schreibtisch-
stuhl zurück. Die letzten Sonnenstrahlen des Tages
drangen durch die vergrauten Vorhänge und bildeten
filigrane Muster auf den an die Wand gepinnten Zeitungsausschnitten und Fotos.*

„Der Fährmann hat zugeschlagen!"

*Unwillkürlich musste ich lächeln. Fährmann! So
passend. Ich saugte mich mit den Augen an den selbst
geschossenen Fotos fest und durchlebte noch einmal
die berauschenden, erregenden Momente, als Karl
Schmieds Leben durch meine Hände erlosch. Ich hatte
seine Furcht riechen können! Das war er mir schuldig
gewesen. Das und so vieles mehr.*

*Erst als die heraufkriechende Dunkelheit den Fotos
ihr Antlitz nahm, stand ich auf, entkleidete mich und
schlüpfte unter meine Decke. Der kalte Satinstoff war
der einzige Luxus, den ich mir im Moment gestattete.
Er umschmeichelte meinen Körper geradezu liebevoll.
Bald schon würde sich das ändern. Bald würde auch
ich in Geld baden.*

*Ich stellte meinen Wecker und seufzte. So früh. Aber
ich durfte nicht verschlafen. Morgen wartete der Tod
darauf, abermals von mir überbracht zu werden.*

Kapitel 22

Breuer parkte seinen Wagen an dem niedrigen Mäuerchen, das einen gepflegt aussehenden Vorgarten schüt-
zend umschloss. Der Rollladen des dazugehörigen
Hauses wurde hochgezogen. Dahinter streckte sich
gähnend ein Mann um die 30, mit zerzausten Haaren
und einem karierten, blauen Pyjama. Als er das Auf-
gebot an blinkenden Polizeiautos in seiner Straße
bemerkte, schaute er den geschäftig umherlaufenden
Polizisten eine kurze Weile zu. Da er nichts Interessantes entdecken konnte, zuckte er mit den Achseln,
drehte sich um und verschwand außerhalb des Blick-
feldes des Fensters. Zweifelsohne, um sich der mor-
gendlichen Routine zu stellen. Ein gutes Frühstück,
mit einer Tasse dampfendem Kaffee, dann waschen
und Zähneputzen, ein Blick in die Tageszeitung ...
Breuer seufzte neidisch und schmiss die Autotür ins
Schloss. Was würde er für geregelte Arbeitszeiten tun.
Morde bitte nur zwischen 8:00 und 20:00 Uhr. Das
wäre mal rücksichtsvoll.
Er ging die Stufen Richtung Fundort der Leiche
hinauf und zeigte seinen Dienstausweis an der Polizei-
absperrung. Ein schmaler Fußgängerweg schlängelte
sich an Einfamilienhäusern vorbei. Gesäumt wurde er
rechts und links durch eine niedrige Buchsbaumhecke,
an die sich ein schmaler Grünstreifen anschloss.

Die Leiche lag mitten auf dem Gehweg in einem schwarzen Fragezeichen. Breuer betrachtete den Toten. Wieder ein älterer Mann, doch nicht so gepflegt aussehend wie Karl Schmied. Er hatte nur noch spärlich graue Haare, die er sich quer über den Kopf gekämmt hatte. Das T-Shirt hatte Flecken und die darüber gezogene Strickjacke war offensichtlich schon älter. Ein Netz aus feinen, rot-blauen Adern durchzog das Gesicht. Breuer vermutete, dass sie durch jahrelangen Alkoholkonsum entstanden waren. Aber das würde die Obduktion zeigen. Die Augen waren durch Ein-Euro-Münzen bedeckt und auf die entblößte Brust war, neben einer Stichwunde, eine römische Zwei eingeritzt.

Damian kam ihm von der anderen Seite des Fußweges entgegen. Sein dunkelgraues Sakko flatterte in der leichten Sommerbrise und gab den Blick auf ein hellblaues Hemd frei, welches genau die Farbe seiner Augen hatte. Breuer musste unwillkürlich grinsen. Damian war eindeutig zu einem Modemenschen mutiert. War, von seinem Intellekt mal abgesehen, überhaupt noch etwas von dem Jungen von damals übrig geblieben?

Er seufzte und rieb sich mit der Hand über den Bart. Er war selbst überrascht von der plötzlichen Welle der Wehmut, die ihn erfasste.

„Guten Morgen, Chef", begrüßte ihn Damian. Er hatte diese Anrede für Breuer schnell von seinen neuen

Kollegen übernommen. Bei Manni und den anderen war das eine Art liebevolle Respektbekundung, die ihm gefiel. Auch, dass sie ihn Breuer nannten, selbst wenn sie alle per Du waren. Doch bei Damian störte ihn diese Anrede. Sie zeigte deutlich die Kluft auf, die sich zwischen ihnen aufgetan hatte. *„Aber das ist meine eigene Schuld"*, dachte Breuer. Er war es gewesen, der es für besser gehalten hatte, den Kontakt gänzlich abzubrechen. Auch wenn ihm dieser Schritt verdammt schwergefallen war. Und noch immer fragte er sich, ob es richtig gewesen war.

„Der Tote heißt Otto Glaser und war 78 Jahre alt. Wir können den Tatzeitpunkt zwischen 6:00 Uhr und 6:30 Uhr festsetzen. Um 6:00 Uhr kaufte er sich die Bildzeitung und eine Sportzeitung. Der Kiosk ist gerade mal 100 Meter entfernt. Eine halbe Stunde später wurde er von Frau Erika Lose, die sich ebenfalls auf dem Weg zum Kiosk befand, gefunden", berichtete Damian.

„Kam Glaser regelmäßig hier entlang?", fragte Breuer. Damian nickte. „Ich habe soeben den Kioskbesitzer befragt. Otto Glaser kam jeden Morgen Punkt 6:00 Uhr, wenn der Kiosk öffnete, vorbei und kaufte seine Zeitungen."

„Morgen, ihr beiden", ertönte Elfi Sommers Stimme hinter Breuer.

Er drehte sich um und sein Herz machte einen Satz, bevor es an Geschwindigkeit zulegte. Wie schaffte sie es, selbst in diesem weißen Tatortoverall so verdammt gut auszusehen? Er versuchte, sich nichts anmerken zu lassen, steckte die Hände in seine Jackentasche und lächelte lässig.

„Morgen, Doc. Kannst du uns schon was sagen?"

„Nun, der angegebene Todeszeitpunkt kommt hin. Otto Glaser starb wahrscheinlich an einem gezielten Stich ins Herz. Dürfte ziemlich schnell gegangen sein. Genaueres kann ich natürlich erst nach der Obduktion sagen."

„Mir sind die feinen Äderchen in seinem Gesicht aufgefallen. Könnte das von einem jahrelangen Alkoholmissbrauch stammen?", fragte Breuer.

„Ja, wahrscheinlich. Es gibt da natürlich noch andere Möglichkeiten. Definitiv kann ich dir das auch erst nach der Obduktion sagen", antwortete Elfi Sommer.

„Danke, Doc. Der Mörder wird selbstbewusster. Der erste Tatort lag noch relativ versteckt. Dieser hier ist mitten in einer Wohnsiedlung. Auch wenn der Mord schnell vonstattenging, brauchte unser Täter doch Zeit für sein Arrangement. Das Fragezeichen malen, die Leiche darauf platzieren, die Münzen auf die Augen legen und die römische Zwei in die Brust ritzen. Er hätte jederzeit gestört oder sogar beobachtet werden können", sagte Breuer.

„Ja, das war riskant. Dennoch: Falls die Männer keine Zufallsopfer sind, sieht mir das alles sehr gut durchdacht aus. Dann hat der Mörder wahrscheinlich den

Tagesablauf seines Opfers und die Örtlichkeit hier bestens gekannt und bereits jeden Schritt im Voraus geplant. Es war also ein kalkuliertes Risiko", überlegte Damian.

Die Wohnung von Otto Glaser unterschied sich grundlegend vom Haus der Schmieds. Die alten Möbel sahen verlebt aus und waren von einer dicken Staubschicht bedeckt. Die Teppiche waren fleckig und verblasst. In einer Ecke stand eine verbeulte Tuba. Die Durchsuchung ergab, dass hier keine Reichtümer vorhanden waren. Dafür jede Menge Sportzeitschriften. Damian blätterte sie durch.

„Sieh dir die Markierungen an." Er zeigte Breuer die entsprechenden Stellen. „Das sieht mir nach Recherchen für Sportwetten aus. Die handgeschriebenen Kommentare lassen auch diesen Schluss zu."

Breuer nickte und hielt ihm einen Ordner der Sparkasse hin. „Die Kontoauszüge bestätigen das. Sieh dir die Ausgaben an. Otto Glaser war offensichtlich wettsüchtig."

Damian runzelte die Stirn. „Ja, er war sogar verschuldet. Reichtümer waren von ihm nicht zu erpressen. Wo ist die Verbindung zu unserem ersten Opfer? Sind wir auf dem Holzweg und die Männer sind nur Zufallsopfer, die nur durch ihr Alter ins Opferschema des Mörders passen?"

Breuer legte den Ordner beiseite und zückte sein Handy. „Wir lassen auf jeden Fall die Anrufliste von Glaser überprüfen."

Bei der Teambesprechung im Präsidium stieß Kriminaldirektor Lauer dazu. „Ich wurde soeben von der Presse informiert, dass ihnen wieder ein Foto zugespielt wurde. Es zeigt die Leiche von Otto Glaser. Wieder lag ein Zettel mit Name, Alter und Todeszeitpunkt sowie Todesart des Opfers bei. Sie überlassen uns die Originale. Ich habe versucht, sie zu überzeugen, auf eine Riesenstory zu verzichten, um dem offenbar nach Öffentlichkeit gierenden Mörder nicht in die Hände zu spielen, aber da ist nichts zu machen. Im Gegenteil. Man hat mich bereits vorgewarnt, dass mir die Berichterstattung nicht gefallen wird, wenn wir nicht mit ein paar Ergebnissen rausrücken, und gleich darauf wurde ich an die Pressefreiheit erinnert. Ich hoffe, Sie haben inzwischen irgendetwas Greifbares in der Hand. Ich hasse es, wenn meine Abteilung als kopflos und inkompetent hingestellt wird."

Breuer runzelte die Stirn. „Ich fürchte, wir haben nichts, was wir an die Presse weitergeben könnten. Die einzig konkrete Spur sind diese mysteriösen Anrufe und die würde ich aus ermittlungstechnischen Gründen nicht preisgeben", sagte er.

„Hatte Otto Glaser diese Anrufe ebenfalls erhalten?", fragte Lauer.

Momo nickte und holte einen Computerausdruck hervor, auf dem einige Nummern farbig markiert waren. „Ja. Die Anrufe starteten zum gleichen Zeitpunkt, wie bei Karl Schmied. Wieder nur von öffentlichen Telefonanschlüssen", sagte sie.

„Wie steht es mit Otto Glasers Angehörigen? Hast du da was rausgefunden, Manni?", fragte Breuer.

„Die einzige Verwandte, die ich gefunden habe und die noch lebt, ist eine Cousine aus Hannover. Sie wohnt dort in einem Altenheim. Ansonsten war Otto Glaser verwitwet und hatte auch keine Kinder."

„Wie sieht es mit dem Umfeld des Opfers aus?", fragte Breuer in die Runde.

„Glaser war von Beruf Bergmann bei der Firma Saarbergwerke, hat aber nach der Pensionierung keinen weiteren Kontakt zu früheren Kollegen gepflegt", sagte Dirk Falkner.

„Von den Nachbarn habe ich erfahren, dass er auch zu keinem von ihnen Kontakt hatte und auch sonst wohl kaum oder nie Besuch erhielt. Es war bekannt, dass er ein Alkoholproblem hatte", ergänzte Jo. „Ihnen ist nur aufgefallen, dass Glaser in letzter Zeit sehr nervös, ja geradezu ängstlich erschien. Zum Beispiel hat er immer direkt hinter sich abgeschlossen, wenn er seine Wohnung betrat, was er vorher höchstens nachts gemacht hatte. Auch muss er sich auf der Straße immer nervös umgesehen haben. Aber wie gesagt: Er hatte keinen Kontakt zu seinen Nachbarn und hat sich auch keinem von ihnen anvertraut."

„Zu dem ersten Opfer scheint es keine Verbindung zu geben. Jedenfalls sehen wir sie noch nicht und Erna Schmied können wir ja unglücklicherweise nicht mehr danach fragen", sagte Damian. „Sie arbeiteten nicht im selben Beruf, stammten aus unterschiedlichen sozialen Milieus. Der einzige Schnittpunkt scheint das Geschlecht zu sein, dass sie beide Pensionäre waren und diese Anrufe."

„Was hat sich aus dem Zeugenaufruf in der Zeitung zu dem Mord an Karl Schmied ergeben? Irgendetwas Konkretes?", fragte Lauer.

Breuer schüttelte den Kopf. „Es kamen zwar, wie üblich, dutzende Anrufe rein, aber es scheinen nur die gewohnten Wichtigtuer zu sein. Eine heiße Spur hat sich daraus noch nicht ergeben. Wir werden natürlich jedem eingegangenen Hinweis nachgehen, aber ich habe da wenig Hoffnung."

„Also habt ihr so gut wie nichts", fasste Lauer frustriert zusammen. „Das muss sich ändern, Leute, und zwar schnell", sagte er und stürmte aus der Tür.

Kapitel 23

Dezember 2002

Wie lange lag er schon hier in diesem Bett? Nass
geschwitzt und zitternd vor Kälte? Breuer und Dr.
Sommer hatten ihn immer wieder gezwungen aufzu-
stehen, an der frischen Luft spazieren zu gehen, Suppe
zu essen und literweise zu trinken. Doch inzwischen
ging gar nichts mehr. Waren es zwei Tage oder drei?
Er wusste es nicht. Seine Beine kribbelten, als würden
sich tausend Ameisen durch seine Adern bewegen. Er
kannte dieses Gefühl nur zu gut. Die Ameisen kamen
mit den Entzugserscheinungen und nur ein neuer
Druck konnte sie vertreiben. Die vorgezogenen Vorhänge hielten die gleißenden Sonnenstrahlen davon
ab, ihm seine Netzhäute zu verbrennen. Die schrillen
Stimmen der Vögel verhöhnten ihn und das heisere
Krächzen eines Raben prophezeite seinen Untergang.
Warum war alles so laut? Er hätte so gerne noch ein
wenig geschlafen.
Doch der Schlaf war beinahe eine Unmöglichkeit
geworden. Wenn er ihn dann doch einmal übermannte
und von seinen Qualen kurzzeitig erlöste, schickte er
ihm Albträume von zerfetzten Körpern, leeren Augen
und einer Welt, in der niemand mehr lebte, außer ihm.
Das Fürchterlichste dabei war nicht die Einsamkeit,

nicht die Trauer um all diese Menschen. Nein, das Schlimmste war, dass es nun niemanden mehr gab, der ihm sein Heroin besorgen konnte.

Was sagte das über ihn als Menschen aus? Er war nur noch menschlicher Abfall.

Er drehte sich um und erstickte sein Schluchzen in dem nassen Kissen. Das Kribbeln in seinen Beinen wurde unerträglich. Er zog die Bettdecke zurück, um sie zu massieren. Was war das? Er fuhr mit seinen Fingern über einen Hubbel an seinem Fußknöchel. Ein länglicher, etwa ein Zentimeter großer, harter Knoten direkt unter der Haut. Er entdeckte noch mehr von diesen Hubbeln. Als er mit den Fingern wieder über einen von ihnen fuhr, setzte sich dieser in Bewegung und krabbelte sein Bein hinauf. Auch die anderen Hubbel bewegten sich plötzlich in diese Richtung. Damian schrie entsetzt auf. Stechende Schmerzen an seinen Fußsohlen ließen ihn die Füße anziehen. Ein schier endloser Schwall an riesigen, schwarzen Ameisen zog sich hinterher. In einem termitenartigen Überfallkommando stürzten sich die Insekten auf seine Füße, um sich in seine Sohlen hineinzubohren und unter seiner Haut seinen Körper entlang zu krabbeln. Die Masse der Insekten wurde immer größer, und schwarze Wellen an zuckenden Leibern hatten bereits seinen Unterleib überrannt. Verzweifelnd schreiend und um sich schlagend, wälzte er sich im Bett umher.

Die Tür wurde aufgerissen und Breuer kam hereinge-stürzt. „Damian, beruhig dich. Alles ist gut."

„Helfen Sie mir, bitte. Helfen Sie mir!", schrie Damian und versuchte, die Ameisen daran zu hindern, noch weitere Teile seines Körpers zu erobern. Mit wenigen Schritten war Breuer an seinem Bett. Er setzte sich und hielt Damians Arme fest. Mit besorg-tem Gesicht und ruhiger Stimme sagte er: „Alles ist gut. Hier ist nichts, wovor du Angst haben müsstest."

Die Ameisen nahmen nun auch Breuer in Besitz. Die schwarze Masse wogte über seinen Körper, bis alles davon bedeckt war.

„Nein! Was machen Sie denn da? Lassen Sie mich los! Die Ameisen werden uns bei lebendigem Leib auffressen!" Er versuchte, sich zu wehren, doch Breuers Griff blieb unnachgiebig.

„Damian. Hier sind keine Ameisen. Das spielt sich nur in deiner Fantasie ab. Es ist alles in Ordnung. Glaube mir. Das kommt durch den Entzug."

Noch während Breuer auf ihn einredete, fraßen die Ameisen das Fleisch von seinen Knochen. Das blutige Skelett mit den feuchten Organen und den darin herumwuselnden Tieren, das hier mit Breuers Stimme zu ihm sprach, war nicht weniger erschreckend, als die Ameisen selber. Damian schrie und schlug aus Leibes-kräften um sich. Breuer schaffte es, ihn mit beiden Armen zu umklammern und fest an sich zu drücken,

sodass Damian nur noch hilflos mit den Füßen stram-
peln konnte.

„Damian, Damian, bitte. Schließ die Augen! Vertrau
mir und schließ jetzt einfach die Augen."

Damian suchte verzweifelt nach einem Ausweg. Doch
es gab keinen. Die Ameisen rasten seinen Oberkörper
hoch und schon bald würden sie auch ihm das Fleisch
von den Knochen gefressen haben und es gab nichts
mehr, das er dagegen tun konnte. Er konnte sich nur
noch seinem Schicksal fügen. Er schloss die Augen
und ließ schluchzend seinen Kopf auf Breuers Brust
sinken.

„So ist es gut, Damian. Und jetzt möchte ich, dass du
dich nur auf meine Stimme konzentrierst. Atme tief
ein – und jetzt atmest du ganz tief aus. Ein – und aus.
Sehr gut. Wir machen das gemeinsam: Ein – und aus."

Zuerst waren Damians Lungen vor Panik so angespannt,
dass er nur ein heiseres Hecheln herausbrachte. Doch
von Atemzug zu Atemzug wurde es langsam besser. Er
konzentrierte sich auf Breuers Stimme, auf das Heben
und Senken von dessen Brustkorb und das dumpfe
Pochen des fremden Herzens direkt an seinem Ohr.

„Einatmen – ausatmen."

Jetzt ging es schon ganz leicht. In Breuers Armen war
es warm. Die eisige Kälte verließ für den Moment seine
Knochen. Sie würde zurückkommen. Doch nicht jetzt.

„Einatmen – ausatmen."

Wenn ich meinem Vater etwas bedeuten würde, dann hätte er mich vielleicht auch ab und zu so in den Arm genommen, dachte Damian. *Um mich nach einem Albtraum zu trösten, wenn ich mir wehgetan hätte oder einfach nur so, wenn ich Trost gebraucht hätte. Das wäre schön gewesen.*

„Einatmen – ausatmen."

Damian hörte, wie die Zimmertür geöffnet wurde und sich Schritte näherten.

„Damian, sieh mich bitte an", hörte er Dr. Sommers feste Stimme neben sich.

Widerstrebend öffnete er seine Augen. Als er zu Dr. Sommer blickte, sah er keine Ameisen mehr, aber er vermied es auch tunlichst, an seinem Körper hinunterzusehen.

„Ich habe hier zwei Tabletten für dich. Wenn du sie genommen hast, wirst du ganz ruhig werden und einschlafen. Keine Träume. Hier."

Sie hielt ihm die Tabletten vor den Mund. Damian öffnete ihn und schluckte die Tabletten mit dem Wasser, das Dr. Sommer ihm dazu an die Lippen führte. Danach schloss er schnell wieder die Augen.

„Die Wirkung müsste bald einsetzen", hörte er ihre Stimme.

„Gut", antwortete Breuer. „Ich halte ihn noch, bis er eingeschlafen ist."

Breuer schloss leise die Tür hinter sich. Er überlegte einen Augenblick, wo er Elfi Sommer finden würde. Wahrscheinlich im Wohnzimmer. Am Ende seiner Kräfte glitt er einfach an der Wand herab. Er ließ den Kopf nach hinten sinken und schloss für einen Moment die Augen. Das war alles viel schlimmer, als er sich das vorgestellt hatte. Vielleicht hätten sie doch lieber auf einen Therapieplatz in einer Klinik warten sollen. Breuer hörte, wie Dr. Sommer zu ihm kam und sich neben ihm auf dem Boden niederließ. Eine Weile schwiegen sie.

„Ich habe dir noch gar nicht so richtig für deine Hilfe gedankt, Doc."

„Ist auch nicht nötig." Elfi lächelte matt.

„Was wirst du jetzt tun, wo du doch deinen Job in der Entzugsklinik verloren hast?"

Elfi zuckte mit den Schultern. „Ich möchte mich neu orientieren. Etwas anderes ausprobieren. Vielleicht eine eigene Praxis."

„Könntest du dir vorstellen, in der Rechtsmedizin zu arbeiten? Die suchen immer Leute."

Elfi sah ihn an. „In der Rechtsmedizin? Das wäre wirklich etwas ganz anderes. Ich muss mich mal erkundigen, welches Aufbaustudium ich dafür bräuchte und welche Zeit mir angerechnet wird."

Wieder brach Schweigen über sie herein.

„Was, wenn der Junge stirbt?", flüsterte Breuer.

„Er wird nicht sterben. Ich bin Ärztin und passe auf ihn auf." Auch ihre Stimme klang müde und erschöpft.

„Aber er hat alles wieder erbrochen, was wir ihm zu essen oder zu trinken versucht haben zu geben. Er trocknet doch völlig aus. Und jetzt noch die Halluzinationen. Ich habe wirklich Angst um sein Leben."

Elfi legte ihm die Hand auf den Arm. „Damian dürfte das Schlimmste bald überstanden haben. Es wird ihm dann noch eine Weile ziemlich dreckig gehen, aber lange nicht mehr so schlimm wie jetzt. Ich verspreche dir, er wird hier und jetzt nicht sterben. Die gefährlichste Zeit für ihn kommt erst noch."

Breuer runzelte die Stirn. „Was meinst du damit?"

„Wenn sein Körper von den Drogen entwöhnt ist, nimmt seine Toleranz gegenüber Opiaten schnell ab. Wenn er dann rückfällig wird, kommt es sehr leicht zu einer Überdosierung, weil die gewohnte Menge nicht mehr vertragen wird. Daran zu sterben, ist Damians größte Gefahr. Wir werden ihm auch einen Psychologen zur Seite stellen, der ihn nachbetreut. Das ist unerlässlich."

„Aber er wird nicht rückfällig werden! Das hier ist so hart für ihn. Wenn er es geschafft hat, wird er die Finger von dem Zeug lassen. Er ist ein kluger Junge." Breuers Stimme war laut und ärgerlich geworden.

Dr. Sommer nahm ihre Hand von seinem Arm und stand langsam auf. Sie blickte ihn mit traurigen Augen an, und als sie sprach, war ihre Stimme kaum mehr als ein Flüstern. „Sie werden fast alle rückfällig."

Kapitel 24

Juli 2015

Es war ein Uhr nachts, als Damian sich in sein Auto setzte. Er umklammerte mit beiden Händen das Lenkrad und ließ kurz seinen Kopf darauf sinken. Er war hundemüde. Schnell richtete er sich wieder auf und ließ das Seitenfenster herunter. Die Luft war nicht wirklich kalt, aber vielleicht würde es dennoch helfen. Kaum hatte er die A1 erreicht, stellte er das Radio laut. Aber die Eintönigkeit der Autobahn schläferte ihn dennoch ein. Kurzerhand entschloss er sich, sie schon bei der Ausfahrt Riegelsberg-Süd zu verlassen. Widerwillig stellte er die Musik wieder leiser. Er wollte die Anwohner nicht in ihrer Nachtruhe stören. Die Straßen waren so gut wie leer. Ausgestorben.

Als sei ich der letzte Mensch auf Erden, dachte Damian. Eine unangenehme Erinnerung an vergangene Albträume im Heroinentzug drängte sich auf. Er schaltete auf CD um und stellte das Lied „Happy" von Pharrell Williams auf Dauerschleife. Diese Musik gab ihm immer ein gutes Gefühl. Doch diesmal hielt dieses gute Gefühl nicht lange an. Er passierte den Kreisel in Heusweiler, als er nur ein paar Meter vom Sparkassengebäude entfernt zwei kämpfende Personen ausmachte. Damian hielt am Straßenrand und versuchte, die Situation einzuschätzen. Ein Mann und eine Frau schienen, um irgendetwas zu ringen. Stöhnend stellte er seinen Wagen ab, stieg aus und überquerte die Straße. Scheiße, er war zu müde für so einen Kram, aber er konnte es wohl kaum ignorieren.

„Polizei. Sofort auseinander, Sie zwei!", rief er im scharfen Ton. Hoffentlich hatte keiner der beiden eine Waffe bei sich. Seine lag nämlich vorschriftsmäßig im Waffenschrank des Präsidiums. Er trat in das Licht einer Straßenlaterne.

Die Gestalten erstarrten einen Moment mitten in der Bewegung, dann drehten sie sich zu ihm um.

„Damian? Bist du das?", fragte der Mann mit heiserem Krächzen.

Damian runzelte die Stirn, versuchte, die Stimme einzuordnen. Er trat näher, um das Gesicht besser erkennen zu können.

„Jörg? Jörg Resch?", fragte er ungläubig. Seine Eingeweide schienen sich in einen großen Klumpen Eis zu verwandeln. Er musste sich zusammennehmen, damit weder seine Stimme noch seine Glieder zitterten. Ausgerechnet jetzt traf er auf Viktor Reschs großen Bruder. Zum letzten Mal hatte er ihn auf Viktors Beerdigung gesehen. Und er hatte sich damals so verdammt schuldig an dessen Tod gefühlt und tat es noch heute.

Breuer hatte ihn damals zu dieser Beerdigung begleitet. Er hatte es verstanden, dass dieser Abschied wichtig für Damian war. Bevor sie zu den anderen Trauergästen gestoßen waren, hatte er ihn zur Seite genommen, beide Hände schwer auf seine Schultern gelegt und eindringlich auf ihn eingeredet. „Nichts davon ist deine Schuld. Ich möchte, dass du das im Hinterkopf behältst. Das war ein tragischer Unfall, ausgelöst durch Viktors Drogensucht. Du konntest das nicht verhindern. Ok?"

Er hatte ihm eindringlich ins Gesicht geschaut, nach einem Zeichen gesucht, dass seine Worte zu Damian durchgedrungen waren. Damian hatte genickt, doch sie hatten beide gewusst, dass er im Inneren noch anders empfand. Dass dieses Gefühl der Schuld nicht so leicht zu vertreiben war.

„Jörg. Was ist hier los?", fragte Damian mit rauer Stimme.

Jörg sah schlimm aus. Sein Gesicht, in das sich in ihrer Jugend so viele Mädchen verguckt hatten, war blass und ausgezehrt. Dunkle Ringe unter geschwollenen, roten Augen. Zittrig und nervös tänzelte er auf der Stelle. Er versuchte, gewinnend zu lächeln, doch als er damit seine gelben Zähne entblößte, sah sein Gesicht einem bizarren Totenkopf ähnlicher denn je.

„Nichts ist hier los. Nur ein kleiner Streit unter Eheleuten. Du bist jetzt bei der Polizei? Wie geht das denn?", versuchte er das Gespräch in eine andere Richtung zu lenken.

Damian war bewusst, dass Jörg das, worum die beiden gekämpft hatten, hinter seinem Rücken vor ihm verbarg.

Damian sah zu der Frau hinüber. Sie wischte mit dem Handrücken die Spuren der Tränen weg. Auch ihre Gestalt sah ausgezehrt aus. In ihrem Gesicht hatten sich tiefe Falten eingegraben, die sie mit Sicherheit älter erscheinen ließen, als sie war. Misstrauisch sah sie Damian an.

Damian setzte sein gewinnendes Lächeln auf und reichte ihr die Hand zum Gruß. „Damian Johannsson. Sie sind Jörgs Frau?"

Die Frau nickte. „Marion. Marion Resch", stellte sie sich vor. Ihr Blick huschte zwischen Damian und ihrem Mann hin und her. Damian sah, dass sie versuchte, zu einer Entscheidung zu kommen, was sie als Nächstes tun sollte.

„Das schien mir ein ziemlich heftiger Streit gewesen zu sein. Worum ging es?", wandte sich Damian deshalb direkt an die Frau.

Marion Resch sah zu ihrem Mann. Kämpfte noch einen Moment mit sich. Jörg sah sie beschwörend an. Er forderte sie mit Blicken zum Schweigen auf. In Marions Tasche piepste es. Sie holte ein Handy heraus und las eine SMS.

„Unsere Tochter", informierte sie Jörg. „Sie ist aufgewacht und hat gemerkt, dass wir beide weg sind. Sie macht sich Sorgen, hat Angst und fragt, was passiert sei." Jörg sah beschämt zu Boden. Plötzlich konnte er seiner Frau nicht mehr in die Augen blicken. Als er

Damian einen kurzen Blick zuwarf, spiegelte sich die nackte Verzweiflung in seinen Augen.

„Hören Sie, Herr Johannsson", sagte Marion. „Sie müssen im Moment einen denkbar schlechten Eindruck von uns haben. Aber wir sind keine schlechten Menschen. Wir haben nur unsere Probleme. Seien Sie mir nicht böse, aber Sie sind bei der Polizei und ich möchte meinen Mann nicht in Schwierigkeiten bringen. Wir kommen schon alleine klar."

Damian biss sich auf die Unterlippe. Ein Blick auf Jörg ließ ihn schon sehr gut erahnen, worum sich diese Probleme drehten. Und das war ein Thema, von dem er sich am besten meilenweit entfernt hielt. Aber es war auch offensichtlich, dass die beiden Jörgs Probleme nicht alleine in den Griff bekamen. Damian fuhr sich mit den Händen durch sein Haar. Wenn er nur nicht so müde wäre. Er brauchte jetzt einen wachen Verstand, der ihm sagte, was er tun sollte. Aber hatte er überhaupt eine Wahl? Er stand so tief in Viktors Schuld, dass er sich um dessen Bruder kümmern musste. Er atmete einmal tief durch, dann stand sein Entschluss fest.

„Ok. Jörg, hör zu. Vergiss mal, dass ich bei der Polizei bin. Ich werd das für den Moment auch mal vergessen. Wir wissen doch beide, was dein Problem ist. Ich möchte dir wirklich helfen. Sag mir, was ich tun kann", sagte Damian.

„Nichts. Nichts, du kannst gar nichts tun. Vergiss einfach, was du hier gesehen hast, und fahr nach Hause, in dein geregeltes Leben, zu deiner geregelten Familie, deinem geregelten Job ...", sagte Jörg verbittert.

„Du bist derjenige von uns mit Frau und Kind. Mich vermisst heute Nacht niemand. Also lass dir um derentwillen von mir helfen. Was versteckst du hinter deinem Rücken? Das sind doch Drogen, nicht wahr?", fragte Damian und wunderte sich, warum ihm seine eigenen Worte so weh taten.

Marion und Jörg sahen sich fragend an, dann zeigte Jörg ihm, was er hinter seinem Rücken versteckt gehalten hatte. Eine noch verpackte Einwegspritze, Abbinder, Heroin, ein Teelöffel, ein Feuerzeug und ein kleines Flächen Zitronensaft. Alles, was man für einen guten Schuss brauchte.

„Jörg hat einen Therapieplatz bekommen. Er hat schon zwei Wochen geschafft, aber dann ...", Marion kamen wieder die Tränen.

„Ich hab es da einfach nicht mehr ausgehalten. Da bin ich getürmt", sagte Jörg.

„Wann war das?", fragte Damian.

„Er stand heut Abend plötzlich vor unserer Tür", erklärte Marion.

„Hast du in der Zwischenzeit schon was genommen?", fragte Damian.

Jörg schüttelte den Kopf. Er starrte auf das Spritzbesteck in seinen zitternden Händen. Mit einer schnellen

Bewegung nahm Damian ihm die Sachen weg und verstaute sie in seiner Jackentasche. „Ihr steigt jetzt ein und wir fahren Jörg zur Entzugsklinik zurück."

„Das wird nichts bringen. Ich bin getürmt. Damit bin ich draußen, aus dem Programm", sagte Jörg mit hängenden Schultern.

„Vielleicht. Vielleicht auch nicht. Wir müssen es versuchen. Steigt schon ein. Ich bin hundemüde."

An der Klinik angekommen redete Damian eine halbe Stunde auf den Leiter der Einrichtung ein, dass sie Jörg wieder aufnahmen. Er scheute sich nicht davor, seine Autorität als Kriminalbeamter einzusetzen. Es musste ihnen gelingen, Jörg noch eine Chance zu verschaffen.

„Er hat sich heute Vormittag aus Ihrer Einrichtung entfernt und jetzt ist es fast halb drei nachts und er ist noch immer clean. Wahrscheinlich cleaner, als er es mit den Ersatzdrogen bei Ihnen wäre. Sie wissen, was das für eine Leistung und für ein Behandlungserfolg ist. Lassen Sie sich diesen Erfolg nicht durch Ihre Prinzipien wieder kaputt machen und vor allem: Lassen Sie diesen Mann nicht durch Ihre Prinzipien kaputt gehen", beschwor Damian den Mann.

Dieser schüttelte den Kopf, schaute müde auf seine Uhr und gab schließlich nach. „Also gut", sagte er. „Wider besseres Wissen gebe ich Herrn Resch noch eine Chance. Aber noch so eine Aktion und er ist endgültig draußen." Marion gab einen leisen Ausruf der Erleichterung von sich und umarmte ihren Mann.

„Du musst jetzt einfach durchhalten, Jörg, ja? Tu es für Leni", und sie drückte ihm ein Bild der gemeinsamen Tochter in die Hand.

Jörg betrachtete das Bild, nickte und folgte ergeben dem Klinikleiter in das Gebäude. An der Tür drehte er sich noch einmal um. „Danke, Damian", sagte er. „Ich schulde dir was."

Damian schüttelte den Kopf. „Gewinne den Kampf gegen dieses Teufelszeug. Damit ist mir mehr als genug gedankt. Ich glaub an dich und deine Familie tut das auch."

Die Rückfahrt verlief schweigend. Marion war schon nach kurzer Zeit auf dem Beifahrersitz eingeschlafen und Damian dachte darüber nach, wie er Jörgs Chancen wirklich einschätzte. Nicht besonders hoch, musste er sich eingestehen. Er wusste ja aus eigener Erfahrung, wie schwer es nicht nur war, von diesem Zeug loszukommen, sondern auch davon wegzubleiben. Ein dummer Vorfall, das Scheitern einer Beziehung, Probleme im Job oder man traf die falschen Leute wieder und schon wurde man rückfällig. Aber Jörg hatte Familie. Etwas, wofür es sich zu kämpfen lohnte. Vielleicht gab das ja den entscheidenden Ausschlag. Damian wurde sich mit einem Male des Heroins in seiner Tasche bewusst. Er würde am besten gleich ins Präsidium fahren und es dort abgeben. Aber wenn er jetzt erst wieder nach Saarbrücken musste, konnte er seinen Schlaf gleich abhaken. Es war drei Uhr nachts. Er konnte froh sein, wenn er bis vier Uhr im Bett lag und um fünf ging schon wieder sein Wecker. Nein, ins Präsidium schaffte er es heute nicht mehr. Er würde die Sachen morgen dort abgeben.

Dann hast du das Zeug eine ganze Nacht bei dir, dachte er und allein der Gedanke daran ließ ein Kribbeln durch seinen Körper gehen. Der letzte Autobahnparkplatz vor ihrer Ausfahrt. Vielleicht sollte er den Stoff dort in die Mülltonne schmeißen.

Unsinn, dachte er. *Ich bin jetzt 13 Jahre clean, das sollte kein Problem für mich darstellen.*

Als Damian endlich zu Hause ankam, war er versucht, direkt hoch in sein Schlafzimmer zu gehen und sich ins Bett fallen zu lassen. Doch gegen seine inneren Zwänge kam er nicht an. Er wusste, dass er kein Auge zubekommen würde, wenn vorher nicht alles seine Ordnung hatte. Er schleppte sich in die Küche und trank erst einmal zwei Gläser Wasser. Seine Kehle fühlte sich schon seit der Rückfahrt total ausgedörrt an. Das Gewicht des Spritzbestecks schien seine Jacke auf der einen Seite nach unten zu ziehen. Er nahm alles aus der Jackentasche und legte es auf den Küchentisch. So konnte er es morgen direkt schnappen und auf dem Präsidium abgeben oder anderweitig entsorgen. Denn um ehrlich zu sein, hatte er keine

Ahnung, wie er erklären sollte, wie er an den Stoff gekommen war. Das musste er sich noch genauer überlegen. Damian starrte auf die Gegenstände hinab. Zwanghaft streckte er die Hand danach aus und sortierte sie eine Weile, bis er mit der Anordnung zufrieden war. Sein Herz hämmerte in seiner Brust und der Schweiß rann ihm den Rücken herunter. Bestimmt lag das nur an der Jacke. Er sollte sie schnellstens ausziehen. Seine Finger schienen wie Magnete an den Utensilien zu haften. Mit aller Kraft riss er sich davon los, löschte das Küchenlicht, zog an der Garderobe seine Jacke aus und hängte sie ordentlich über einen Bügel. Er hatte vergessen, das Glas in die Spülmaschine zu stellen. Das musste bis morgen früh Zeit haben. Er ging die halbe Treppe hoch, bevor er noch einmal umkehrte. Nein, er würde keine Ruhe finden, wenn er genau wusste, dass in seiner Küche Unordnung herrschte. Sein verdammter Ordnungszwang. Aber er konnte nicht anders. Er verharrte mit der Hand am Türgriff. Hinter dieser Tür wartete nicht nur ein benutztes Wasserglas auf ihn, sondern noch viel mehr. Es war überheblich gewesen, anzunehmen, 13 Jahre würden reichen, um ihn gegenüber der Versuchung immun zu machen. Sie reichten nicht. Bei Weitem nicht.

Aber er würde stark bleiben. Energisch öffnete er die Küchentür und stellte das Wasserglas mit mehr Schwung als nötig in die Spülmaschine. Es gab ein lautes, protestierendes *Kling* von sich, blieb aber heil. Damian schloss sorgfältig die Spülmaschinentür. Wenn er nur nicht so müde wäre, oder die Umstellung in seinen neuen Job leichter vonstattengehen würde, wäre das mit dem Heroin auf seinem Küchentisch gar kein Thema. Oder war das wieder so eine Selbstüberschätzung? Er hielt das kleine, zu einer Kugel gerollte Plastiktütchen mit dem braunen Pulver ins Licht der Küchenlampe. Wie war das in seine Hand gekommen? Er sollte jetzt schleunigst ins Bett gehen und wenigstens noch eine Stunde schlafen. Und dann musste dieses Teufelszeug so schnell wie möglich aus seinem Haus verschwinden. Er öffnete das eng geschnürte Tütchen und roch daran. Der leicht bittere Geruch des Pulvers schürte seine Gier nach der Droge. Er stellte sich vor, wie er sie jetzt in dem kleinen Teelöffel mit dem Zitronensaft aufkochen würde und der ganze Raum nach Essigsäure und Chemie riechen würde. Ein Geruch, der eigentlich sehr unangenehm war, aber für einen Süchtigen oder ehemals Süchtigen das Verlockendste überhaupt. Damian wusste, dass die Drogensucht eine Veränderung im Dopaminsystem in seinem Gehirn bewirkt hatte. Ein Umstand, der ihn lebenslang an die Verlockungen dieser Droge band. Umso wichtiger, dass er sich so weit wie nur möglich von ihr fernhalten sollte. Er öffnete die Verpackung der Einwegspritze und baute sie wie in Trance zusammen. Die Alarmglocken in seinem Inneren schrillten in voller

Lautstärke. Er musste hier raus. Sofort. Sonst würde alles umsonst gewesen sein. Der Entzug, die 13 langen Jahre, in denen er clean geblieben war, sein neues Leben, sein Beruf ... er war dabei, das alles zu zerstören. Er wusste es. Aber wie sollte er es aufhalten? Konnte ihn nicht bitte jemand aufhalten?

„Wer soll dich denn aufhalten?", fragte die bissige Stimme in seinem Inneren. *„Du hast doch niemanden. Bist ganz allein. Wer würde es mit einer so kaputten Person wie dir aushalten? Niemand. Jörg Resch hat seine Frau und sein Kind, die sich um ihn sorgen und für ihn in solch schweren Situationen da sind. Wen würde es schon kümmern, wenn du jetzt dein Leben zerstörst?"*

„Meine Schwester", kam der schwache Widerspruch, aber er wurde durch gehässiges Lachen erstickt.

„Deine Schwester hat ihr eigenes Leben. Sie wäre enttäuscht, aber sie ist ja Enttäuschungen von dir gewohnt. Sie wird darüber hinwegkommen."

Damian zitterte heftig. Jede Faser seines Körpers sehnte sich nach dem erlösenden Flash, den das Heroin ihm bot. Wie sollte er dem widerstehen? Es war nicht länger ein Verlangen, sondern vielmehr eine Notwendigkeit.

Er hatte tatsächlich geglaubt, er hätte inzwischen alles unter Kontrolle. Er hatte sich geirrt.

Er war zu schwach.

Kapitel 25

„Dirk, Jo. Ihr zwei fahrt bitte zu Theo Schmied in die Vollzugsanstalt und befragt ihn zu Otto Glaser. Möglicherweise kann er ja Licht ins Dunkle bringen, wo die Verbindung zu seinem Vater liegt." Aaron Breuer schaute in die Runde. Er sah müde Gesichter. Keiner würde sich genügend Schlaf gönnen, bis der Fall nicht abgeschlossen war. Tagsüber waren die Laufarbeit und die Befragungen dran, abends, bis spät in der Nacht, wurde der unvermeidliche Papierkram erledigt. „Ok, jeder weiß, was er zu tun hat. An die Arbeit."

„Wo ist denn heute Mr. Überpünktlich?", fragte Momo. Breuer schaute sie scharf an. Er mochte keine Spannungen im Team. Aber Damian und Momo kamen eindeutig nicht miteinander aus. Da musste er noch einen Weg finden, die Wogen zu glätten. Ein klärendes Gespräch war auf jeden Fall vonnöten. Er würde die Zwei bei der nächstbesten Gelegenheit in sein Büro bitten und nicht eher wieder herauslassen, bis die Sache geregelt war.

„Ich weiß nicht, wo er steckt. Hast du ihn angerufen, Manni?", fragte Breuer.

Manni nickte. „Ist keiner ans Telefon gegangen."

Breuer begann sich langsam ernsthaft Sorgen zu machen. Er kannte den neuen Damian erst seit Kurzem, aber das schien so gar nicht seine Art zu sein.

„Ich fahr mal auf dem Weg zur Rechtsmedizin bei ihm vorbei. Am besten mach ich mich gleich auf den Weg, dann komm ich nicht in Zeitnot."

Breuer griff zum Telefon und versuchte Damian noch einmal zu erreichen. Wieder nahm niemand ab. Fluchend schnappte sich Breuer den Autoschlüssel und machte sich auf den Weg.

Aaron Breuer stieg aus seinem Wagen aus. Hier wohnte also Damian. Das Haus war klein, um nicht zu sagen, winzig. Aber es sah sehr gepflegt aus. Ganz anders der dazugehörige Garten. Er war verwildert und vernachlässigt. Damian, mit seinen schicken Anzügen, war wohl nicht der Gärtnertyp.

Der schwarze Honda von Damian stand in der Einfahrt. Er war also da. Breuer trat durch das weiße Gartentor, ging die Stufen hinauf und klingelte. Nichts. Er versuchte es erneut. Wieder nichts.

Beunruhigt ging Breuer um das Haus. Nebenan im Garten arbeitete eine zierliche, junge Frau. Sie hatte ihre hellblonden, lockigen Haare zu einem Pferdeschwanz zusammengebunden, der ihr bis über die Schultern reichte. Sie war so vertieft in ihre Arbeit, dass sie Breuer erst bemerkte, als er sie ansprach.

„Wissen Sie, ob Ihr Nachbar im Haus ist?"

Die Frau stand auf und wischte sich mit der Armbeuge eine Haarsträhne aus dem Gesicht. Ihre Hände waren mit einer dicken Schicht Gartenerde verschmutzt. „Normalerweise ist er um diese Uhrzeit schon weg. Ich bekomme ihn eigentlich so gut wie nie zu Gesicht seit er eingezogen ist. Sein Auto kenne ich besser als ihn. Das steht übrigens noch in der Einfahrt, also ...“ Sie zuckte mit den Schultern.

„Haben Sie zufällig einen Schlüssel für sein Haus?“, fragte Breuer. Die grünen Augen der Frau musterten ihn mit einem Male misstrauisch.

„Wieso möchten Sie einen Schlüssel für sein Haus?“, fragte sie.

„Entschuldigung, ich hätte mich vorstellen sollen. Mein Name ist Aaron Breuer. Ich bin Kriminalhauptkommissar beim Landeskriminalamt Saarbrücken.“

Er zeigte seinen Ausweis, den sie genau betrachtete. Ihr Gesicht war nun eindeutig besorgt.

„Ist mein Nachbar in Schwierigkeiten?“, fragte sie.

„Nein, nein“, versicherte ihr Breuer. „Ich mache mir Sorgen um ihn und möchte nachsehen, ob es ihm gut geht.“

Die Frau sah ihn prüfend an. „Nun, ich habe keinen Schlüssel und ich glaube ehrlich gesagt auch nicht, dass einer der anderen Nachbarn einen hat. Er ist mehr so eine Art Einzelgänger. Er wohnt auch noch nicht sehr lange hier.“ Wieder zuckte sie mit den Schultern.

„Dennoch danke“, sagte Breuer und ging zum Hauseingang zurück. Er konnte die prüfenden Blicke der Frau deutlich in seinem Rücken spüren.

Was sollte er jetzt tun? Konnte es sein, dass Damian durch die Ermittlungen in das Fadenkreuz des Mörders

geraten war? Lag er vielleicht in seinem Haus? Hilflos, verletzt oder sogar Schlimmeres? Vor Breuers
innerem Auge breitete sich ein Horrorszenario nach
dem anderen aus. Er musste sich vergewissern. Aus
seiner Jackentasche holte er ein Pik-Set heraus. Mit
diesen kleinen Werkzeugen konnte er fast jedes
Schloss knacken. Für Damians Haustürschloss
brauchte er keine zwei Minuten. Es war noch nicht
einmal abgeschlossen gewesen. Mit einem mulmigen
Gefühl trat Breuer ein. Sofort suchten seine Augen
nach Spuren eines Kampfes. Nichts. Der kleine Flur
war sehr ordentlich, wenn auch für Breuers
Geschmack zu steril eingerichtet. Nur ein schlichter,
weißer Garderobenschrank vor einer weißen Wand,
auf weißen Fliesen, von denen man allem Anschein
nach getrost hätte essen können, so sauber sah alles
aus. Breuer rief laut Damians Namen. Nichts. Er öffnete die erste Tür. Der Raum lag im Halbdunkeln. Das
Licht, das durch die Rollladenschlitze drang, zeigte
eine ordentliche, schlichte Küche. Keine Kampfspu-
ren, kein Damian. Er schloss die Tür und wandte sich
dem zweiten Raum im Erdgeschoss zu. Auch hier
waren die Rollläden noch unten, aber Breuer erkannte
ein spärlich eingerichtetes Wohnzimmer. „Der Junge
hält nicht viel von Deko", murmelte der Kommissar
und schüttelte über die halbleeren Regale den Kopf.
Nirgends war auch nur eine Kleinigkeit aus der Ordnung geraten. Kein Glas, keine Fernsehzeitschrift.

Sogar die Kissen waren akkurat ausgerichtet. Da er auch hier nichts Verdächtiges bemerkte, ging er die Treppe zum Obergeschoss hinauf. Wieder waren alle Böden weiß gefliest. Er rief abermals Damians Namen. Doch diesmal konnte er ein leises Stöhnen aus einem der Zimmer vernehmen. Also war doch etwas passiert. Er wollte die Tür öffnen, hinter der er das Geräusch gehört hatte, aber sie öffnete sich nur einen kleinen Spalt. Irgendetwas blockierte sie. Breuer standen sämtliche Haare zu Berge, als er vorsichtig, aber mit einiger Kraft, gegen den Widerstand drückte, bis die Tür weit genug offen stand, damit er hindurch schlüpfen konnte. Auf der anderen Seite der Tür lag Damian auf dem kalten Fliesenboden vor seinem Bett. Er hatte sich zusammengerollt, aber Breuer konnte keine Verletzungen erkennen.

„Damian! Mein Gott, was ist passiert?"

Damians Haare klebten an seinem schweißnassen Gesicht. Er hob schwach den Kopf. Dann schien er plötzlich zu sich zu kommen und setzte sich stöhnend auf.

„Was ... wo ... wie spät ist es?", stotterte er.

Breuer suchte weiter nach Verletzungen. „Es ist schon nach zehn. Was ist passiert? Bist du überfallen worden?"

Damian schüttelte den Kopf. „Nein, ich ... mir geht es heut nicht so gut. Tut mir leid, dass ich nicht angerufen habe. Ich war irgendwie ausgeknockt", erklärte Damian mit brüchiger Stimme.

Kann man wohl sagen, dachte Breuer. Er fühlte Damians Stirn. Der Schweiß darauf war eiskalt, wie auch der Rest des Körpers völlig ausgekühlt schien.

„Geh erst einmal unter die heiße Dusche. Ich mach dir Frühstück, dann bring ich dich zu einem Arzt", sagte Breuer und zog Damian auf die Füße.

Damian wollte protestieren, doch Breuer blieb unnachgiebig. „Ich werde dich in diesem Zustand nicht einfach alleine lassen. Los jetzt. Ich stehe etwas unter Zeitdruck."

Breuer betrat wieder die Küche und zog die Rollläden hoch. Im hellen Schein der Morgensonne blickte er sich im Raum um. Wurde diese Küche je benutzt? Es sah jedenfalls nicht danach aus. Nichts stand herum. In den Küchenschränken war alles fein säuberlich in Reih und Glied geordnet. Breuer fand schwarzen Tee, der in Damians Verfassung besser war als Kaffee, und brühte ihn auf. Danach schmierte er ein Käsebrot und schnitt einen Apfel auf. Er holte den Teebeutel aus der Tasse heraus. Wo befand sich der Mülleimer? Wahrscheinlich unter der Spüle. Er nahm die Tasse als Tropfschutz mit, als er sich dorthin begab und die Schranktür öffnete. Der Mülleimer öffnete sich dabei automatisch. Breuer erstarrte. Achtlos warf er den Teebeutel in die Spüle und sah fassungslos in den Eimer. Dort, ganz oben im Müll, lag eine zusammengebaute Einwegspritze. Und nicht nur die. Auch ein angekokelter Teelöffel, ein Gummiband zum Abbinden und andere eindeutige Utensilien konnte er sehen. Bestürzt schloss er die Augen. Das war also geschehen. Damian war rückfällig geworden. Elfi hatte ihn ja gewarnt, dass so etwas auch nach Jahren noch passieren konnte. Aber war dieser Rückfall wirklich erst nach 13 Jahren eingetreten, oder war Damian schon viel länger wieder auf Droge? Er atmete schwer durch. Seine Kehle schien wie zugeschnürt. Er hörte, wie hinter ihm die Tür geöffnet wurde und drehte sich langsam um.

Damian erfasste sofort die Situation und wurde kreidebleich. „Ich kann das erklären", sagte er und sah Breuer flehend an.

„Da bin ich mir sicher", stellte Breuer mit monotoner Stimme fest. „Aber weißt du was? Ich möchte mir weder deine Ausreden noch deine Rechtfertigungen anhören."

Damian sah ihn eine Weile schweigend, mit hängenden Schultern, an. Der Blick aus seinen blauen Augen war erschöpft und stumpf.

„Setz dich hin, iss dein Brot und trink den Tee", sagte Breuer mit erzwungener Ruhe.

„Ich habe keinen Hunger", flüsterte Damian und rührte sich nicht von der Stelle.

Breuer platzte der Kragen. „Du setzt dich jetzt sofort hin und isst das verdammte Brot und trinkst den verfluchten Tee!", schrie er.

Damian setzte sich schnell und griff nach dem Brot.

„Und dann setzt du dich in mein verdammtes Auto und wir fahren zur Gerichtsmedizin", fuhr Breuer fort.

Damian, der gerade in sein Brot beißen wollte, hielt mitten in der Bewegung inne und starrte ihn entsetzt an.

„Aber ich sagte doch, dass es mir heute echt nicht gut geht. Du wolltest mich doch zum Arzt fahren."

„Sieh zu, dass du dein Frühstück runter bekommst. Wir fahren in 15 Minuten", blaffte Breuer und verließ die Küche. Er brauchte jetzt ein wenig Zeit, um sein Gemüt abzukühlen.

Nach zehn Minuten schlich er zurück, öffnete mit einem Ruck die Tür und trat ein. Gut. Der Junge schien sich an seine Anweisungen gehalten zu haben. Er schob sich eben den letzten Bissen von dem Brot in den Mund und trank seinen Tee aus. Sogar der Apfel war verschwunden. Damian blickte auf die Uhr, räumte sein Geschirr schnell in die Spülmaschine, entsorgte den Teebeutel aus der Spüle und wischte sie aus.

„Ich geh noch schnell Zähne putzen", informierte er Breuer, bevor er die Treppen hoch hastete.

Breuer ließ sich auf einen Stuhl sinken. Er fühlte sich leer und verbraucht. Wo lag sein Fehler? Was hätte er anders machen sollen? *Alles*, sagte ihm seine innere Stimme. *Du hast den Jungen im Stich gelassen und jetzt wunderst du dich, dass er rückfällig geworden ist?* Er seufzte, stützte seine Ellenbogen auf den Tisch und rieb sich sein Gesicht. Hinter sich hörte er, wie die Tür leise geöffnet wurde. Er blickte sich um und sah Damians blasse Gestalt im Türrahmen stehen.

„Ich habe die Drogen wirklich nicht genommen. Ich war in Versuchung. So sehr. Es war beinahe eine Unmöglichkeit zu widerstehen, aber letztendlich habe ich es doch geschafft. Aber der Kampf war so schwer und ich war so fertig, dass ich einfach zusammengebrochen bin. Ich sollte stärker sein. Nach 13 Jahren weg vom Heroin sollte ich stärker sein, was solche Versuchungen betrifft. Und ich dachte, ich wäre es auch. Aber das war ein Irrtum. Ein beinahe fataler Irrtum. Es tut mir leid." Damian flüsterte diese Worte fast und sah ihm dabei so offen mit seinen traurigen Augen ins Gesicht.

Wie gern hätte Breuer ihm geglaubt. Doch das konnte er so einfach nicht. Auch wenn er davon überzeugt war, dass Damian ein anständiger Mensch war, so wusste er doch, wozu diese Drogen einen Süchtigen brachten. Sie brachten ihn dazu, zu lügen und zu betrügen, nur um die Sucht aufrecht zu erhalten. Breuer seufzte nochmals und stand auf. „Lass uns fahren", war alles, was er sagte, bevor er zur Küche hinaus ging.

Aus den Augenwinkeln sah er, wie Damian seinen Stuhl wieder ordentlich an den Küchentisch zurückstellte und ihm dann folgte.

Kapitel 26

Die Autofahrt zur Homburger Gerichtsmedizin verlief schweigend. Damian war schon nach kurzer Zeit auf dem Beifahrersitz eingeschlafen. An ihrem Ziel angelangt, musste Breuer ihn heftig am Arm schütteln, bis er endlich wieder aufwachte.

Die Obduktion von Otto Glaser war um zwölf Uhr angesetzt. Sie waren also noch zu früh. Genau wie Breuer es gehofft hatte. Er ging mit Damian direkt zum Büro von Elfi Sommer und hoffte, sie dort anzutreffen. Sie hatten Glück. Das Büro von Dr. Sommer war so ganz anders, als man sich gemeinhin das Büro einer Gerichtsmedizinerin vorstellte. Der massive, dunkle Holzschreibtisch sah nicht nur antik und sauteuer aus, sondern auch sehr gemütlich. Die Wand dahinter war in einem kräftigen Sonnenblumengelb gestrichen. In derselben Farbe befanden sich große Kissen auf einer rotbraunen Samtcouch. Ein großes Fenster spendete nicht nur Licht, sondern erlaubte auch einen Blick ins Grüne. Hier und da lagen Bücher und Fachzeitschriften herum. Überall fanden sich Figuren, Skulpturen, Lichtspiele, ohne dass der Raum dabei überladen wirkte. Das krasse Gegenstück zu Damians Reich, dachte Breuer. Doc Sommer hatte auf ihrem Schreibtisch einige schaurige Bilder von Organen und Leichenteilen ausgebreitet und wühlte mit einer Hand darin herum, während sie in der anderen Hand ein Sandwich hielt, in das sie herzhaft reinbiss. Rechtsmediziner mussten schon einen ganz besonderen Magen haben.

„Hallo Breuer, Johannsson. Ihr seid zu früh. Der Fall brennt euch wohl unter den Nägeln?", begrüßte sie die beiden Männer lächelnd.

„Und wie", bestätigte Breuer. „Aber ich habe gehofft, dich vorher noch kurz wegen eines privaten Problems belästigen zu können."

Elfi Sommer sah vom einen zum anderen. Sie wurde ernst. „Also gut. Was ist passiert?"

Breuer sah sich nach Damian um. Er stand schweigend, mit hochrotem Kopf und zusammengepressten Lippen an der Tür und starrte auf den Boden. Breuer überlegte einen Augenblick, wie er seine Bitte am besten vortragen sollte.

„Ich brauche in diesem Fall deine äußerste Diskretion. Nichts darf davon nach außen dringen oder in irgendwelchen Berichten auftauchen", begann er.

Dr. Sommer legte ihr Sandwich zur Seite, schob die Bilder zusammen und nickte. „Worum geht es?"

„Würdest du bei Damian bitte einen Drogenschnelltest auf Heroin durchführen?"

Einen Moment herrschte Schweigen. Elfi sah Damian aus weit aufgerissenen Augen an und schluckte.

„Kein Problem", antwortete sie schließlich. „Ich bin gleich zurück", und damit verließ sie ihr Büro. Nach einigen Minuten, die Breuer wie Stunden vorkamen, kehrte sie zurück und drückte Damian einen Plastikbecher in die Hand.

„Eine Urinprobe, bitte. Breuer, zeig doch bitte Damian, wo die Toiletten sind."

„Nicht nötig. Das weiß ich schon", murmelte Damian.

„Ich zeig es dir trotzdem." Breuer machte damit klar, dass es sich um mehr als eine Höflichkeit handelte. Er wurde überwacht, damit er nichts manipulieren konnte. Damian biss sich auf die Unterlippe. Ohne einen weiteren Kommentar ging er mit gesenktem Kopf zu Tür hinaus.

Als Damian kurze Zeit später aus der Kabine trat, stand Breuer an den Waschbecken. So schnell war der Mann von seinem Chef zu seinem Aufpasser geworden. So schnell hatte er sich wieder in der Position des unglaubwürdigen Junkies wiedergefunden. Er konnte noch so sehr sein Leben und sein Umfeld in Ordnung bringen, er würde nie mehr als das sein. Er warf Breuer einen kurzen, wütenden Blick zu, dann schüttelte er den Kopf. Er war ja selber schuld. Mit seiner arroganten Selbstüberschätzung. Er hatte diesen einen Kampf gestern Abend vielleicht gewonnen, aber den gesamten Krieg hatte er verloren. Wem machte er etwas vor, mit seinem Ordnungswahn und seinem Sauberkeitszwang. Damian wurde bewusst, dass er sich schon eine halbe Ewigkeit die Hände wusch. Er drückte mit dem Ellenbogen den Griff des Wasserhahns nach unten und trocknete sich die Hände an den Papiertüchern ab. Schnell ging er in das Büro zurück. Er wollte von niemandem in flagranti mit diesem Plastikbecher erwischt werden.

Der Schnelltest war reichlich unspektakulär. Ein kleiner Teststreifen bestätigte innerhalb von Minuten, dass Damian tatsächlich clean war. Damian wollte Breuer einen triumphierenden Blick zuwerfen, doch es gab nichts zu triumphieren. Alles war kaputt. Seine schöne Illusion vom geregelten Leben, wie Jörg Resch es genannt hatte. Wie ein Kartenhaus war es über ihm zusammengebrochen. Zurück blieb Leere. Obwohl nun seine Unschuld bewiesen war, stiegen Tränen in Damian hoch. Er kämpfte sie mit Gewalt nieder. Heute hatte er sich schon genügend gedemütigt.

„Was nun?", fragte er Breuer.

„Nun entschuldige ich mich erst einmal dafür, dass ich dir nicht geglaubt habe. Und dann müssen wir reden."

Damian schloss die Augen. Reden. Er hatte keine Kraft mehr zum Reden.

„Die Obduktion beginnt in einer Viertelstunde. Ich würde vorschlagen, wir zwei gehen schon mal in den Obduktionssaal und du legst dich auf die Couch und schläfst eine Weile. Du siehst aus, als hättest du es nötig und ich brauche nur die Anwesenheit von einem von euch bei der Obduktion", sagte Doktor Sommer.

Damian nickte. Ihm war alles gleich, wenn er nur nicht reden musste.

Elfi legte ihm die Hand auf den Arm und sagte leise: „Ich bin sehr froh über das Ergebnis dieses Tests. Nur nicht aufgeben. Auch wenn es manchmal schwerfällt."

Damian nickte beklommen, zog die Schuhe aus, stellte sie fein säuberlich parallel zur Couch. Die Enden der Schnürsenkel platzierte er in einer geraden Linie in die Schuhe hinein. Dann legte er sich hin. Damian hörte schon nicht mehr, als sich die Bürotür hinter Doc Sommer und Breuer schloss.

Drei Stunden später wurde Damian durch Breuer geweckt. Er saß am Fußende der Couch.

„Können wir reden?", fragte er ruhig.

Damian nickte und setzte sich auf. Die drei Stunden Schlaf hatten ihm gutgetan. Er fühlte sich körperlich schon viel fitter. Seelisch jedoch war da immer noch diese Leere.

„Wo hattest du das Heroin und die Utensilien zum Konsum überhaupt her?"

Damian erzählte ihm, wie er Viktors Bruder, Jörg Resch, getroffen, ihm die Drogen abgenommen und ihn zurück zur Drogenklinik gefahren hatte.

„Ich hätte das Heroin erst gar nicht mit nach Hause nehmen dürfen, aber ich war so müde und wollte nur noch ins Bett. Ich dachte, das wäre nach den 13 Jahren, die ich clean bin, kein Problem mehr. Das war eine kolossale Fehleinschätzung. Und als ich das bemerkte, da war es zu spät. Den Rest der Nacht ... ich meine, der frühen Morgenstunden, habe ich gegen das schier unbändige Verlangen angekämpft. Ich hätte beinahe verloren. Ich war so oft so kurz davor, mir einen Druck zu setzen. Ich glaubte schon selber nicht mehr daran, dass ich am Ende noch clean sein würde. Du brauchst dich also wegen des falschen Verdachts nicht bei mir entschuldigen. Deine Wut und Enttäuschung über mich waren schon gerechtfertigt. Ich bin viel schwächer, als ich es mir eingeredet habe."

„Das bist du nicht. Du hast den Kampf gewonnen. Darauf kannst du sehr stolz sein", sagte Breuer.

„Stolz? Wohl kaum. Mir ist klar geworden, dass es nur eine Frage der Zeit ist, bis ich einen dieser Kämpfe verliere. Ich mache mir hier etwas vor, von wegen neues Leben, die Zukunft liegt vor mir. Nein, das Einzige, was vor mir liegt, ist der Kampf mit meiner Vergangenheit. Du musst es auch gar nicht sagen. Ich werde selber die Konsequenzen daraus ziehen." Damian vergrub sein Gesicht in seinen Händen.

Breuer runzelte verwirrt die Stirn. „Was muss ich nicht sagen?"

„Dass ich untragbar für diesen Beruf bin. Dass ich gefeuert bin. Ich werde noch heute meine Kündigung schreiben. Du hast sie morgen auf dem Schreibtisch."

Breuer starrte ihn sprachlos an. Nach einer halben Ewigkeit brach es aus ihm heraus: „Nein. Nein, ich möchte nicht deine Kündigung. Und du hörst jetzt sofort auf, im Selbstmitleid zu schwelgen."

„Selbstmitleid? Ich schwelge nicht in Selbstmitleid. Ich bin nur Realist", empörte sich Damian.

„Gut, dann sind wir doch mal realistisch: Du warst 13 Jahre clean?" Damian nickte.

„Kein Rückfall? Keine Ersatzdrogen?" Kopfschütteln.

„Und nun bist du ernsthaft in Versuchung geraten. Bist aber noch immer nicht rückfällig geworden."

Damian starrte Breuer an. Worauf wollte der Mann hinaus?

„Du bist nicht schwach. Du bist sogar verdammt stark. Dieser Kampf gegen deine Sucht, gegen einen Rückfall, war ein scheiß Gefühl. Und ich sag dir was: Es war wahrscheinlich nicht das letzte Mal, dass du da durch musstest. Aber entscheidend ist, wie du aus diesem Kampf hervorkommst. Du hast gesiegt. Du hast dich von deiner Sucht nicht unterkriegen lassen. Das ist, was zählt. Und das nächste Mal: Ruf mich an! Vergiss in diesem Moment, dass ich dein Boss bin, und ruf mich an. Sag mir, dass du in Schwierigkeiten bist, und ich komme. Du brauchst da nicht alleine durch."

Damian schnaubte verächtlich. „Seit wann das? Glaub nicht, dass ich dir nicht dankbar wäre, für das, was du für mich getan hast. Ich stehe dafür ewig in deiner Schuld. Ohne dich wäre ich wahrscheinlich nie von den Drogen fortgekommen. Aber damit war die Angelegenheit für dich auch erledigt. Danach konnte ich in Schwierigkeiten kommen, wie ich wollte. Es konnte mir so scheiße gehen wie noch was. Es war dir völlig egal. Ich hab ja nicht erwartet, dass du mit fliegenden Fahnen ankommst und mich rettest. Aber eine Antwort auf meine Briefe mit ein paar aufmunternden Worten wäre doch ganz nett gewesen. Also komm mir jetzt nicht auf die fürsorgliche Art. Das nehme ich dir nicht mehr ab."

Breuer sah ihn schockiert an. Rang offensichtlich nach den richtigen Worten, als sein Handy klingelte.

„Chef, hier ist Manni. Entschuldige die Störung. Ist die Obduktion fertig?"

„Ja, gerade vor ein paar Minuten. Ich warte noch auf den vorläufigen Obduktionsbericht von Karl Schmied, den Doc Sommer mir noch mitgeben wollte. Was ist los?"

„Hast du Damian gefunden?", fragte Manni mit deutlich angespannter Stimme.

„Ja, er ist bei mir. Warum?"

„Gott sei Dank. Wir haben hier etwas in Otto Glasers Unterlagen gefunden. Eine Drohung, die sich, glaube ich, nicht nur an Glaser richtet, sondern auch an uns."

„Wir sind schon auf dem Weg."

Kapitel 27

Momo trommelte nervös mit ihrem Bleistift auf den Schreibtisch. Zwei Morde hatte der Fährmann schon begangen und sie hatten noch so verdammt wenig. Zwar hatten sie an den Tatorten hunderte Asservate gesammelt, ausgespuckte Kaugummis, Zigarettenstummel, Papierfetzen, Fuß- und Reifenspuren, aber bisher hatte sich daraus nichts Konkretes ergeben.

Der Brief, den die Kollegen der Kriminaltechnik in einer Kiste mit Briefen und Rechnungen gefunden hatten, war eindeutig vom Fährmann. Sie las ihn sich noch einmal durch, auch wenn sie die Worte schon fast auswendig kannte.

„Die Presse nennt mich den Fährmann, doch du weißt, wer ich bin. Erfülle meine Forderungen oder du wirst enden wie Karl Schmied. Du solltest niemanden einweihen, dem du nicht den Tod wünschst. Denn ich zögere nicht, jeden umzubringen, der sich mir in den Weg stellt. Dies sei auch eine Warnung an alle, die sich als Hüter des Gesetzes betrachten und meinen, mich aufhalten zu können."

Und dann war Damian plötzlich nicht mehr aufgetaucht und war auch telefonisch nicht zu erreichen gewesen. Sie mochte den Neuen nicht, hielt ihn für einen überheblichen, besserwisserischen Schnösel. Aber den Tod wünschte sie ihm nicht. Doch nachdem sie den Brief das erste Mal gelesen hatte, hatte sie genau das befürchtet. Dass Damian vom Fährmann aus dem Weg geräumt worden war. Alleine bei dem Gedanken lief es Momo eiskalt den Rücken hinunter. Schnösel oder nicht: Damian war einer von ihnen.

Wie erleichtert war sie, als sie hörte, dass der Chef ihn gefunden und mit zur Obduktion geschleift hatte. Was war da nur los gewesen? Für den Schrecken, den der Neue ihnen eingejagt hatte, würde er jedenfalls noch etwas von ihr zu hören bekommen. So viel war klar.

Wie aufs Stichwort öffnete sich die Tür und Breuer und Damian kamen herein. Mit Genugtuung bemerkte Momo, dass die Obduktion Damian wieder ganz schön zugesetzt hatte. Er sah blass und krank aus. Geschah ihm recht.

Manni sprang auf, schnappte sich den eingetüteten Brief und winkte damit Breuer. Der Chef bedeutete ihnen mit einem Nicken, dass sie sich in seinem Büro besprechen würden.

„Dirk und Jo sind im Wettbüro und befragen den Inhaber zu Otto Glaser. Sie haben auch ein Foto von Schmied mitgenommen, aber ich bezweifle, dass sich daraus eine Verbindung ergibt", setzte Manni Breuer ins Bild, während er mit ihm vorauseilte. Es war erstaunlich, wie flink ein Mann mit seinem Umfang sein konnte, wenn es darauf ankam. „Theo Schmied wusste nicht, wer Otto Glaser war oder in welcher Verbindung er zu seinem Vater gestanden haben könnte", fuhr er fort.

Momo ließ sich zu Damian zurückfallen.

„Hey, Mr. Perfect. Was hast du denn gestern einge-worfen, dass du nicht mehr ansprechbar warst?", fragte sie ihn leise genug, dass Breuer sie nicht hören konnte.

Damian blieb wie angewurzelt stehen und starrte sie aus großen Augen an. „Was?", fragte er.

„Na ja, seit du bei uns angefangen hast, bist du immer schon mindestens zehn Minuten vor Dienstbeginn zur Stelle und plötzlich sieht und hört man stundenlang nichts mehr von dir. Das ist doch komisch. Ich weiß ja nicht, wie das auf deiner alten Dienststelle so gehand-habt wurde, aber hier ist so etwas nicht üblich. Schon gar nicht während der heißen Phase in einer Morder-mittlung."

Damian seufzte, ließ den Kopf hängen und schlich wie ein geprügelter Hund an Momo vorbei. Sie sah ihm verwundert nach. Sie hatte sich auf ein Streitge-spräch eingestellt, aber nicht, dass ihre Worte Damian so schwer treffen würden. Sie unterdrückte den Impuls, hinter ihrem Kollegen herzulaufen und sich zu entschuldigen. Was war da nur vorgefallen?

Josef Eifler trat mit seiner Frau aus dem Eingangsbereich des Kaufhauses, jeder mit einer Einkaufstüte bepackt. Sie blinzelten einen Moment in die Sonne, dann traten sie nach draußen. Josef sagte etwas zu seiner Frau. Sie lächelte ihn dankbar an und reichte ihm ihre Tüte. So gingen sie zu ihrem Auto. Einem nigelnagelneuen Mercedes. Helga Eifler auf ihren Gehstock gestützt, Josef Eifler mit Einkaufstüten in jeder Hand.

Ich musste lachen. So ein Angeber! Genau wie früher. Ich beobachtete die beiden jetzt schon seit einer geraumen Zeit. In der Öffentlichkeit der hilfsbereite Kavalier und zu Hause, hinter verschlossenen Türen, saß er in seinem Lehnsessel und löste Kreuzworträtsel, während seine Frau sich alleine mit dem Haushalt abmühte. Dabei war er der körperlich fittere von ihnen. Und doch schien es der Liebe der beiden keinen Abbruch zu tun. Und es war schon eine Leistung, eine Liebe über fünfzig Jahre hinweg lebendig zu erhalten. So ein Pech aber auch.
Ich wetzte genüsslich mein wunderbares Jagdmesser am Messerschärfer. Das leise, schleifende Geräusch von Metall auf Metall beruhigte meine Nerven. Ich musste mich nicht mehr lange in Geduld üben. Nur noch ein kleines bisschen länger. Mein Atem ging schneller. Fast schon wünschte ich mir, dass Josef Eifler meine Forderungen nicht erfüllte.

Ich strich mit meinem Finger zärtlich die scharfe Klinge entlang und durchlebte noch einmal den köstlichen Moment, als sie in Otto Glasers Leib eindrang. Das Gefühl des warmen Blutes, das sich mit seinen letzten Herzschlägen pulsierend über meine Hand ergoss. Seine entsetzt aufgerissenen Augen, als er begriff, dass er sterben würde. Sein offener Mund, aus dem nur noch ein heiseres Röcheln drang. Wie schade, dass es so schnell gehen musste. Gerne hätte ich mir mit Otto mehr Zeit gelassen. Es länger ausgekostet. Aber das war zu gefährlich gewesen. Ich durfte nicht gesehen oder gar aufgehalten werden.

Doch dieses Mal würde ich mir die Zeit nehmen. Ich würde es mit allen Sinnen genießen.

Die Eiflers parkten aus. Ich steckte mein Messer zurück in sein Halfter an meinem Gürtel und startete den Wagen.

Kapitel 28

Stolz schaute Sarah McGregor auf ihr Werk. Das Ergebnis von zwei Jahren Arbeit – ihr Garten.

Jede freie Minute, von März bis September, hatte sie in ihren Traum vom Paradies gesteckt, während sie im Haus nur das Nötigste renovierte. Für das Haus waren die Wintermonate und die Regentage da. Natürlich traf sie mit dieser Einstellung auf wenig Verständnis.

„Schätzchen", schnitt Hannes aus ihrem Klub der Alleinerziehenden eines Abends das Thema an. „Du setzt deine Prioritäten falsch. Das Wichtigste ist doch, erst einmal ein schnuckeliges Heim für dich und deine Tochter Kathy zu erschaffen. Um das Grünzeug kannst du dich auch später noch kümmern."

Aber dieser Garten war der Grund, weshalb sie das Haus gekauft hatte. Nach ihrer Rückkehr aus Schottland hatte sie mit ihrer Tochter zuerst eine kleine Zweizimmerwohnung in Saarbrücken bewohnt. Sie musste beruflich und privat in ihrer alten Heimat wieder Fuß fassen. Nach einem Jahr und einem guten Neuanfang als Tanzlehrerin in einem kleinen Saarbrücker Tanzstudio und einigen Engagements in klassischen Ballettstücken sowie in zeitgenössischen Tanzstücken, machte sie sich in der saarländischen Tanzszene einen Namen. Doch nach diesem einen Jahr Stadtleben sehnte sie sich wieder nach der Ruhe des Landlebens und der freien Natur direkt vor der Haustür, wo Kathy unbeschwert spielen konnte. Deshalb war dieses kleine Haus in dem dörflichen Landsweiler, gerade mal 30 Fahrminuten von Saarbrücken entfernt, perfekt. Es mochte für Menschen wie Hannes unverständlich sein, doch sie hatte sich sofort in das weitläufige Grundstück des Hauses verliebt, denn einen Garten konnte man es zu diesem Zeitpunkt nicht nennen. Aber Sarah sah das Potenzial, das darin steckte. Der Garten, der daraus entstehen konnte. Und während der Makler noch versuchte, ihr sämtliche Unzulänglichkeiten des Hauses schön zu reden, entstand in ihrem Kopf schon ihr Traumgarten. Dort, unter den alten Obstbäumen, ein Sandkasten und später mal eine Kletterburg für Kathy. Hier könnte im Sommer das Planschbecken stehen. Dort eine Gartenbank unter einer mit Kletterrosen üppig bewachsenen Pergola. Überhaupt sollte ihr Garten, und in Gedanken war es schon ihr Garten, in einem Meer von Rosen und Stauden schwelgen. Eine Oase der Ruhe und Entspannung für sich und ihre kleine Tochter.

Im Sommer setzten Sarah und Kathy sich abends in einer Hollywoodschaukel vors Haus. Sarah erzählte ihrer Tochter von diesem traumhaften Ort, der hier entstehen sollte, und malte alles in den buntesten Farben. Wenn Kathy dann eingeschlafen war, trug Sarah sie in ihr Bett und tapezierte das Wohnzimmer oder strich den Flur oder was sonst gerade anfiel und nicht viel Lärm verursachte.

Nun war es so weit. Ihr Traumgarten war fertig angelegt und musste nur noch wachsen und gehegt und gepflegt werden. Voller Liebe schaute sie zu ihrer Rechten über die rosa Strauchrosen „Wisley 2008" von David Austin, eingerahmt von weißem Phlox, blauem Lavendel und lila Storchenschnabel. Daneben eine Gruppe Rittersporn. Die weiße Kletterrose „Climbing Iceberg" hatte sich daran gemacht, den Schuppen zu erklimmen, während von der anderen Seite des Schuppens eine rosa Clematis den Aufstieg wagte und dann ... Chaos!

Die Frontseite des Gartens bot einen direkten Ausblick auf den Nachbargarten. Sperrmüll stand in sämtlichen Ecken und an Bäume gelehnt. Sträucher wucherten ohne jegliche Ordnung oder Konzept. Das Gerippe einer verdorrten Hortensie und die verdorrten Stängel von Blumen, die Sarah nicht mehr identifizieren konnte, bildeten eine seltsame Armee des Todes zwischen all dem wuchernden Unkraut.

„Das geht dich nichts an, Sarah McGregor", sagte sie sich. Ihre Finger umspielten nervös den alten Plastikring, der sie schon fast ihr ganzes Leben begleitete. Als sie mit acht Jahren mit ihren Eltern nach Schottland ausgewandert war, hatte sie ihn beim Abschied von einem ganz besonderen Jungen geschenkt bekommen.

Da hatte er noch an ihren Finger gepasst. Inzwischen hing er an einer Kette um ihren Hals.

Die ganze kommende Woche grübelte sie über das Ärgernis Nachbargarten. Das Problem war, dass sie keinen Kontakt zu diesem Mann hatte. Er wohnte schon seit ein paar Wochen neben ihr und doch hatte sie ihn immer nur kurz von Weitem zu Gesicht bekommen, wenn er früh morgens in sein Auto eingestiegen war oder spät abends nach Hause kam. Sie kannte ja nicht einmal seinen Namen. Sie war in Versuchung gewesen, diesen Kriminalhauptkommissar danach zu fragen, aber das war ihr dann zu peinlich gewesen. Immerhin waren sie direkte Nachbarn. Da sollte sie so etwas normalerweise wissen. Doch ein direktes Aufeinandertreffen oder gar ein Gespräch hatte es nie gegeben. Ein echter Eigenbrötler, der jeglichen Kontakt im Dorf zu meiden schien. So etwas kam niemals gut an und so verwunderte es Sarah nicht, innerhalb kürzester Zeit die abstrusesten Geschichten über diesen Mann, dessen Namen niemand zu kennen schien, zu hören. Er sei Mitglied des organisierten Verbrechens, ein Geheimagent des Mossad, ein Terrorist ... ein Finanzbeamter! Wenn sie an den Besuch des Kriminalhauptkommissars dachte, war an der ein oder anderen Geschichte vielleicht sogar etwas dran. Und als die beiden wenig später das Haus verließen, stapfte der Kommissar unwirsch zum Auto und warf sowohl Haustür als auch Autotür mit mehr Kraft zu als nötig, während ihr Nachbar wie ein geprügelter Hund hinter dem Mann her schlich. Ein Freundschaftsbesuch war das nicht gewesen.

Samstagmorgen nahm Sarah all ihre Courage zusammen und stand mit klopfendem Herzen vor der Haustür. Sie überzeugte sich, dass die Rollläden schon oben waren, dann klingelte sie. Kein Namensschild verriet, wer hier wohnte. In Gedanken ging sie noch einmal ihren Plan durch. Nicht als nörgelnde Nervensäge von nebenan, sondern als nette, freundliche Nachbarin wollte sie auftreten, die gerade so schön in der Gartenarbeit drinnen war und jetzt, da bei ihr alles getan war, dem zugezogenen Nachbarn ihre Hilfe anbot. So müsste es funktionieren.

Als die Tür geöffnet wurde, setzte sie ihr herzlichstes Lächeln auf. „Guten Morgen. Ich bin Sarah McGregor, Ihre Nachbarin."

Ein groß gewachsener Mann mit schwarzen Haaren, hellgrauer Nadelstreifenhose, schwarzem Hemd, Krawatte und einer zur Hose passenden, grauen Nadelstreifenweste stand vor ihr. Welche Farbe genau seine Augen hatten, konnte sie nicht sagen, da sie unentwegt auf ihren Ausschnitt gerichtet waren.

„Hey!", verärgert schnippte sie mit den Fingern vor seiner Nase.

„Falls Sie meine Augen suchen – die sind hier oben!"

Ein feines Lächeln durchzog sein Gesicht, er schüttelte offensichtlich verwundert den Kopf, dann hob er den Blick und sah sie direkt an. „Hallo, Sarah. Ich habe dich vermisst."

Die Zeit schien eingefroren zu sein. Sie vergaß, weshalb sie hier war, sie vergaß, ihren Mund zu schließen, sie vergaß zu atmen.

Diese Augen würde sie immer und überall wiedererkennen. Große, strahlende Augen, von einem hellen Blau, wie es blauer nicht sein konnte.

„Hey", diesmal schnippte er mit seinen Fingern vor ihrem Gesicht. „Ist hier noch jemand zu Hause?"

„Damian."

Ihre Stimme war nur ein atemloses Flüstern. Ihre Hand griff automatisch nach dem Ring, der an der Kette um ihren Hals hing. Darauf hatte er gestarrt. Nach all den Jahren hatte er diesen albernen Plastikring nicht vergessen und auch nicht das Mädchen, dem er ihn geschenkt hatte. Unverhofft stand sie plötzlich ihrem liebsten Freund aus Kindertagen gegenüber.

Schweigend musterten sie sich. Es waren so viele Jahre vergangen. „Möchtest du hereinkommen?"

„Äh, ja, gerne."

Nach dem Zustand des Gartens erwartete Sarah im Haus das Schlimmste. Doch die Welt, in die sie trat, hatte mit dem Garten nichts gemein. Auf dem Weg ins Wohnzimmer durchquerte sie den Flur und konnte auch einen Blick in die offene Küche werfen. In allen Räumen hätte sie bedenkenlos von den weiß gefliesten Böden gegessen, so steril sah alles aus. Sie konnte noch den scharfen Hauch des Putzmittels riechen. Das Wohnzimmer war eine moderne Kombination aus Schwarz und Weiß. Direkt wie aus dem Möbelkatalog. Quadratisch, glänzend und unpersönlich. Das Einzige, was darauf hindeutete, dass dieser Raum bewohnt war, war ein zu einer weißen Couchgarnitur gehöriger Sessel, über dem eine Wolldecke als Schutz lag, und ein Regal mit Büchern an der Wohnzimmerwand. Die zwei Vitrinen und sonstige offene Fächer des Wohnzimmerschranks standen leer.

„Ich mache uns einen Kaffee. Nimm doch schon einmal Platz", sagte Damian und verschwand Richtung Küche.

Neugierig näherte Sarah sich dem Bücherregal. Dem einzigen Anhaltspunkt für Damians Persönlichkeit. Was für Bücher würde er lesen? Science-Fiction, Fantasy, historische Romane, Krimis? Enttäuscht stellte sie fest, dass es sich bei den Büchern ausschließlich um Fachliteratur handelte. Die Palette reichte von „Profiling" zu „Suchtmedizin kompakt" bis hin zu „Kriminalitätsbekämpfung in deutschen Großstädten". Dann noch einige Kunstbände und Geschichtsbücher. Als Sarah sich setzte, fragte sie sich, ob diese Couch schon jemals von jemandem benutzt worden war.

Damian kam mit zwei weißen Tassen, gefüllt mit Kaffee, wieder und stellte sie vor Sarah auf den Wohnzimmertisch. Sein Blick huschte kurz zu dem Sessel. Dann setzte er sich aber doch neben sie auf die Couch. Seine gerade, steife Haltung drückte die gleiche Unsicherheit aus, welche sie empfand. Er schaute zu ihr rüber und lächelte. Die großen blauen Augen gaben ihm dabei einen jungenhaften Charme. Wie viele Frauen diesem Lächeln wohl schon erlegen waren? Eine Weile tranken sie schweigend den Kaffee.

„Du heißt jetzt also McGregor. Seit wann bist du verheiratet?"

„Geschieden. Mein Exmann ist ein Idiot."

„Bist du deshalb wieder aus Schottland zurückgekommen?"

Sarah nickte. Die Enttäuschung über die Reaktion ihres damaligen Mannes Keith, als sie ihm gesagt hatte, dass sie schwanger sei, schnürte ihr noch immer die Kehle zu.

„Du musst dich entscheiden, Sarah. Das Baby oder ich", hatte er gesagt und sie hatte sich entschieden.

„Und? Gibt es eine Frau in deinem Leben?"

„Nein."

„Einen Mann?"

„Sarah!"

„Was denn?"

Wieder breitete sich Schweigen zwischen ihnen aus. Jeder hing seinen Gedanken nach.

234

„Weshalb bist du vorbeigekommen?", fragte Damian unvermittelt.

„Wegen deines Gartens."

„Mein Garten? Was ist mit ihm?"

„Damian, dein Garten ist ein Sauhaufen. Er beleidigt mein Auge. Ich weiß ja, du wohnst hier noch nicht lange, aber ich habe mich zwei Jahre so sehr ins Zeug gelegt, um meinen Garten in mein persönliches Paradies zu verwandeln. Ich helfe dir gerne dabei, deinen in einen ansehnlichen Zustand zu versetzen."

„Da ist etwas, was du von mir wissen musst." Damian blickte ihr ernst in die Augen. „Ich habe einen schwarzen Daumen."

„Einen was?"

„Einen schwarzen Daumen. Manche Menschen haben einen grünen Daumen und ich habe einen schwarzen. Immer, wenn ich etwas in meinem Garten mache, geschieht etwas Fürchterliches, das alle Arbeit wieder zunichtemacht."

„Ist das dein Ernst?"

„Absolut."

„Ich hätte dich niemals für so abergläubisch gehalten."

„Das ist kein Aberglaube, sondern eine Tatsache."

„Damian, ich mach dir einen Vorschlag: Warum nehmen wir nicht meinen grünen Daumen und deinen schwarzen und sehen, was sie in deinem Garten bewirken können."

„Sag hinterher nicht, ich hätte dich nicht gewarnt."

„Ich gehe das Risiko ein."

„Also gut. Wann willst du anfangen?"

„Wie wäre es mit sofort?"

Damian seufzte theatralisch, willigte aber ein und so fanden sie sich kurz darauf in seinem Garten wieder. Sarah freute sich auf die bevorstehende Zeit. Jede Menge Möglichkeiten, zu erfahren, wie es Damian so ergangen war und ob er vielleicht wirklich ein – Finanzbeamter sei.

Zuerst bestellten sie für Montag den Sperrmüll und stellten alles nach draußen. Dann fuhren sie in Sarahs altem Ford Kombi in den Baumarkt. Sarah weigerte sich, mit Damians glänzendem, schwarzem Honda zu fahren. Er sah zu neu aus, um ihn mit Blumenerde zu beschmutzen. Damian schien darüber auch sehr erleichtert zu sein.

Im Baumarkt erntete Damian in seiner feinen Kleidung einige verständnislose Blicke. Er war dort eindeutig overdressed. Es schien ihn nicht weiter zu stören. Sie kauften eine Pergola für den Übergang von Damians Terrasse zum Garten, weiße Farbe für den Anstrich und zwei rote Kletterrosen zum Bewachsen. Für die Beete kauften sie zwei Rhododendren, eine Hortensie und eine schöne Sammlung an Stauden. Hornspäne, zur Langzeitdüngung, und Rindenmulch, um das Unkraut fernzuhalten, vervollständigten den Einkauf.

Am Ende des Tages war ein Beet bepflanzt und die Einzelteile der Pergola waren gestrichen. Sarah war erledigt, aber glücklich. Nicht nur waren sie viel weiter gekommen als gedacht, sie hatten sich auch gut unterhalten. Damian hatte sich sehr verändert. Er war charmant, gebildet und hatte einen unglaublichen Sauberkeitszwang. Alles hatte seinen festgelegten Platz. Den Garten hatte er aus seinem Sichtfeld ausgegrenzt und darum auch gar nicht mehr wahrgenommen.

Sarah fühlte sich gleich wieder mit ihm verbunden. So als wären sie nur kurze Zeit und nicht siebzehn Jahre voneinander getrennt gewesen.

„Siehst du. Wir haben so richtig was geschafft. Und weit und breit ist kein Unglück passiert", sagte Sarah, als sie in der aufkommenden Dämmerung auf zwei von Sarahs Gartenstühlen saßen und bei einem Glas Rotwein ihr Werk betrachteten. Sie hatte ihn davon überzeugen können, zur Gartenarbeit etwas legerere Kleidung anzulegen. Eine blaue Jeans und ein kariertes dunkelgraues Hemd.

„Noch nicht. Es fängt an zu regnen."

„Das ist gut. Dann wachsen die Pflanzen besser an. Ich verschwinde dann mal nach drüben. Bis bald, Damian."

„Bis bald und – danke."

Am Gartentor drehte Sarah sich noch einmal um.

„Ach, was ich dich schon den ganzen Tag fragen wollte: Was bist du eigentlich von Beruf?"

„Ich bin Kriminalkommissar bei der Kripo Saarbrücken."

Sarah lachte. Das erklärte einiges. „Das solltest du beim nächsten Dorffest mal erwähnen", schlug sie vor.

„Was? Warum?"

„Nur so. Es gibt da so Gerüchte. Einen geruhsamen Abend."

„Ich werd noch mal kurz im Präsidium vorbeischauen", sagte Damian.

„An einem Samstagabend?"

„Wir sind grade mit einem kniffeligen Fall beschäftigt. Da können wir nicht einfach zwei Tage aussetzen, nur weil Wochenende ist."

Sarah zuckte die Schultern. „Du hast dir den falschen Job ausgesucht, mein Lieber."

Als Sarah Kathy von Hannes abholte, wo sie den ganzen Tag mit dessen Tochter Sophie gespielt hatte, war der Regen nicht stärker geworden, aber Wetterleuchten erhellten den Himmel. Nach dem Essen wollte Kathy gleich schlafen gehen und auch Sarah fiel erschöpft in ihr Bett und schlief sofort fest ein.

Ein Knall, der das ganze Haus erschütterte und von krachendem und zischendem Lärm begleitet wurde, schreckte Sarah aus dem Tiefschlaf. Ihr Herz raste wie verrückt.

„Was in Gottes Namen war das denn?", fragte sie sich. Sie wollte das Licht anknipsen, aber nichts tat sich.

Sie tastete in ihrer Nachttischschublade nach der Taschenlampe, sprang mit beiden Beinen aus dem Bett und lief zu Kathys Zimmer. Das arme Kind war sicherlich ganz außer sich vor Angst. Vor Kathys Tür hielt sie kurz inne.

Nichts. Kein Laut war zu hören. Leise und vorsichtig öffnete sie die Tür und traute ihren Augen nicht. Ihre vierjährige Tochter lag in ihrem Bett und schlief friedlich. Sarah schlich an ihre Seite und strich ihr zärtlich einige Haarsträhnen aus dem Gesicht.

Wahnsinn, dachte sie lächelnd. *Was kleine Kinder für einen Radau verschlafen können.*

Das Gewitter schien sich direkt über ihnen auszutoben. Hoffentlich hatte bei ihnen kein Blitz eingeschlagen. Laut genug war der Knall gewesen. Sarah schnupperte. Ja, hier roch es eindeutig verschmort. Sollte sie Kathy wecken, oder erst einmal die Quelle des Geruchs feststellen? Noch während sie unschlüssig im Raum stand, fiel der Schein ihrer Taschenlampe auf eine aus der Wand hängenden Steckdose. Sarah ging im Zimmer herum und kontrollierte auch die anderen Steckdosen. Die Wucht des Blitzeinschlags hatte sie alle aus den Wänden gesprengt. Daher kam der verschmorte Geruch, aber es schien keine Brandgefahr von ihnen auszugehen. Wo hatte der Blitz eingeschlagen? Bei ihnen oder nur in ihrer Nähe? Sarah ging durchs ganze Haus bis unters Dach und kontrollierte dabei gleich jede einzelne Steckdose. Mit

Bedauern musste sie feststellen, dass wohl auch die Telefonanlage, die Mikrowelle und der Fernseher den Einschlag nicht überlebt hatten.

Und morgen ist Sonntag. Na toll. Also kann ich wahrscheinlich bis Montag auf keine Hilfe hoffen und sitze da. Ohne Strom und ohne Telefon.

Sarah setzte sich auf die Couch. Sie war hundemüde, aber an Schlaf war nicht mehr zu denken. Dafür war sie viel zu aufgewühlt. Die näher kommende Sirene der Feuerwehr half nicht, ihren Puls zu beruhigen, und als das Blaulicht durch die Ritze des Rollladens gleiste und von den Wänden reflektiert wurde, rannte sie zur Haustür und riss sie auf. Da konnte sie es brennen sehen. Bei Damian. Die hektischen Stimmen der Feuerwehr hallten durch die Nacht. Ohne weiter nachzudenken, rannte Sarah los.

Hoffentlich ist Damian nichts passiert, dachte sie. Als sie durch seine Gartentür rannte, sah sie den großen Kastanienbaum in Flammen stehen. Damian stand an seiner Terrassentür und sah dem Treiben mit steinerner Miene zu. Er war vollständig angezogen. Eine elegante Kombination aus Schwarz und Weinrot. Woher hatte er die Zeit genommen, sich so aufzustylen? Selbst die Haare saßen perfekt!

Sarah wurde unangenehm bewusst, dass sie noch ihr Nachthemd anhatte, welches zudem noch vom Regen durchnässt an ihrem Körper klebte. Gerade wollte sie

240

sich heimlich wieder in ihr Haus zurückziehen, da sah Damian sie plötzlich an.

Was soll's, dachte sie. *Jetzt davonlaufen ist noch peinlicher, als sich der Situation zu stellen.*

Sie ging so würdevoll, wie es in einem klatschnassen Nachthemd möglich war, auf Damian zu und stellte sich an seine Seite. Sie konnte seine Blicke spüren und merkte, wie sie einen roten Kopf bekam.

„Ich habe dich gewarnt", hörte sie seine samtene Stimme.

„Gewarnt?"

„Dass etwas Schreckliches passiert, wenn ich etwas in meinem Garten mache."

„Das hat doch jetzt nichts mit unserer Gartenarbeit zu tun, oder doch?"

„Die Pergola, die wir gestrichen hatten ..."

„Was ist mit ihr?"

„Ich habe sie zum Trocknen an diesen Baum gestellt."

„Oh."

„Ja."

„Aber immerhin haben wir ja noch das Beet!", warf Sarah hoffnungsvoll ein und blickte zu ihrem Meisterstück. Sie musste schlucken. Das Beet war hinüber. Alle Pflanzen waren von den schweren Schläuchen der Feuerwehr platt gewalzt worden.

Langsam blickte sie zu Damian hoch. Er schaute ihr in die Augen und hob nur vielsagend eine Augenbraue.

Resigniert schauten sie dem brennenden Kastanienbaum zu.

„Hast du dazu noch etwas zu sagen?", fragte Damian,
ohne den Blick von dem brennenden Schauspiel abzu-
wenden.

„Ja", antwortete Sarah tonlos, ebenfalls ohne ihn
anzusehen.

„Und das wäre?"

„Bleib bloß weg von *meinem* Garten!"

Kapitel 29

„Du siehst noch immer hundemüde aus", stellte Breuer am nächsten Tag fest, als er in das Präsidium kam und Damian an seinem Schreibtisch vorfand. Es war Sonntagmorgen und das Team hatte sich zu einer kurzen Besprechung verabredet.

„Hattest du heute Nacht noch immer die Probleme?" Damian bemerkte, wie Momo und Manni in ihrer Arbeit innehielten und unauffällig lauschten. Seine Kollegen hatten seit Freitag versucht herauszufinden, was vorgefallen war, doch Breuer und Damian schwiegen eisern. Dirk hämmerte unbeirrt auf seiner Tastatur herum. Ihn interessierte der Vorfall nicht sonderlich. „Wenn es mich etwas anginge, hätte man mir Bescheid gesagt", war seine lakonische Antwort gewesen, als Momo ihn gefragt hatte, was er von der ganzen Angelegenheit halten würde.

„Nein", antwortete Damian auf Breuers Frage. „Diesmal hatte ich Probleme mit meinem Kastanienbaum." Breuer sah ihn verständnislos an.

„Er ist heute Nacht abgebrannt", erläuterte Damian.

„Das Gewitter?", fragte Manni, der es aufgab, so zu tun, als würde er nicht zuhören.

Damian nickte. „Immer, wenn ich versuche, etwas in meinem Garten zu tun, geschieht ein Unglück."

Manni brummte zustimmend. „Und diesmal musste der Kastanienbaum daran glauben."

Wieder nickte Damian und stützte sein Kinn betrübt auf seine Hand. „Und die Steckdosen und alle elektrischen Geräte, die da noch dran hingen."

Breuer schaute belustigt von einem zum anderen. Momo starrte sie mit offenem Mund an. „Hört ihr euch eigentlich zu, was für einen Blödsinn ihr da redet?", platzte es letztendlich aus ihr heraus.

Damian grinste und Manni brach in schallendes Gelächter aus und schlug Damian auf die Schulter.

Momo schüttelte nur den Kopf und ging zu ihrem Platz zurück. „Verrückte Männer", murmelte sie.

Jo kam zur Tür hereingestürmt. „Chef, ein Notfall!", rief sie.

„Was ist passiert?", fragte Breuer.

„Ein Josef Eifler hat sich gerade über den Notruf gemeldet. Er fürchtet um sein Leben. Jemand hat bei ihm angerufen, und gesagt, seine Zeit sei jetzt abgelaufen. Herr Eifler meint, dass es sich bei dem Anrufer um den Fährmann handeln würde."

Alle sprangen auf.

„Hast du die Adresse?", fragte Breuer.

Jo nickte.

„Dann los."

Josef Eifler lief hektisch durch die Wohnung und suchte alles von Wert zusammen. Das Herz raste in seiner Brust. Er schnappte sich den Schmuckkasten seiner Frau und leerte ihn auf dem Bett aus. Schnell raffte er die Schmuckstücke zusammen und trug sie zum Wohnzimmertisch, zu den anderen Wertgegenständen. Das Auto. Er nahm den Schlüssel aus seinem Schlüsselbund und warf ihn auf den glitzernden Haufen. Geld. Er musste sein Geld zusammensuchen.

Wie hatte es nur so weit kommen können? Sie alle hätten das verhindern können. Als der Fährmann vor einigen Tagen plötzlich vor ihm gestanden hatte, hatte Josef Eifler schon geglaubt, sein letztes Stündlein hätte geschlagen. Doch er wurde von ihm nur belauert und stumm verhöhnt. Eifler versuchte zu verhandeln, doch ohne Erfolg. Vielleicht ließ der Mörder ja mit sich reden, wenn er seinen Soll leistete. Guten Willen bewies. Da musste doch was zu machen sein.

„Die Polizei wird gleich hier sein. Mir wird nichts geschehen", sagte er sich zum wiederholten Male.

Wenn er nur selber daran glauben könnte.

Breuer klingelte noch einmal Sturm.

„Herr Eifler, hier ist die Polizei. Bitte machen Sie auf!", rief er laut.

„Chef. Sieh mal hier", sagte Damian und zeigte auf Einbruchsspuren an der Eingangstür. Sie waren im dunklen Holz kaum zu sehen. Nach außen hin wirkte Damian kühl und gefasst. Aber sein Adrenalinspiegel hatte seinen Puls in die Höhe getrieben. Der Mörder war schon da. Möglicherweise gerade in diesem Moment bei seiner schauerlichen Arbeit.

Breuer übte versuchsweise Druck auf die Tür aus, indem er sich mit seinem Körpergewicht dagegen stemmte. Durch den Einbruch schloss sie nicht mehr fest und sprang auf. Mit gezogenen Waffen stürmten sie das Haus. Durch den Flur hatte man einen direkten Blick ins Wohnzimmer. Dort lag eine Person am Boden. Jeder versuchte, sich möglichst in Deckung dem Raum zu nähern. Doch die weit geöffnete Tür bot nicht besonders viele Möglichkeiten für Schutz. Sollte jemand aus diesem Raum auf sie schießen, konnten sie nur auf ihre schusssicheren Westen hoffen. Damian setzte sich an die Spitze. Jetzt war seine Chance, zu beweisen, dass er den Mut und die Nerven für diesen Job hatte. Es rauschte in seinen Ohren. All seine Sinne waren geschärft. Es roch nach Blut, Schweiß und Urin. Gerüche, die eindeutig vom Opfer stammten, das zitternd und keuchend am Boden lag. Damian war bis zum Türrahmen vorgedrungen und warf einen schnellen Blick in den Raum. Die P10 von Heckler und Koch lag schwer in seinen Händen. Er konnte den Täter nicht ausmachen. Also riskierte er einen genaueren

Blick und schob sich dann langsam mit vorgehaltener Waffe in das Wohnzimmer. Er begegnete den weit aufgerissenen Augen des blutenden Mannes.

„Herr Eifler. Wir sind die Polizei. Wo ist er?", fragte er flüsternd.

Josef Eiflers Blick glitt zur offenen Terrassentür.

Damian stürmte nach vorne und sah durch die Schiebetür in den Garten. Hinter dem Zaun schloss sich ein grasbewachsener Hügel an. Oben befand sich ein öffentlicher Schotterparkplatz. Hatte er da nicht eine Bewegung gesehen?

Er rannte, so schnell er konnte, durch den Garten. Sprang über den Zaun und erklomm die steile Böschung. Auf dem Parkplatz wurde ein Auto gestartet. Oben angelangt, hörte er Reifen im Schotter durchdrehen und einen Motor protestierend aufheulen. Damian lief auf den Parkplatz und sah sich schnell um. Ein schwarzer Mercedes kam auf ihn zugerast. Der glänzende Lack blendete Damian.

„Stehen bleiben! Polizei!", rief Damian und richtete seine Waffe auf die spiegelnde Frontscheibe des Wagens. Unbeirrt raste der Mercedes weiter auf ihn zu. Mit einem Hechtsprung brachte Damian sich in Sicherheit. Er rollte sich ab und blieb stöhnend am Boden liegen. Der Schotter hatte sich hart in seine Hände und Knie gebohrt. Wegspritzende Steine hatten sein Gesicht getroffen. Wieder hörte er schlitternde Reifen und einen jaulenden Motor.

„Damian, Vorsicht!", schrie eine Frauenstimme.

Er blickte hoch und sah das Auto rückwärts auf sich zurasen. Ihm stockte der Atem. Er war noch am Boden. Er konnte unmöglich rechtzeitig zur Seite springen. Für einen kurzen Moment schien der Schock dieser Erkenntnis seinen Körper zu lähmen. Doch dann sprang er auf und startete einen erneuten Hechtsprung, der ihn den Abhang hinab bringen sollte. Er war schnell. Aber nicht schnell genug.

Damian wurde im Sprung von dem Wagen erfasst und unkontrolliert durch die Luft geschleudert. Der Aufprall verursachte ein lautes, dumpfes Geräusch. Er wollte seine Landung auf dem Boden abfedern, aber er hatte keine Ahnung mehr, wo oben und wo unten war. Ungebremst schlug er auf. Sengend heißer Schmerz durchzog seinen Körper. Er bekam keine Luft mehr. Nach Atem ringend versuchte er sich zu orientieren. Wo war er gelandet? Doch sein Sichtfeld zog sich zusammen. Ließ ihn mit seinem Schmerz alleine in der Dunkelheit.

Das Letzte, was er hörte, waren drei Schüsse.

Kapitel 30

Breuer kniete sich neben den verletzten Josef Eifler. Mit seinem Handy rief er den Rettungswagen.

„Halten Sie durch, Herr Eifler. Hilfe ist unterwegs."

Er sah sich um. Damian und Momo waren nach draußen geeilt, um den Mörder zu verfolgen. Jo, Manni und Dirk durchkämmten das Haus. Falls der Täter doch noch hier zu finden war, wollte Breuer nicht von diesem überrascht werden.

Josef Eiflers hellblaues Hemd war aufgerissen. Die abgesprengten, weißen Knöpfe waren im ganzen Raum verteilt. In der Brust war eine Stichwunde zu sehen. Die römische Drei war schon eingeritzt. Das Keuchen von Josef Eifler verwandelte sich immer mehr in ein heiseres Röcheln. Die schweißnasse Haut nahm einen wächsernen Farbton an. Wenn Breuer nicht schnell seine Fragen stellte, würde er vermutlich keine Gelegenheit mehr dazu bekommen.

„Herr Eifler. Wer war das? Haben Sie den Täter erkannt?", fragte er.

Josef Eiflers Lippen bewegten sich stumm. Er hustete Blut. Dann presste er einen Namen heraus. „Georg Schreiner."

„Der Täter war Georg Schreiner?", vergewisserte Breuer sich.

Eifler schüttelte heftig den Kopf. Seine Hand krampfte sich in Breuers Jacke und er zog ihn zu sich hinunter.

„Schützen ... Sie ... Georg Schreiner", keuchte er kaum hörbar.

Breuer nickte. Josef Eiflers blassblaue Augen drehten sich nach hinten. Sein Körper erschlaffte.

„Herr Eifler ... Herr Eifler. Verdammt!"

Breuer fühlte keinen Puls mehr, kein Atemzug hob die Brust. Sofort machte er sich an die Wiederbelebung. Bei jedem Druck auf Eiflers Brustkorb spritzte ein Schwall Blut aus der Stichwunde. Das war ihr einziger Zeuge. Er hatte wahrscheinlich die Antwort auf all ihre Fragen. Dass Josef Eifler genau wusste, wer das nächste Opfer sein würde, bewies, dass es sich bei den Rentnern nicht um Zufallsopfer handelte. Etwas, das für Breuer schon nach dem Brief, den sie in Otto Glasers persönlichen Unterlagen gefunden hatten, klar gewesen war. Er wusste bestimmt, wer der Täter war, oder zumindest, wieso sie auf dessen Abschussliste gelandet waren. Da gab es einen Zusammenhang. Sie mussten ihn nur finden.

Von oben hörte er das hektische Durchdrehen von Reifen auf Schotter und Damians laute Stimme: „Stehen bleiben! Polizei!"

Vielleicht hatten sie Glück und konnten den Mörder fassen. Wenn er sich das verspritzte Blut in diesem Raum betrachtete, musste am Täter auch einiges davon haften geblieben sein. Damit könnten sie ihn mit der Tat in Verbindung bringen. Er schaute kurz auf und sah aus der offenen Wohnzimmertür. Momo erklomm gerade eilig die steile Böschung, um Damian als Verstärkung hinterher zu eilen. Breuer konzentrierte sich weiter auf die Wiederbelebung, auch wenn er nicht mehr daran glaubte, Eifler retten zu können. Der Mann war sicherlich unwiderruflich tot. Dennoch war es seine Pflicht, alles in seiner Macht Stehende zu tun, bis die Rettungskräfte vor Ort waren.

„Damian, Vorsicht!", hörte er Momos Schrei, der ihm sofort das Blut in den Adern gefrieren ließ. Kurz darauf ein dumpfes *Tock*. Mit stockendem Atem schaute er nach draußen. Er sah einen Körper wie eine Puppe durch die Luft fliegen, die Böschung hinunter, hörte drei Schüsse und dann Stille. Entsetzt starrte er zum Gartenzaun, hoffte auf eine Bewegung, ein Lebenszeichen. War das Damian gewesen? War er tot? Was war mit Momo? Er wollte aufspringen. Dort hineilen.

Wiederbelebung. Er musste mit der Wiederbelebung weitermachen.

Ihm war kalt und schlecht und elend. Er hatte Damian doch gerade erst wiedergefunden. Eine Woche? Eine einzige Woche durfte er seinen Jungen als erwachsenen Menschen kennenlernen, nur um dann Zeuge seines Todes zu werden? Nein, nein! So grausam konnte

– durfte das Schicksal nicht sein. Seine Augen brannten. Wo blieb der verdammte Rettungswagen?

Jo und Manni kamen eine Treppe herunter gestürzt. „Chef. Was war das? Wir haben Schüsse gehört."

Noch ehe Breuer ihnen antworten konnte, hörten sie, wie die Haustür aufgeschlossen wurde. Die beiden gingen sofort zur Tür. Breuer hörte einen erschrockenen Aufschrei.

„Wer sind Sie?", fragte die Stimme einer älteren Frau.

„Wir sind von der Polizei. Kriminaloberkommissar Manfred Dresslau und Kriminalkommissarin Johanna Schneider", stellte Jo sie vor. „Sind Sie die Ehefrau von Josef Eifler?"

„Ja, aber was ist denn los?", fragte die Frau mit zittriger Stimme. Sie versuchte, in die Wohnung zu schauen, aber Manni versperrte ihr mit seiner üppigen Körperfülle die Sicht. Jo nahm die Frau sanft, aber bestimmt, am Arm.

„Lassen Sie uns nach draußen gehen. Ich werden ihnen alle Fragen so gut wie möglich beantworten."

In der Ferne hörte Breuer die Sirenen des Krankenwagens.

Kapitel 31

Damian saß auf Breuers Drehstuhl an dessen Schreibtisch im Präsidium. Nach drei Wochen Urlaub musste Breuer doch immer mal wieder zu seinem Arbeitsplatz. Diesmal hatte er keinen Babysitter für Damian gefunden und ihn deshalb kurzerhand mitgenommen. Damian verzog bei dem Gedanken das Gesicht. Nicht, dass es ihn störte, den Arbeitsplatz eines Kriminaloberkommissars mal aus der Nähe kennenzulernen. Ganz im Gegenteil. Er fand es hier unglaublich interessant. Aber er war kein Kleinkind mehr, das nicht mal für ein paar Stunden unbeaufsichtigt bleiben konnte.

Er griff gelangweilt nach einer Fallakte, die auf Breuers Schreibtisch lag. Kriminalhauptkommissar Luther hatte das ganze Team zu einer Besprechung zusammengerufen und so war er hier alleine. Einen Raum weiter hörte er die gedämpften Stimmen von Breuers Kollegen, die an anderen Fällen arbeiteten.

Nichtstun war sein größter Feind. Er spürte das wachsende Verlangen nach Heroin. Sein Körper hatte die Sucht überwunden, aber sein Geist wollte den Stoff jetzt, jetzt, jetzt!

Stöhnend rieb er sich mit beiden Händen kräftig das Gesicht und raufte sich die Haare. Er musste sein Gehirn beschäftigen, sonst würde er hier verrückt werden. Zögernd öffnete er die Akte. Das war Breuer gewiss nicht recht. Er wollte ihn so weit wie möglich von allen grausamen Facetten des Lebens fernhalten. Und innerhalb dieser Seiten würden sich mit Sicherheit jede Menge menschlicher Abgründe auftun.

Der sechste Januar, zwanzig Uhr. Die Tür des Kinosaals 2 in Schmelz schließt sich, das Licht geht aus. Es ist eine schlecht besuchte Vorstellung. Nur sieben Gäste sind anwesend. Ein Pärchen, Michael Schön, 22 und Susanne Nehm, 23 Jahre alt, zwei Brüder, Carsten und Stefan Althof, 19 und 21 Jahre und drei Jugendliche, Lars Serf, Martin Schültes und Hannes Bertram, 18 Jahre. Als nach der Vorstellung das Licht wieder angeht, ist der ältere Bruder, Stefan Althof, tot. Keiner der Gäste will etwas bemerkt haben. Zwei Elektriker, die auf dem Flur eine Lampe reparierten, bestätigten, dass während der Vorstellung weder jemand den Kinosaal verlassen noch betreten hat.
Ein interessantes Rätsel. Damian nahm sich den Obduktionsbericht vor. Ein einziger Stich mit einem großen Jagdmesser durch die Rückenlehne des Kinosessels, der das komplette Rückenmark in Genickhöhe durchtrennte. Stefan Althof war sofort tot. Der

Stichwinkel ließ darauf schließen, dass es sich bei dem Täter um einen Linkshänder handelte.

Der Bericht der Spurensicherung war ernüchternd. Das Messer steckte noch, aber es waren keine Fingerabdrücke oder DNA-Spuren darauf zu finden. Da es Winter war, hatte jeder der Anwesenden Handschuhe dabei gehabt.

Die Vernehmungen ergaben, dass jeder das Opfer zumindest vom Sehen her kannte. Doch keiner wollte ein Motiv gehabt haben. Nach gründlicher Recherche und Einzelvernehmungen hatte sich herausgestellt, dass der jüngere Bruder immer in Stefan Althofs Schatten gestanden hatte und Lars Serf, einer der drei Jugendlichen, wegen des Opfers bereits eine Anzeige wegen Ruhestörung kassiert hatte. Als den sechs Verdächtigen ein Dokument zur Unterschrift gereicht wurde, unterschrieben alle mit der rechten Hand. Auch gab jeder von ihnen an, Rechtshänder zu sein. In einem beigelegten Video waren die Verdächtigen zu einem Ortstermin versammelt und jeder gab an, wer wo gesessen hatte und ob er zu irgendeinem Zeitpunkt seinen Platz verlassen hatte.

Alle Anwesenden sollten auf Unstimmigkeiten achten. Doch auch hier konnte kein Durchbruch erlangt werden. Da der Actionstreifen sehr spannend, schnell und laut gewesen war, hatten sich alle Anwesenden voll und ganz auf die Leinwand konzentriert. Damian spulte das Video zurück und sah es sich noch einmal an.

„Was machst du da?"

Breuer riss Damian die Fernbedienung aus der Hand und schaltete den Fernseher aus.

„Das ist wohl kaum das richtige Programm für dich, geschweige denn die richtige Lektüre."

Breuer schloss energisch die Akte und warf Damian einen wütenden Blick zu.

Vor drei Wochen noch hätte sich Damian bei diesem Gebaren ängstlich in seinem Stuhl zusammengekauert und auf den unausweichlichen Gewaltausbruch gewartet, doch inzwischen kannte er diesen Mann besser. Breuer war nicht wie sein Vater. Er konnte ihm vertrauen. Auch in einer solchen Situation. Darum nahm er all seinen Mut zusammen, blieb aufrecht und damit ungeschützt sitzen und sagte mit ruhiger Stimme, die nur ein klein wenig bebte: „Ich denke, ich weiß, wer der Mörder ist."

Breuer hielt mitten in seiner Bewegung inne und sah ihn ungläubig an. „Wer?", fragte er nach einer kurzen Pause.

„Darf ich es dir zeigen?", Damian streckte fragend die Hand nach der Fernbedienung aus.

Breuers Zögern dauerte diesmal länger. Schließlich reichte er Damian die Fernbedienung mit einem Seufzen und schaltete den Fernsehapparat wieder ein.

Damian startete das Video.

„Ich denke, die Frau können wir ausschließen. Sie ist klein und zierlich und hätte wohl nicht die Kraft, mit einem Stoß ein Messer sowohl durch das Polster als auch durch die Halswirbel des Opfers zu rammen. Ebenfalls fällt Lars Serf als Verdächtiger aus. Er hatte wohl ein Motiv, wenn auch ein sehr schwaches, aber er saß zwischen seinen beiden Freunden. Egal, wie spannend der Film war, er hätte sich nicht von diesem Platz entfernen können, ohne dass zumindest einer seiner Freunde etwas mitbekommen hätte. Dafür sind die Reihen der Kinosessel zu eng. Also bleiben noch vier Verdächtige übrig. Die zwei Freunde von Lars Serf, der Bruder des Opfers und Michael Schön, der mit seiner Freundin da war."

Damian sah Breuer fragend an, ob er seinen Ausführungen bis dorthin zustimmte. Dieser nickte langsam und bedächtig. Inzwischen waren auch die vier Kollegen von Breuer dazugestoßen und hatten sich mit neugierigen Blicken um den Fernseher versammelt. Breuers Chef, Kriminalhauptkommissar Luther, lehnte lässig im Türrahmen.

„Dann lass mal hören, Junge. Wer von diesen vier war es also?", fragte Luther in einem halb ernsthaften, halb belustigten Tonfall.

Damian, der sich erst jetzt seines gewachsenen Publikums bewusst wurde, befeuchtete mit der Zungenspitze seine Lippen und rückte sich auf Breuers Stuhl zurecht.

„Es war Michael Schön. Er ist der Linkshänder. Wahrscheinlich wurde er umerzogen und schreibt deshalb mit rechts, aber genau hier hat er sich verraten."

Damian hielt das Video an, spulte wieder ein wenig zurück und zeigte die betreffende Stelle noch einmal.

Michael Schön wurde angewiesen, seine Version der Dinge zu schildern. Er trat aus der Menge heraus und zeigte auf zwei Plätze in der achten Reihe. „Hier saß ich, dort meine Freundin Lena."

Damian stoppte das Video wieder und sah erwartungsvoll in die Runde. Ihm begegneten ratlose Blicke. Er spulte wieder zurück.

„Genau hier! Sehen Sie, wie Michael Schön sich in Bewegung setzt. Er beginnt mit dem linken Fuß. Rechtshänder würden normalerweise mit dem rechten Fuß beginnen. Ich kenne das vom Basketball aus der Schule. Ich musste mich am Anfang richtig konzentrieren, wenn ich den Korbsprung mit dem linken Fuß beginnen sollte. Also, Schritt links mit Dribbel, Schritt rechts und mit dem linken Fuß Sprung zum Korb. Es war so kompliziert, weil dieser Bewegungsablauf für mich als Rechtshänder ungewohnt war. Und hier macht er den zweiten Fehler. Wenn er auf die Sitze zeigt, benutzt er dafür die linke Hand. Ein Indiz alleine könnte Zufall sein. Beide zusammen weisen ihn als Linkshänder und damit als den Täter aus."

Eine Weile herrschte Schweigen, dann brach es aus Kriminalkommissar Lennard Koster heraus: „Wir können doch niemanden verhaften, weil er zuerst mit dem falschen Bein aufgetreten ist. Das ist doch kein Beweis!"

„Nein, aber ein Indiz", warf Breuer ein. Er sah sich nach seinem Chef um.

„Ich würde vorschlagen, wir sprechen direkt mit Michael Schöns Eltern. Die sollten uns genau sagen können, ob Ihr Sohn Links- oder Rechtshänder ist."

Kriminalhauptkommissar Luther nickte.

„Machen Sie das. Lassen Sie die Frage möglichst beiläufig klingen. Sie müssen nicht wissen, dass ihre Antwort fallentscheidend ist. Gute Beobachtungsgabe, Herr Johannsson."

Damian wuchs bei diesem Lob durch den Kriminalhauptkommissar. Er hatte es geschafft, innerhalb von zehn Minuten vom „Jungen" zu „Herrn Johannsson" aufzusteigen. Ein warmes Gefühl tiefer Befriedigung breitete sich in ihm aus.

Als sie an diesem Abend nach Hause fuhren, hatte Damian vier weitere Stunden Warten hinter sich. Breuer hatte sich geweigert, ihn zu den Befragungen mitzunehmen, und so war er für diese Zeit an das Gemeinschaftsbüro von Breuers Team gefesselt gewesen. Dennoch war die gähnende Langeweile nicht mehr aufgekommen. Damian war in der Achtung dieser Leute aufgestiegen und man erzählte ihm viele Anekdoten aus dem Alltag der Kriminalpolizei. Damian fand das unheimlich spannend. Er liebte es, seinen Geist mit Rätseln auf die Probe zu stellen und hier war praktisch jeder neue Fall ein äußerst verzwicktes Rätsel, mit vielen Komponenten, die man nicht von Anfang an präsentiert bekam, sondern die man sich erst mühsam zusammensuchen musste. Besonders spannend fand er es, wenn Breuer in den Erzählungen die Hauptperson war. Er nutzte die Gelegenheit, um viele Fragen zu stellen.

Am Ende des Tages hatten sie Michael Schöns Geständnis in der Tasche. Nach der Aussage seiner Eltern hatte er keine andere Wahl mehr gesehen, als zu gestehen.

Nachdem Michael Schön vor einigen Jahren mit Stefan Althofs Freundin zusammengekommen war und diese sich darauf von Althof getrennt hatte, versuchte dieser, Schön das Leben schwer zu machen. Es begann mit nächtlichen Anrufen. Dann schwärzte er Michael Schön bei seinem Chef an, als dieser einmal krank gefeiert hatte, und sorgte mit weiteren Verleumdungen dafür, dass Michael Schön den Job verlor. Außerdem hatte er ihm schon zwei Mal die Freundin ausgespannt. Susanne Nehm hatte er zwar noch nicht angesprochen, aber Michael Schön hatte die Blicke gesehen, die Althof seiner Freundin zuwarf. Er war inzwischen psychisch so fertig, dass er nur noch einen Ausweg sah, seinen Peiniger loszuwerden. Als er zufällig mitbekam, dass Stefan und sein Bruder am besagten

Abend ins Kino wollten, war sein Plan, ihn umzubringen, gereift.

Damian bekam vom Team Jubel und Beifall gespendet. Er merkte, wie ihm allein bei der Erinnerung an diesen Moment abermals das Blut ins Gesicht schoss. Dies war kein verlorener Tag in einem verlorenen Leben gewesen. An diesem Tag hatte er etwas Sinnvolles und Wichtiges leisten können.

Breuer, der die ganze Zeit zufrieden bei seinen geliebten Countrysongs mitgesummt hatte, riss Damian aus seinen Überlegungen.

„Du hast heute quasi im Alleingang den Fall gelöst. Das war sehr gute Arbeit."

„Sie hätten ihn auch gelöst. Sie hätten das Umfeld aller Tatverdächtigen so lange durchleuchtet, bis Sie gewusst hätten, wer der Linkshänder ist."

Breuer lächelte. Ein wirklich kluger Junge.

„Stimmt", sagte er. „Aber es hätte wesentlich länger gedauert. Zeit, die wir nun einem anderen Fall widmen können."

Damian lehnte sich in dem Sitz zurück, ein zufriedenes Lächeln auf seinem schmalen Gesicht. Heute hatte er einen Plan für seine Zukunft gefasst. Nun musste er nur noch daran arbeiten, wie er ihn umsetzen konnte.

Kapitel 32

Juli 2015

Momo rannte die Böschung hinunter. Damian lag unten am Gartenzaun auf der Seite und rührte sich nicht. Lebte er noch?

„Damian, oh Gott, Damian. Sag doch was!" Sie erreichte die reglose Gestalt. Fasste sie an der Schulter und schüttelte sachte.

Damian stöhnte und drehte sich auf den Rücken. Er schlug die Augen auf.

„Beweg dich nicht. Ich rufe den Krankenwagen", sagte Momo und zückte ihr Handy.

„Nein, autsch, ahhh, warte mal. Ich glaube, aua, ich bin unverletzt."

Momo sah ihn skeptisch an. „Das klingt für mich aber nicht so." Unschlüssig hielt sie ihr Handy in der Hand.

Damian setzte sich keuchend und ächzend auf. Nach und nach streckte er seine langen Glieder. Testete, ob sie gebrochen waren.

Momo beobachtete ihn prüfend. „Ich könnte schnell zum Haus laufen und einen Sanitäter holen", schlug sie vor.

Damian schüttelte den Kopf. „Die werden da Wichtigeres zu tun haben", entgegnete er. „Hilf mir mal bitte auf."

Er stützte sich schwer auf sie und zog sich auf der anderen Seite am Gartenzaun hoch. Einen Moment wankte er verdächtig.

„Hattest du geschossen?", fragte Damian.

Momo nickte. „Ich wollte die Reifen zerschießen. Hat aber nicht geklappt. Der Täter ist weg."

„Der Wagen war ein Mercedes E-Klasse. Konntest du das Nummernschild lesen? Ich bin nur bis SLS JE gekommen. Mehr hab ich nicht gesehen."

„Das dürfte auch schon reichen", sagte Momo. Damian sah sie verwirrt an.

„Wir sind hier in Saarwellingen, im Kreis Saarlouis, also SLS. JE ist höchstwahrscheinlich das Kürzel für Josef Eifler. Ich wette, das war das Auto des Opfers." Damian fuhr sich mit der Hand durch Gesicht und Haare. „Da hast du wohl recht. Ohh, ich glaube, mein Kopf platzt", stöhnte er. „Hilfst du mir zum Haus? Der Wagen hat mich voll an der Hüfte erwischt."

Damian humpelte stark und so kamen sie nur langsam vorwärts. Auf halbem Wege durch den Garten kam ihnen Breuer entgegengerannt. Sein Mantel war blutdurchtränkt. „Was ist passiert? Wie geht es euch?", fragte er atemlos.

„Ich bin mir ziemlich sicher, das war der Fährmann. Aber er ist uns entkommen", sagte Damian niedergeschlagen.

„Er hat versucht, Damian zu überfahren, und als das beim ersten Mal nicht geklappt hat, hat er den Rückwärtsgang eingelegt und wollte ihn so noch erwischen. Eiskalt. Damian hat am Boden gelegen und war keine Gefahr mehr für ihn. Er hätte einfach abhauen können. Stattdessen versucht er ihn umzubringen. Der Typ ist so was von krank!", platzte es aus Momo heraus. „Er hat Damian erwischt. Sind die Sanis noch da?"

Breuer nickte und stützte Damian von der anderen Seite. Momo war froh darüber. Jetzt, wo sich das Adrenalin in ihrem Körper langsam abbaute, spürte sie, wie der Schock einsetzte. Ihr schwanden zusehends die Kräfte. Sie versuchte, das aufkommende Zittern zu unterdrücken. Vor dem Neuen wollte sie sich diese Blöße nicht geben. Auch wenn sie sich vielleicht, aber auch nur vielleicht, in ihm getäuscht hatte. Er schien doch nicht nur ein verwöhnter Schnösel zu sein. Offensichtlich konnte er einiges einstecken. Sie beschloss, ihm eine Chance zu geben. Mal sehen, was sich sonst noch so für Qualitäten unter den Designerklamotten und den perfekt gestylten Haaren verbargen.

„Wird es Josef Eifler schaffen?", fragte Damian.

Breuer schüttelte den Kopf. „Er ist tot. Ich habe es mit Wiederbelebung versucht, bis die Sanis da waren, aber da war nichts mehr zu machen. Die Spusi ist auch gerade eingetroffen. Es sieht so aus, als hätte der Mörder alles nach Wertgegenständen durchwühlt. Vielleicht finden die ja Fingerabdrücke."

„Konnte Eifler noch irgendwelche Hinweise geben?", fragte Momo.

„Das Einzige, was er noch sagen konnte war: *Schützen sie Georg Schreiner.* Wir müssen davon ausgehen, dass dieser Schreiner das nächste Opfer sein soll. Oder jedenfalls ein nächstes Opfer. Wer weiß, wie viele noch auf der Liste des Mörders stehen. Inzwischen bin ich davon überzeugt, dass es so eine Liste gibt. Mir kann keiner mehr weismachen, dass es sich um Zufallsopfer handelt."

Trotz Damians Protesten, dass dies nicht nötig sei, wurde er von den Rettungssanitätern gründlich untersucht. Sie wollten ihn sofort mitnehmen, doch er weigerte sich standhaft.

„Ich werde hier gebraucht. Es geht mir gut", sagte er.

„Sie könnten innere Blutungen haben. Das sollten Sie nicht auf die leichte Schulter nehmen", argumentierte die junge Rettungssanitäterin. Sie sah Hilfe suchend zu Breuer.

„Also gut. Ein Kompromiss", schlug Breuer vor. „Du kannst dich noch an den Ermittlungen beteiligen, aber wenn ich dir sage, dass wir jetzt ins Krankenhaus fahren, gibt es keine weitere Diskussion darüber." Er sah Damian streng an.

Dieser seufzte theatralisch, nickte aber.

„Und Ihnen verspreche ich, dass ich Herrn Johannsson spätestens in zwei Stunden ins Krankenhaus gebracht haben werde. Wenn ich merke, dass es ihm schlechter geht, früher."

Die Rettungssanitäterin schüttelte missbilligend den Kopf. „Das ist unverantwortlich. Aber gut. Auf eigenes Risiko und Sie werden mir unterschreiben, dass Sie auf eigenen Wunsch und gegen unseren Rat nicht mit uns gefahren sind."

„Also, lasst uns das mal zusammenfassen", begann Breuer, während er sich seinen blutverschmierten Mantel auszog und eine Einsatzjacke überzog, die Dirk ihm aus dem Auto geholt hatte. „Wir stürmen das Haus und stören den Täter. Anders als seine anderen Opfer, war Josef Eifler nicht direkt tot. Er lebte noch. Auch noch, als der Täter ihm die römische Drei in die Brust ritzte. Der Täter hat sich schon alles bereit gelegt. Die Münzen und der schwarze Kohlestift liegen hier auf dem Wohnzimmertisch. Als wir kommen, flieht er zur Terrassentür hinaus."

„Ja, aber nicht einfach so", fiel Momo ein. „Er nahm sich Eiflers Wagenschlüssel. Um den Wagen erst kurzzuschließen, fehlte die Zeit. Er wusste auch genau, wo dieses Auto stand, und benutzte es dann als Fluchtwagen. Er wird ihn wahrscheinlich schnellstmöglich wieder loswerden wollen. Wir sollten den Mercedes dennoch sofort zur Fahndung ausschreiben. Aber die Frage ist:

Wie kam er so schnell an die Schlüssel und woher wusste er direkt, wo das Auto stand? Dazu fehlte doch eigentlich die Zeit."

„Apropos fehlende Zeit", schaltete sich Dirk ein. „Die Wohnung ist gezielt durchsucht worden. Oben habe ich eine leere Schmuckschatulle, eine Geldkassette, geöffnete Schränke und Ähnliches gesehen. Hier wurde auf jeden Fall einiges entwendet. Aber das scheint mir alles nicht schlüssig. Wie hat unser Täter das alles in das knappe Zeitfenster gepackt?"

„Gar nicht", sagte Damian. „Wir wissen, dass der Täter seine Opfer im Vorfeld genau ausspäht. Daher wusste er auch, wo genau das Auto von Eifler stand. Die Schlüssel und die Wertgegenstände muss Eifler selber schon im Vorfeld zusammengesucht haben. Wahrscheinlich wollte er damit den Täter bestechen, dass er ihn am Leben lässt. Alles andere wäre unlogisch und zeitlich gar nicht zu machen. Eifler war ja auch nicht gefesselt. Er hätte hier unten sicher nicht darauf gewartet, dass der Mörder zurückkommt und sein Werk vollendet."

„Wenn das stimmt, werden wir im Obergeschoss und an den Schatullen keine Fingerabdrücke des Täters finden", sagte Breuer.

„Vielleicht haben wir ja bei den Münzen und dem Kohlestift Glück. Die hatte der Täter auf jeden Fall in den Händen", sagte Momo. Sie hatte schon ihr Handy gezückt und gab den Mercedes von Josef Eifler zur Fahndung durch.

Breuer nickte und wandte sich ihr zu. „Fahr du ins Präsidium zurück und such alle Georg Schreiners heraus, die du im Saarland und Umgebung finden kannst. Wir müssen den richtigen so schnell wie möglich finden. Dirk, schau mal nach, was Manni und Jo von der Witwe erfahren haben und ob sie einen Georg Schreiner kennt. Danach frag mit Manni bitte in der Straße herum, ob da jemandem etwas Verdächtiges aufgefallen ist. Jo soll noch bei der armen Frau bleiben, bis jemand für sie da ist. Damian: Wir zwei befragen die direkten Nachbarn. Davon verspreche ich mir noch das meiste."

Ich ließ mir das eiskalte Wasser über die Hände flie-
ßen. Dann über die Arme bis zu den Ellenbogen.
Schließlich hielt ich das ganze Gesicht unter den weit
aufgedrehten Wasserstrahl und kühlte mir mit der nas-
sen Hand den Nacken.

Schon besser. Der Sprint über die Wiese, bis hoch zum
Parkplatz, die Flucht im brütend heißen Auto. Fast
hätten sie mich erwischt. Das war verdammt eng
geworden. Wie gut, dass ich im Knast so hartnäckig
an meiner Fitness gearbeitet hatte. Hoffentlich hatte
Josef nichts mehr sagen können. Ich musste sehr vor-
sichtig sein.

Dieser verdammte Bulle. Mit ein wenig Glück, hatte
ich ihn endgültig erledigt. Jedenfalls hatte es ganz
schön geknallt, als das Auto ihn erfasste. Ich grinste
mein Spiegelbild an und stellte mir genüsslich den
immensen Schaden vor, den ein über tausend Kilo
schwerer Mercedes am menschlichen Körper verursa-
chen konnte. Es gab eine Zeit, da wäre ich vor meiner
eigenen Blutrünstigkeit entsetzt zurückgeschreckt.
Hätte versucht, sie so tief wie möglich zu begraben,
unter vielen Schichten Höflichkeit und gutem Beneh-
men. Doch diese Zeit war vorbei. Nun lebte ich all das
ungehemmt aus.

Und wenn meine Mission beendet war? Wenn ich den
letzten Name auf der Liste streichen konnte? Was
dann? Diesem Problem musste ich mich in naher
Zukunft stellen. Ich konnte mir nicht vorstellen, auf

diesen Kick zu verzichten. Auf dieses Gefühl von gott-
gleicher Macht. Auf die Erregung, die in mir vibrierte,
wenn ich spürte, wie ein Leben zwischen meinen Fin-
gern zerfloss. Nein, darauf würde ich nie wieder ver-
zichten können.

Aber noch war ein Name auf meiner Liste offen.

„Georg Schreiner. Was werde ich mit dir tun?"

Kapitel 33

Damian humpelte hinter Breuer aus dem Haus. Mist, tat das weh. Vielleicht hätte er doch mit dem Krankenwagen mitfahren sollen. Sein verdammter Stolz. Aber er hatte sich in diesem Einsatz beweisen wollen und anschließend mit dem Krankenwagen abtransportiert zu werden, sah nicht besonders erfolgreich aus. Wenn er nur ein wenig schneller gewesen wäre. Sie waren so kurz davor gewesen, den Fährmann zu schnappen. Breuer hielt bei der weinenden Witwe an und legte ihr eine Hand auf den Arm.

„Mein herzliches Beileid, Frau Eifler. Mein Name ist Kriminalhauptkommissar Aaron Breuer. Ich leite die Ermittlung im Fall ihres Mannes. Kommt jemand zu Ihrer Unterstützung?"

Frau Eifler nickte. „Ja, meine Schwester ist schon unterwegs."

„Meine Kollegen haben Ihnen mit Sicherheit schon eine Menge Fragen gestellt", sagte Breuer.

Frau Eifler nickte mit glasigen Augen.

„Ich weiß, das ist nicht leicht. Gerade in einer solchen Situation. Möglicherweise müssen wir auch noch einmal auf Sie zurückkommen. Falls Ihnen noch etwas einfällt oder Sie Fragen haben sollten, ist hier meine Karte. Bitte zögern Sie nicht, mich anzurufen."

Damit überreichte er ihr seine Visitenkarte.

Auf der Mauer des Nachbargrundstücks saß ein kleines Mädchen mit braunen Pippi Langstrumpf-Zöpfen und sah dem geschäftigen Treiben mit großen Augen zu. Die Mutter des Kindes drückte sich etwas dezenter am Hauseingang herum, hatte aber ebenfalls alles im Blick. Breuer winkte sie zu sich heran und trat zu der Kleinen, stellte sich vor und zeigte der Mutter den Dienstausweis.

„Du hast da ja einen schönen Beobachtungsposten. Wie heißt du denn?", fragte er.

„Leonie."

„Wie alt bist du denn, Leonie?"

„Sechs. Wer ist denn der Mann mit den tollen blauen Augen?"

Damian war in Versuchung, genervt aufzustöhnen. Kinder! Warum waren nur so viele Menschen so vernarrt in diese Kleinlinge? Er war schon selber nicht gerne ein Kind gewesen und heilfroh, dass er diese Phase hinter sich gelassen hatte.

Breuer schmunzelte amüsiert, blinzelte ihm zu und gab ihm mit einer Handbewegung zu verstehen, dass er ihm das Feld überließ. Na toll.

„Mein Name ist Damian Johannsson."

„Bist du auch so ein Polizeikommissar?", fragte die Kleine.

Damian nickte. „Leonie, ist dir in letzter Zeit irgendetwas Merkwürdiges aufgefallen? Jemand, der hier öfters war und nicht hierher gehört?", fragte er.

Leonie runzelte in kindlicher Konzentration die Stirn. „Nein. Wieso humpelst du so?"

„Ich hatte einen kleinen Unfall. Wie sieht es mit Autos aus? Standen hier öfters fremde Autos?", versuchte es Damian erneut.

„Ja. Dort drüben stand öfter ein fremdes Auto. Und da saß auch jemand drin." Sie deutete auf die gegenüberliegende Straßenseite.

Damian warf Breuer einen hoffnungsvollen Blick zu.

„Welche Farbe hatte das Auto?"

„Hmm, Rot? Oder Blau?"

„Also, was jetzt?" Damian zog frustriert die Augenbrauen zusammen. Das Kind wollte sich nur wichtigmachen. Wahrscheinlich hatte es gar nichts gesehen. Die Information mit dem Auto hatte er seiner eigenen Fragestellung zu verdanken. Verdammt.

„Es war blau, glaube ich. Hellblau."

„Und du hast jemanden dort drinnen sitzen sehen?", fragte Damian.

Leonie nickte stürmisch, sodass ihre Zöpfe wild auf und nieder tanzten. „Ja, da saß jemand drin und hat nach dem Haus von den Eiflers geguckt."

„Kannst du die Person beschreiben?", fragte Damian. Leonie überlegte wieder sichtbar. „Nein. Ich glaube nicht."

„War es ein Mann oder eine Frau?", versuchte es Damian weiter, obwohl er es für Zeitverschwendung hielt.

„Weiß nicht." Leonie zuckte mit den Schultern und sah Hilfe suchend ihre Mutter an.

„Ist Ihnen oder Ihrem Mann vielleicht etwas aufgefallen, Frau ...?", wandte sich Damian an die Frau.

„Hasenkamp. Was ist denn aber eigentlich passiert?"

„Ich fürchte, Ihr Nachbar, Herr Josef Eifler, wurde Opfer eines Verbrechens. Deswegen ist es auch so wichtig, dass Sie uns alles sagen, was Ihnen aufgefallen ist", sagte Damian.

Frau Hasenkamp schlug entsetzt die Hände vor den Mund. „Oh mein Gott. Der arme alte Mann. Er ist aber doch nicht tot, oder?", fragte sie mit weit aufgerissenen Augen, in denen Damian neben dem Schrecken auch eine Portion Sensationsgier zu sehen glaubte. Er atmete tief durch. Wieso konnte die Frau seine Frage nicht einfach mal beantworten?

„Ich fürchte doch, Frau Hasenkamp. Also, ist Ihnen oder Ihrem Mann irgendetwas aufgefallen?"

Frau Hasenkamp reckte ihren Hals, um möglichst viel von dem, was sich auf dem Nachbargrundstück abspielte, mitzubekommen.

„Nein, mir ist da nichts aufgefallen. Und so viel ich weiß, meinem Mann auch nichts. Er ist ja auch den ganzen Tag im Büro", sagte sie und klang dabei sehr abwesend.

Damian blickte frustriert zu Breuer.

„Können Sie sich an den Wagen erinnern, den Ihre Tochter erwähnt hat?", fragte Breuer.

Frau Hasenkamp schüttelte den Kopf. „Aber ich bin von Natur aus auch kein sehr neugieriger Mensch. Nicht, wie so manch andere Menschen, die den lieben langen Tag ihre Nachbarn beobachten", sagte sie und wandte kurz den Blick von Frau Eifler ab, die sie auf der Gartenbank der Eiflers in deren Vorgarten entdeckt hatte.

„Falls Ihnen, Ihrem Mann oder Ihrer Tochter doch noch etwas zur Sache einfallen sollte, rufen Sie mich bitte an", sagte Breuer und reichte der Frau seine Visitenkarte. Er schlenderte zum Nachbarhaus auf der anderen Seite der Eiflers. Damian war dankbar für dieses gemächliche Tempo, denn ansonsten wäre er mit seinem Humpeln auch kaum hinterhergekommen.

„Was hältst du von der Aussage mit dem blauen Auto?", fragte Breuer.

„Möglicherweise blau, vielleicht aber auch rot oder grün oder gelb. Zumindest war sie sich sicher, dass es ein Auto und nicht doch vielleicht ein Motorrad oder Fahrrad war. Der Fahrer ist entweder ein Mann oder eine Frau. Noch ungenauer geht es echt nicht mehr. Meiner Meinung nach war das bloße Fantasie. Das Kind wollte sich wichtigtun. Nichts weiter. Mit meiner Fragestellung habe ich sie auf diese Geschichte gebracht."

Breuer schwieg eine Weile nachdenklich. Dann meinte er: „Ich bin mir da nicht so sicher. Kinder haben nun mal eine andere Sicht auf die Welt als wir

Erwachsenen. Ich werde morgen Momo bei ihr vorbei schicken, mit ein paar Bildern von blauen Autos verschiedener Fabrikate. Vielleicht erkennt sie ja eines wieder."

Damian zuckte mit den Achseln. „Wenn du meinst, dass das was bringt."

Breuer warf ihm einen Seitenblick zu. „Du hältst wohl wirklich nicht sehr viel von diesem Kind."

„Ich halte generell nicht viel von Kindern. Weder im beruflichen noch im privaten Umfeld."

Breuer blieb wie angewurzelt stehen und starrte Damian an. „Wow, im Ernst? So kannst du doch nicht wirklich denken!"

„Warum nicht? Mal ehrlich: Warum setzt ein selbstständiger, unabhängiger Mensch ein Kind auf die Welt? Doch nur, weil er das Gefühl hat, seine Jugend verloren zu haben und nun verzweifelt nach einem Platzhalter, einem Sinn für sein Leben sucht. Und dann schafft er sich so einen Kleinling an und ist fortan dessen Sklave. Jedenfalls, wenn er versucht, den Job richtig zu machen. Auf Wiedersehen, Freiheit, willkommen, Selbstaufgabe. Ich denke, die meisten Eltern entdecken ihren Irrtum schon in der ersten Woche, in der das ach so süße Baby auf der Welt ist. Vollkommen übermüdet sehnen sie sich nur noch nach ein wenig Schlaf. Aber um ihren Fehler nicht zuzugeben und sich damit öffentlich bloßzustellen erzählen sie jedem, der es wissen möchte oder auch nicht, was für ein Segen und eine Freude, ja die reinste Erfüllung, dieses kleine Wesen für sie ist. Dabei muss man ihnen nur mal in die roten, verquollenen Augen schauen, die von dunklen Ringen gesäumt werden, um die Wahrheit zu erkennen. Ich für meinen Teil erzähle diesen selbstverleumderischen Menschen dann immer, was für eine erholsame Nacht ich gerade hinter mir habe. Acht Stunden Schlaf am Stück auf einer herrlichen Matratze in meinem super ruhigen Schlafzimmer, wo nichts, aber wirklich nichts, die verdiente Nachtruhe stört." Damian grinste ironisch, während Breuer ihn mit offenem Mund anstarrte.

„Das hätte ich jetzt wirklich nicht von dir gedacht", brachte er heraus.

Damian zuckte wieder mit den Schultern. „Warum nicht? Es muss ja nicht jeder Kinder mögen."

Die Befragung von Herr und Frau Schlemm, die linker Hand von den Eiflers wohnten, brachte auch keine neuen Erkenntnisse. Das Rentner-Ehepaar war mit sich und seinen Arztbesuchen vollauf ausgelastet und fand, nach eigener Aussage, keine Zeit, um sich darum zu kümmern, was auf der Straße so vor sich ging.

Die Schwester von Frau Eifler war inzwischen da und kümmerte sich um die Frau, sodass Breuer das Team zu einer kurzen Lagebesprechung zusammenrufen konnte. Jo berichtete als Erstes über das, was sie von der Witwe erfahren hatte. Frau Eifler war den Morgen in der Kirche gewesen. Ihr war zuvor nichts Verdächtiges aufgefallen. An das Telefon ging meistens ihr Mann, da sie nicht mehr gut hörte und mit dem Hörgerät nicht zurechtkam. Sie wusste von keinen seltsamen Anrufen, schloss aber nicht aus, dass es sie gegeben haben könnte. Josef Eifler war Postbeamter gewesen, der allerdings Musik studiert hatte und in seiner Freizeit als Dirigent eines Blasorchesters fungierte. Eigentlich hätte er gleich einen Auftritt in Nalbach. Sie konnte die anderen Opfer als langjährige Musikfreunde ihres Mannes identifizieren. Karl Schmied war ein festes Mitglied des Blasorchesters. Otto Glaser unterstützte das Orchester immer mal wieder als Aushilfe. Die Besetzung einiger Stimmen war einfach zu dünn. Georg Schreiner gehörte ebenfalls zu den Aushilfen. Allerdings wusste sie nichts Genaueres über ihn. Man hatte sich an Festen mal gesehen und unterhalten. Sie glaubte nur, dass er ebenfalls aus dem Saarland komme.

„Das ist jetzt doch schon mal etwas Konkretes. Ich möchte alles über dieses Orchester wissen. Seine Mitglieder, seine Aushilfen, wo und wann sie gespielt haben, irgendwelche Vorfälle. Eben alles", forderte Breuer. „Damian und ich besuchen dann mal gleich das Fest in Nalbach. Wie sieht es mit Georg Schreiner aus? Haben wir ihn inzwischen auftreiben können?"

„Momo hat alle Männer mit diesem Namen und in unserer Umgebung zusammengesucht und telefoniert

gerade jeden einzelnen ab, um den richtigen herauszufinden", sagte Manni.

„Haben du und Dirk etwas von den Nachbarn erfahren?", fragte Breuer.

Manni schüttelte den Kopf. „Josef Eifler galt als höflich und zuvorkommend. Keiner konnte sich vorstellen, dass er irgendwelche Feinde gehabt haben könnte.
Es ist auch niemandem etwas Ungewöhnliches aufgefallen. Wir sind allerdings noch nicht ganz durch",
sagte Manni.

„Gut. Macht weiter. Fragt auch konkret nach einem
Wagen, wahrscheinlich blau, der hier öfter gestanden
haben soll. Nach der Aussage der kleinen Leonie
Hasenkamp wurden die Eiflers aus diesem Wagen
heraus beobachtet. Sie ist allerdings erst sechs Jahre
alt und wir sind uns nicht klar darüber, wie zuverlässig
diese Aussage ist."

Manni nickte und machte sich mit Dirk und Jo wieder
an die Befragung.

Breuer fand einen Parkplatz am Rande des Festplat-
zes. Das Treiben dort hatte ein sehr überschaubares
Ausmaß. Während das Orchester von Josef Eifler
gerade noch einen Marsch spielte, trank und unterhielt
sich das übrige Publikum auf Bierzeltgarnituren oder
direkt an der Quelle, an den Bierständen. Der Geruch
von gebratenem Leberkäse tränkte die Luft. Zumindest die Hälfte der Besucher schien, den Uniformen

nach, aus zwei weiteren Musikorchestern zu bestehen. Der Marsch war zu Ende und das Publikum spendete verhaltenen Applaus. Der Aushilfsdirigent verneigte sich, dann zeigte er auf die Musiker. Diese standen auf und nahmen den schwachen Applaus entgegen. Dann löste sich die Gruppe auf. Instrumente wurden eingepackt, Getränkeflaschen verteilt. Für die Jüngeren Sprudel oder Cola, für die Älteren Bier. Damian trat humpelnd an den Rand der Bühne.

„Der Radetzky-Marsch, nicht wahr?", sprach er einen Klarinettisten an, der damit beschäftigt war, sein Instrument zu reinigen.

„Ja, fürchterlich. Finden Sie nicht?", fragte dieser und lachte. „Aber den Alten gefällt's. Also muss es immer noch gespielt werden. Und jetzt sagen Sie nicht, ich wäre ja auch alt. Ich bin doch erst 73." Wieder lachte der Mann schallend über seinen eigenen Witz. „Sie hätten früher kommen sollen. Wir haben auch echt schöne Stücke im Repertoire. Von Starlight Express, Cats, Michael Jackson oder Whitney Houston." Er packte die Klarinette in ihren Koffer. „Sind Sie auch Musiker?", fragte er.

„Nein, wir sind von der Mordkommission", sagte Damian und deutete auf Breuer.

„Das ist mein Chef, Kriminalhauptkommissar Aaron Breuer, und ich bin Kriminalkommissar Damian Johannsson."

Die Züge des Mannes wurden ernst. „Ah. Sie sind wegen dem Tod vom Karl hier. Eine schlimme Sache. Wir haben uns überlegt, ob wir aus Respekt vor ihm den Auftritt heute absagen sollten. Aber das ist eine Rückverpflichtung, verstehen Sie? Da mussten wir spielen."

„Eine Rückverpflichtung?", fragte Damian.

„Ja, sie haben bei unserm Fest gespielt und wir spielen bei ihrem. Ich bin übrigens der Dieter. Dieter Lech."

Er reichte Damian und Breuer die Hand.

„Und wer ist der Dirigent?", fragte Damian.

„Der da?", er zeigte auf den dunkelhaarigen Mann Ende 30, der sich bereits am Bierstand mit einigen Leuten unterhielt.

„Das ist der Rudi. Rudi Eisemann. Er ist die erste Trompete und dirigiert normalerweise nur das Jugend-orchester. Der Sepp, unser eigentlicher Dirigent, ist heute nicht erschienen. Ich schätze, ihm ging die Sache mit Karl zu nahe. Die beiden waren nämlich ganz dicke."

„Hatte Josef Eifler irgendwelche Feinde?", fragte Breuer.

Dieter Lech überlegte. „Keine Ahnung. Da bin ich nicht der richtige Ansprechpartner für. Wissen Sie, ich bin erst seit ein paar Tagen dabei. Der Sepp brauchte dringend noch eine Klarinette, nachdem der Karl doch umgebracht wurde. Da hab ich mich angeboten. Aber warum fragen Sie nach Feinden von Josef Eifler? Der Karl wurde doch umgebracht."

Damian wechselte einen Blick mit Breuer.

„Herr Eifler wurde heute Morgen ermordet", sagte Damian.

„Oh Gott. Das gibt es doch nicht", entfuhr es Lech. Er beugte sich zu Damian hinunter.

„Sagen Sie mal. So unter uns. Ist es gefährlich, dass ich in das Orchester eingetreten bin? Ich meine: Die sterben hier ja wie die Fliegen. Ich häng nämlich an meinem Leben und wollte nur ein wenig Spaß und gutes Bier."

Damian schüttelte den Kopf. „Ich glaube nicht, dass es an der Mitgliedschaft in diesem Orchester liegt. Aus ermittlungstechnischen Gründen darf ich Ihnen leider nicht mehr sagen. Vielen Dank für Ihre Kooperation, Herr Lech. Wir befragen dann mal Herrn Eisemann. Vielleicht kann er uns weiterhelfen. Er kennt die Musiker hier sicher ziemlich gut", sagte Damian.

Sie gingen zum Bierzelt.

„Aus ermittlungstechnischen Gründen", sagte Breuer sarkastisch. „Ist das die neue Umschreibung von: Wir haben keine Ahnung?"

Damian zuckte die Schultern. „Hört sich auf jeden Fall besser an."

„Ich glaube nicht, dass der Sepp irgendwelche Feinde hatte", sagte ihnen kurz darauf Rudi Eisemann. Auch er schien schockiert von der Todesnachricht zu sein.

„Es gab mit niemandem Streit?", fragte Breuer.

„Na ja ... Streit gibt es ja überall mal", druckste Eisemann herum.

„Und mit wem gab es Streit?", hakte Breuer nach.

„Der Herri ist wegen einem Streit mit dem Sepp ausgetreten", sagte Eisemann.

„Und wer ist der Herri?", fragte Breuer.

„Hermann Schoner."

„Worum ging es denn in dem Streit?"

„Ach, der Herri hat halt gern mal einen getrunken und da ist es manchmal vorgekommen, dass er in der Pause einen zu viel gehoben hatte." Eisemann lachte bei der Erinnerung. „Dann konnte man immer mit einem ungeplanten Solo von Herri rechnen. Herri ist halt ein echtes Original. Schade eigentlich, dass er nicht mehr dabei ist."

„War Karl Schmied in diesen Streit auch involviert?", fragte Damian.

„Karl Schmied und Josef Eifler waren ganz dicke Freunde. Wer mit dem einen Streit hatte, hatte auch mit dem anderen Streit."

„Kennen Sie einen Georg Schreiner?", wollte Breuer wissen. „Frau Eifler sagte uns, dass er bei Ihnen ab und zu aushilft."

Eisemann nickte. „Ja, er spielt wirklich gut Saxophon."

„Haben sie seine Adresse für uns?", fragte Damian.

„Die Adresse nicht, aber seine Telefonnummer. Einen Moment ..." Er zückte sein Handy und gab ihnen nach kurzem Suchen eine Festnetznummer durch.

Damian versuchte, sofort dort anzurufen, doch niemand nahm am anderen Ende der Leitung ab.

„Eine Handynummer haben Sie nicht?", fragte er Herrn Eisemann.

Dieser schüttelte den Kopf. „Ich weiß gar nicht, ob Georg überhaupt ein Handy hat."

Kapitel 34

Nach den Befragungen der Musiker hatte Breuer Damian ins Krankenhaus gefahren. Momo würde weiterhin versuchen, Georg Schreiner zu erreichen. Breuer holte sich seinen vierten Kaffee aus dem Automaten und setzte sich wieder auf einen der unbequemen Stühle im Wartebereich. Wie er diese Untätigkeit und Ungewissheit hasste. Das Koffein half auch nicht wirklich, seine Nerven zu beruhigen. Damian war für die verschiedensten Untersuchungen von Pontius zu Pilatus quer durch das ganze Krankenhaus geschickt worden. Immer mit ewigen Wartezeiten. Breuer hatte darauf bestanden, ihn zu begleiten, musste aber immer außerhalb des Behandlungszimmers bleiben, da er kein Angehöriger war. Bei jeder einzelnen Station rechnete er schon mit dem Schlimmsten. Warum hatte er nur nicht darauf bestanden, dass der Junge gleich mit dem Rettungswagen mitfuhr? Inzwischen konnte wertvolle Zeit verstrichen sein. Nach jeder Station versicherte Damian ihm, dass alles in Ordnung sei. Nichts gebrochen, keine inneren Blutungen, nur eine geprellte Hüfte mit einem üblen Bluterguss und eine Gehirnerschütterung sowie einige Schürfwunden. Aber warum dauerte es jetzt wieder so lange? Hatten die Ärzte doch noch etwas Schlimmes entdeckt?

Endlich ging die Tür auf und ein junger Arzt verabschiedete sich von Damian.

„Versuchen Sie sich die nächsten zwei Wochen zu schonen. Sie sollten sich wirklich krankschreiben lassen. Immerhin sind Sie von einem Auto angefahren worden, wenn Sie auch sehr viel Glück hatten. Geben Sie ihrem Körper die Möglichkeit, sich zu regenerieren."

Damian nickte unverbindlich. „Danke, Doktor. Auf Wiedersehen."

Sie gingen eine Weile schweigend Richtung Ausgang. Breuer wartete darauf, dass Damian ihn informieren würde, aber dieser blieb stumm. Schließlich verlor Breuer die Geduld. „Also zwei Wochen Krankenschein?", fragte er.

Damian schüttelte den Kopf und reichte ihm einen A5 großen Zettel. „Nur für heute."

„Ja, aber wenn ich das richtig verstanden habe, sollst du dich doch von deinem Hausarzt zwei Wochen krankschreiben lassen?", beharrte Breuer. Er wusste selber, dass die Krankenhäuser das nur für den Behandlungstag übernahmen. Alles andere musste der Hausarzt machen.

„Das wird nicht nötig sein. Es reicht, wenn ich mich heute schone", sagte Damian.

Breuer presste die Lippen aufeinander. Unvernünftiges Kind!

„Ich fahr dich erst einmal nach Hause und du entscheidest dann morgen, ob du nicht doch besser eine

Weile zu Hause bleibst. Es wäre mit Sicherheit die klügere Entscheidung."

Damian warf ihm einen Seitenblick zu, schwieg aber.

Als Breuer Damian zu Hause absetzte, ermahnte er ihn noch einmal, sich den Rest des Tages zu schonen. Er fuhr mit einem unguten Gefühl ins Präsidium zurück. Ob Damian wenigstens diesen einen Tag Schongang durchhalten würde? Immerhin kannte er inzwischen dessen Ordnungszwang.

Damian schaute Breuers Wagen hinterher. Auf keinen Fall würde er sich länger krankschreiben lassen. Sie waren auf der Jagd nach einem Serienmörder. Er war der Neue. Erst seit ein paar Tagen dabei. Von Anfang an hatte er versucht, sich zu beweisen. Von Anfang an war es ihm missglückt.

Er hatte Breuer beweisen wollen, dass er es wert gewesen war, gerettet zu werden. Er hatte ihm bisher nur Probleme und ausgefallene Arbeitszeit beschert. Er hatte gehofft, seinen Intellekt und sein umfangreiches Wissen einbringen zu können. Doch was er eingebracht hatte, war seine Drogenvergangenheit.

Damian hatte das Gefühl, innerlich zu Eis zu erstarren. So konnte er nicht atmen. Ein Anflug von Panik ließ ihn seine Hände zu Fäusten ballen. Er zwang sie sofort wieder auf, schloss die Augen und konzentrierte sich darauf, seinen Körper ganz bewusst zu entspannen. Einatmen – ausatmen. So wie Breuer es ihm gezeigt hatte, damals, während des Entzugs. War er die Mühe wert gewesen? Vor einer Woche noch hätte er die Frage mit Ja beantwortet. Doch die richtige Antwort lautete wohl eher: Nein.

Hier stand er. Damian Johannsson. 28 Jahre alt, mitten auf dem Bürgersteig vor seinem Haus. Der wohl einsamste Mensch auf der Welt.

„Hallo, Damian. Alles klar?"

Er öffnete schnell die Augen. Vor ihm stand Sarah und sah ihm neugierig ins Gesicht. Damian spürte, wie ihm vor Verlegenheit ganz heiß wurde. Wie lächerlich hatte er ausgesehen, so wie er da gestanden hatte? Mit geschlossenen Augen?

„Ähm, ja", sagte Damian und verfluchte sich innerlich. Wie eloquent.

Sarah musterte ihn. „Du siehst ein wenig mitgenommen aus. Was ist passiert? Dein Wagen ist gar nicht da? War es ein Unfall?"

„So ähnlich. Aber meinem Honda geht es gut. Gott sei Dank. Er steht noch vor dem Präsidium. Mein Chef hat mich nach Hause gefahren."

Damian sah Sarah an, dass sie gerne weiter nachgefragt hätte, sich aber zurückhielt. Fürs Erste würde sie sich mit den erhaltenen Informationen zufriedengeben. Damian war ihr dafür dankbar. Er hatte keine Lust, über seine Niederlagen zu sprechen. Nicht im Moment.

„Ich wollte gerade zur Bäckerei unten an der Hauptstraße laufen und mir ein Teilchen fürs Kaffeetrinken holen. Hast du Lust? In zwanzig Minuten bei mir auf der Terrasse?"

Damian hatte vorgehabt, den Rest des Tages damit zu verbringen, sich in seinem Bett zu verkriechen und seine Wunden zu lecken, die seelischen wie die körperlichen. Doch Sarahs Vorschlag war sehr viel verlockender. Er nickte. „Ich kümmere mich um den Kaffee und deck schon mal den Tisch."

Zwanzig Minuten später hatte Damian so weit alles vorbereitet. Mit seiner schmerzenden Hüfte dauerte jede Kleinigkeit wesentlich länger als normal. Er betrachtete sein Werk. Er hatte bei sich eine schöne Tischdecke gefunden, die auf Sarahs Terrassentisch passte. Ein Geschenk seiner Schwester. Genau wie das formschöne weiße Geschirr. Gerne hätte er noch ein paar Blumen auf den Tisch gestellt. Aber nach dem Feuerwehreinsatz gestern Nacht war in seinem Garten nichts Blühendes mehr zu finden und an Sarahs Blumen wollte er sich nicht vergreifen. Seit wann dachte er über so etwas überhaupt nach? An irgend so einem Deko-Firlefanz hatte er nie Interesse gehabt. Das waren bestimmt die Schmerzmittel, die sie ihm im Krankenhaus verabreicht hatten. Er hörte, wie das Gartentürchen geöffnet und wieder geschlossen wurde. Sarah kam mit einer großen Papiertüte vom Bäcker zurück.

„Ich war mir nicht sicher, was du gerne magst. Da habe ich eine kleine Auswahl zusammengestellt", sagte sie.

„Klein? Sieht eher aus, als hättest du die halbe Auslage gekauft", erwiderte Damian und lächelte Sarah an.

Der Nachmittag in der warmen Julisonne, zwischen all den blühenden Rosen und Stauden war erholsam, wie ein Kurzurlaub. Das lag gewiss an der angenehmen Begleitung. Damian konnte sich wunderbar mit Sarah unterhalten. Sie war geistreich, witzig und intelligent. Selbst gelegentliche Phasen des Schweigens wurden nicht unangenehm zwischen ihnen. Nach einiger Zeit hatte Damian sich doch dazu durchgerungen, Sarah das ganze Fiasko der ersten Tage in seinem neuen Job zu erzählen. Er dachte, dass spätestens, wenn er an die Stelle mit der Drogensucht in seiner Jugend kam und wie er beinahe wieder rückfällig geworden war, sie sich entsetzt von ihm abwenden würde. Doch dem war nicht so. Sie ließ ihn einfach reden. Sah ihn mit ihren mitfühlenden, grünen Augen an und hörte aufmerksam zu. Als Damian geendet hatte, fühlte er sich irgendwie leichter. Es hatte gutgetan, sich mal alles von der Seele zu reden. Doch was musste Sarah nun von ihm denken?

Als hätte sie seine unausgesprochene Frage verstanden, stellte sie ihre Kaffeetasse beiseite.

„Ich kann die Situation natürlich nur anhand deiner Erzählung beurteilen, aber für mich klingt es, als würdest du sie falsch einschätzen", begann sie.

„Inwiefern?", fragte Damian. Er war froh, dass Sarah die Lage sachlich einzuschätzen versuchte und nicht mit Abscheu oder, noch schlimmer, Mitleid darauf reagierte.

„Nun, wenn dein Chef, dieser Breuer, wirklich der Meinung wäre, dass sich die Mühe mit dem Entzug von damals bei dir nicht gelohnt hätte, warum vergeudet er dann noch mehr Zeit, indem er stundenlang im Krankenhaus auf dich wartet? Das ergibt doch keinen Sinn. Vor allem, wo eure Zeit im Moment so kostbar ist, dass ihr euch noch nicht einmal an einem Sonntag freinehmen könnt. Es hört sich für mich vielmehr so an, als läge ihm noch eine ganze Menge an dir. Auch glaube ich nicht, dass er es dir anlastet, dass du den Mörder nicht stellen konntest. Immerhin hast du es mit vollem Körpereinsatz und vollem Risiko versucht. Und es waren ja auch noch andere Kollegen von dir anwesend, die schon länger dabei sind als du und die ihn ebenfalls nicht fassen konnten. Gib einfach weiterhin dein Bestes, dann wird er schon erkennen, was für eine Bereicherung du für sein Team bist. Wenn er das nicht schon längst erkannt hat."

Damian dachte eine Weile über Sarahs Worte nach. Möglicherweise hatte sie recht und er hatte noch nicht alle Chancen verspielt. Vielleicht würde er die Gelegenheit, sich zu beweisen, noch bekommen. Und diesmal würde er sie nutzen.

Kapitel 35

Damian öffnete langsam die Augen. Durch das Fenster drang der schwache Schein des heranbrechenden Tages. Er kuschelte sich noch einmal in seine Decke. Sie roch anders. Rosenmuster auf hellem Stoff. Definitiv nicht von ihm. Langsam kamen die Erinnerungen an letzte Nacht zurück. Er lächelte versonnen und drehte den Kopf nach rechts. Da lag sie. Ganz entspannt. Die blonden Haare zu einem losen, dicken Zopf geflochten. Einige Strähnen hatten sich gelöst und fielen in ihr Gesicht. Ganz sanft, um sie nicht zu wecken, strich er sie hinter ihre Ohren. Sie war so wunderschön.

Nach dem Kaffeetrinken hatte sich keiner von ihnen zurückgezogen. Sie hatten weiter geredet, gelacht oder einfach nur die zweisame Stille genossen. Alles war schön gewesen.

Den Abend, mit seinen noch immer hohen Temperaturen, begrüßten sie mit einem Glas gekühlten Weißwein von Sarah. Lieblich. Eigentlich mochte Damian eher herbe Weine, aber in diesem Moment hätte dieser Wein nicht besser schmecken können. Als Damian später aufstand, um sich einen dünnen Pulli zum Überziehen zu holen, wurde er beinahe zweifach von den Beinen gerissen. Zum einen schoss ein scharfer Schmerz durch seine linke, verletzte Hüfte und ließ sein Bein nachgeben. Zum anderen kollidierten plötzlich die Schmerzmittel mit dem Wein in seinem Kopf. Sarah war ebenfalls aufgesprungen und stützte ihn lachend. Und plötzlich war ihnen beiden klar geworden, wie nah sie einander waren. Jeder Körperteil, der von Sarah berührt wurde, schien zu glühen, zu vibrieren. Sein Blick wanderte von ihren strahlenden, grünen Augen zu ihren vollen, rosafarbenen Lippen. Sie zogen ihn magnetisch an, ließen seinen Atem stocken. Als sie sich leicht öffneten und ihm entgegenkamen, als Sarah zu ihm aufblickte, war das die Einladung, die er gebraucht hatte. Zärtlich küsste er sie. Ging das zu schnell, zu plötzlich? Er sah sie fragend an. Sarah nahm lächelnd sein Gesicht in ihre Hände und zog es wieder zu sich herunter. Ihre Küsse wurden leidenschaftlicher, die Hände gingen auf köstliche Wanderschaft. Sie beide wollten mehr. Der letzte Rest von Damians bewusstem Denken befasste sich mit der Frage, wo sich nur Sarahs Schlafzimmer befand. Sollte er sie mit in sein Haus nehmen oder gleich hier im Garten, im frisch gemähten Gras, lieben? Sarah hatte ihm die Entscheidung abgenommen, indem sie die Küsse unterbrach, seine Hand in ihre nahm und ein leises „Komm mit", flüsterte.

Und nun lag er hier. Nackt. Unter einer Decke mit Rosenmuster und neben sich die wundervollste Frau auf Erden. Er streckte sich genüsslich. Autsch. Seine Hüfte schmerzte höllisch. Er grinste. Nun ja, er hatte letzte Nacht nicht wirklich auf sie Rücksicht nehmen können.

Ein Erinnerungsfetzen schlich sich in seine Gedanken. Sarahs Handy hatte geklingelt und sie verabschiedete sich von ihm, als er schon fast eingeschlafen war.

„Ich bin gleich wieder da", hatte sie gesagt und noch etwas, was er schon gar nicht mehr wirklich mitbekommen hatte.

Er wollte gerade die Hand wieder nach ihr ausstrecken, als er aus den Augenwinkeln eine Bewegung auf seiner anderen Seite bemerkte. Er erstarrte, drehte schnell den Kopf. Hatte er einen Angriff zu erwarten? Das Adrenalin schoss durch seine Adern.

Große, blaue Augen in einem kleinen Kopf sahen ihn staunend an. Wuscheliges, hellblondes Haar über einem rosafarbenen Prinzessinnen-Schlafanzug. In den Armen ein weißer Plüschhase mit grotesk langen Ohren. Eine Kleinkindausgabe von Sarah. Nur eben mit blauen Augen.

Oh, mein Gott. Mit einem Angreifer wäre er klar gekommen, aber das?

Die Kleine legte den Kopf schief. „Bist du jetzt mein neuer Papa?"

Mit einem entsetzten Aufschrei fiel Damian aus dem Bett. Geistesgegenwärtig zog er die Decke mit sich und schaffte es gerade noch, seine Blöße bedeckt zu halten. Sarah schreckte auf, sah sich desorientiert um. Ihr Blick fiel auf Damian und das Kleinkind.

„Oh", war alles, was sie sagte, bevor ihr Kopf wieder auf die Matratze fiel.

Oh? Diese Frau verbrachte eine heiße Nacht mit ihm und alles, was ihr dazu am nächsten Morgen einfiel, war ein *Oh*?

„Na vielen Dank auch", warf Damian ätzend zurück, während er sich seine Unterhose und Hose unter der Bettdecke anzog, seine restlichen Kleider vom Boden zusammensuchte und schnellstmöglich verschwand.

Kapitel 36

Breuer hasste den Montagmorgen. Die ganze, lange Woche lag noch vor einem. Nicht, dass er an den Wochenenden immer frei hatte. Man musste sich nur das vergangene Wochenende ansehen, dennoch war das immer so ein Fixpunkt, auf den man hinarbeitete.

Als er das Büro betrat, wanderte sein erster Blick zu Damians Arbeitsplatz. Normalerweise war er immer schon vor ihm da, doch heute war der Stuhl leer.

Gut so. Vielleicht hatte der Junge doch die Einsicht gehabt, dass es besser war, sich erst einmal richtig auszukurieren.

„Irgendwelche Anrufe für mich?", fragte er in den Raum hinein.

„Nein, Chef", antwortete Momo. „Aber ich habe Georg Schreiner endlich erreicht. Er war über das Wochenende auf einer Vereinsfahrt und deshalb nicht eher zu sprechen. Ich habe die Adresse und uns ange-kündigt."

Breuer nickte. „Gut, ich schau noch nach meiner Post und den Mails, dann geht es los."

„Ich war gestern Abend noch mit meinem Laptop bei diesem Kind, Leonie Hasenkamp, und habe ihr ein paar Bilder von hellblauen Autos verschiedener Fabri-kate gezeigt. Sie glaubt, der verdächtige Wagen könnte ein Renault Clio sein."

„Sehr gut, Momo. Geh später bitte unsere Verdächtigen durch und schaue, ob einer von ihnen so ein Auto hat."

In diesem Moment betrat auch Damian mit schmerzverzerrtem Gesicht das Büro. Breuer schüttelte bei seinem Anblick missbilligend den Kopf.

„Du humpelst ja schlimmer als gestern. Hast du deine Hüfte nicht geschont?", fragte er.

Damian setzte sich stöhnend. „Nicht so richtig", gab er zu.

Breuer presste die Lippen fest aufeinander. Man konnte den Jungen auch nicht alleine lassen. Er passte einfach nicht auf sich auf. Er hatte es gewusst.

„Du mit deinem Reinlichkeitszwang!", platzte es wütend aus ihm heraus. „War ja klar, dass ich dich nicht alleine zu Hause absetzen kann, ohne dass du gleich was zum Ordnen, Putzen oder was weiß ich noch findest. Jetzt frag ich dich, mit den ganzen Schmerzen und so: Hat sich das wirklich gelohnt?"

Damian sah ihn an und grinste plötzlich über das ganze Gesicht.

„Oh ja. Das hat es", sagte er versonnen.

Damian und Momo begleiteten Breuer zum Haus von Georg Schreiner. Breuers Gedanken kreisten einerseits darum, dass sie nun endlich Klarheit über Täter und Motiv bekommen würden, und andererseits um das seltsame Verhalten, welches Damian heute an den Tag legte. Mal lächelte er versonnen vor sich hin, dann runzelte er scheinbar verärgert die Stirn oder schüttelte trübsinnig den Kopf, um im nächsten Moment wieder bester Laune zu sein. Da waren doch nicht etwa Drogen im Spiel? Breuer suchte Blickkontakt. Damian sah ihn aus klaren, wachen Augen an. Die Pupillen wirkten normal. Nein. Drogen waren es wohl nicht.

Auf ihr Klingeln wurde die Tür geöffnet. Der dürre Mann vor ihnen strahlte die Aura eines in Würde gealterten Künstlers aus.

„Georg Schreiner?", fragte Breuer.

Der Mann nickte.

Breuer stellte sich und seine Kollegen vor. Schreiner reichte ihnen seine langgliedrige Hand und bat sie höflich herein. Er führte sie, auf einen schwarzen Gehstock mit Silberknauf gestützt, in sein Wohnzimmer, bot ihnen aber keinen Sitzplatz an. Damian vermutete, dass dieser Gehstock mehr Show als Notwendigkeit war. Im Wohnzimmer nahm Schreiner seine brennende Pfeife wieder auf und steckte sie sich in den Mundwinkel. Seine hellen, blauen Augen über den dicken Tränensäcken wanderten aufmerksam von einem zum anderen.

„Sie sagten am Telefon, ich sei in Gefahr?", fragte er mit ruhiger, präziser Stimme.

„War Ihnen das denn bis jetzt noch nicht klar?", bohrte Breuer nach. Er hatte keine Zeit für so ein Katz-und-Maus-Spiel. Er brauchte Antworten, und

298

zwar gleich. Schreiner setzte sich auf die Armlehne seiner Couch und lehnte seinen Gehstock gegen die Wand. Mit dem Mundstück seiner Pfeife kratzte er sich nachdenklich im dichten, stahlgrauen Haar.

„Ich denke schon", gestand er schließlich ein.

Damian fragte sich, wieso dieser Georg Schreiner sich so unkooperativ verhielt. Gerade ihm musste doch besonders viel daran gelegen sein, dass der sogenannte Fährmann so schnell wie möglich gefasst wurde. Immerhin konnte man davon ausgehen, dass er das nächste Opfer werden sollte.

„Ich nehme an, Sie kannten Karl Schmied, Otto Glaser und Josef Eifler?", fragte er.

Schreiner nickte. In seinem Gesicht spiegelte sich einen Moment echte Trauer wider. Dann hatte er sich wieder unter Kontrolle.

„Etwas präziser bitte, Herr Schreiner", forderte Breuer barsch und setzte sich auf die gegenüberliegende Couch. Damian und Momo taten es ihm gleich. Schreiner sollte wissen, dass sie nicht vorhatten, sich so schnell abwimmeln zu lassen.

„Karl Schmied war Klarinettist im Saarländischen Staatsorchester, Otto Glaser war in der Bergmannskapelle, Josef Eifler hatte Musik studiert und war neben seinem Beruf als Postbeamter auch Dirigent eines örtlichen Musikorchesters und ich ... nun ja. Ich bin Musiklehrer am Gymnasium hier im Ort, spiele Saxophon und gebe auch privat noch Klavierunterricht.

Wir waren alle das ein oder andere Mal als Aushilfen für Josef Eiflers Musikorchester engagiert worden. Nach seiner Pensionierung war Karl dort sogar Vereinsmitglied. Wir wurden Freunde und trafen uns regelmäßig", erklärte er.

„Und wer könnte Ihnen allen nach dem Leben trachten?", fragte Damian.

Schreiner nahm den Saum seiner braun karierten Anzugjacke zwischen die Finger und betrachtete sie eingehend. „Ich habe keine Ahnung", flüsterte er.

„Sie sind ein schlechter Lügner, Herr Schreiner", sagte Breuer.

Schreiner blickte kurz auf und senkte dann den Blick wieder. „Es tut mir leid. Ich kann Ihnen da nicht weiterhelfen."

„Kennen Sie einen Hermann Schoner?", fragte Damian.

„Herri? Ja, den kenne ich. Der ist harmlos. Er trinkt ab und zu einen zu viel. Das ist ja eigentlich kein Problem. Wir Musiker sind an sich ein sehr feierfreudiges Völkchen, aber Herri hatte schon nach der Pause genug und spielte von da ab sein eigenes Arrangement, wenn Sie verstehen."

„Hermann Schoner ist nicht der Fährmann? Sind Sie sich da sicher?", fragte Breuer.

„Einhundert Prozent."

„Aber Sie wissen, wer der Mörder ist?", hakte Breuer nach.

Schreiner zuckte mit den Achseln. „Herri ist es jedenfalls nicht."

Momo sprang auf. „Möchten sie gerne einen grausigen Tod sterben, Herr Schreiner? Soll ich Ihnen ein paar Fotos von Ihren ermordeten Freunden zeigen? Warum helfen Sie uns nicht?"

Breuer legte ihr eine Hand auf den Arm. „Momo, bitte." Er bedeutete ihr, sich wieder zu setzen. Momo folgte seiner stummen Anweisung widerstrebend.

„Herr Schreiner", begann er, „ich denke, wir müssen hier nicht darüber diskutieren, dass sie alle nicht zufällig das Opfer von dem sogenannten Fährmann geworden sind oder noch werden sollen. Meine Frage an Sie, und bitte seien Sie jetzt ganz aufrichtig: Wer könnte noch auf der Opferliste stehen?"

Schreiner schüttelte den Kopf. „Keiner. Ich bin der Letzte."

„Sind Sie sich da ganz sicher? Wenn noch jemand zu Schaden kommt, können Sie wegen unterlassener Hilfeleistung belangt werden", informierte ihn Damian.

Schreiner nickte und sah ihn an. „Absolut. Hören Sie ... ich ... ich kann Ihnen wirklich nicht weiterhelfen. Ich weiß nicht, wer der Fährmann ist."

„Wenn sich herausstellt, dass das eine Lüge ist, und wir wissen hier alle, dass es so ist, wird das schwerwiegende Konsequenzen nach sich ziehen", drohte Breuer.

Schreiner reagierte nicht.

Frustriert schüttelte der Kriminalhauptkommissar den Kopf. „Was erwarten Sie jetzt von uns, Herr Schreiner?

Da Sie uns offensichtlich nicht weiterhelfen möchten. Sollen wir jetzt einfach wieder gehen und Sie Ihrem Schicksal überlassen?", fragte Breuer.

„Ja – nein. Ich weiß es nicht", stieß Schreiner frustriert aus. Er sah sie hilflos an.

Breuer stand auf. Momo und Damian folgten seinem Beispiel. Schreiner blickte von einem zum andern. Jetzt war eindeutig die Angst in seinem Blick zu sehen. Sie warteten noch einen Moment. Doch Georg Schreiner schwieg beharrlich.

Breuer brummte unwillig. „Also gut, Herr Schreiner. Ich beantrage für Sie für den Moment Personenschutz. Sind Sie damit einverstanden?"

Georg Schreiner nickte erleichtert. „Ja, ich danke Ihnen."

„Wenn Sie uns doch noch etwas mitteilen möchten, und das würde ich Ihnen dringend raten, dann melden Sie sich bitte bei mir", sagte Breuer und reichte Schreiner seine Karte. Sie verabschiedeten sich und warteten, bis ein Streifenwagen vor Ort war, bevor sie ins Präsidium zurückfuhren. Dort rief Breuer sie zu einer Teambesprechung zusammen.

„Der Typ ist doch völlig bescheuert", wetterte Momo. „Da steht sein Mörder quasi schon vor seiner Haustür und er weigert sich, uns zu helfen."

„Er muss irgendwie Dreck am Stecken haben. Aus Angst, sich selber zu belasten, schweigt er lieber.

Genau deshalb haben wohl auch die anderen Opfer geschwiegen", sagte Damian.

„Aber was wäre denn in der Konsequenz schlimmer, als ermordet zu werden?", wunderte sich Manni.

„Keine Ahnung. Aber zumindest von einem kenne ich ein unschönes Kapitel in seinem Leben", sagte Dirk und wedelte mit einer Akte.

Alle Augen richteten sich auf ihn.

„Schieß los", forderte Breuer ihn ungeduldig auf.

„Otto Glaser, der Tubaspieler, hat sich vor zwanzig Jahren eine Anklage wegen Vergewaltigung eingefangen. Glaser soll damals die 34-jährige Elisabeth Stubbe auf einem Dorffest sexuell missbraucht haben. Er wurde allerdings freigesprochen, da drei Leute sein Alibi bestätigten. Und jetzt ratet mal, wer diese drei Zeugen waren." Dirk sah in die Runde.

„Karl Schmied, Josef Eifler und Georg Schreiner", sagte Damian.

Dirk grinste. „Ganz genau. Ist das Zufall oder ist das ein Motiv?"

„Ok. Schafft mir diese Elisabeth Stubbe hierher. Wenn ihr sie nicht antrefft, schreibt sie zur Fahndung aus. Höchste Dringlichkeitsstufe. Gebt ein möglichst aktuelles Foto an die Kollegen raus, die für den Personenschutz von Georg Schreiner verantwortlich sind."

Kapitel 37

Damian schloss hinter sich die Haustür und gähnte. Er zog sich seine schwarzen Bugatti-Schuhe aus, nahm sich einen Lappen aus der Schublade und ging mit beidem ins Gäste-WC. Dort befeuchtete er den Lappen und wischte den Dreck und Staub des Tages von seinen Schuhen. Erst von den Oberseiten, dann von den Sohlen. Nachdem er das Becken wieder ausgewischt hatte, ging er mit den Schuhen zum Schrank zurück und polierte das Leder mit Schuhcreme und Polierbürste, bis es wieder wie neu glänzte. Erst dann stellte er die Schuhe in den Schrank. Den benutzten Lappen legte er auf die Treppe zum Obergeschoss. Er würde ihn später direkt in die Waschmaschine für morgen legen. Prüfend blickte er sich in seinem kleinen Flur um. Er musste dringend den Boden wieder putzen. Dort lag überall Schmutz. Nicht, dass man ihn sah, aber Damian wusste, dass er da war. Er gähnte wieder und ging in die Küche. Noch ein Glas Milch. Das musste für heute Abend reichen. Er wollte jetzt einfach nur noch ins Bett. Sein Magen tat knurrend seinen Protest kund. Ihm gefiel gar nicht, dass seine Bedürfnisse schon wieder so sträflich vernachlässigt wurden. Damian öffnete gerade den Kühlschrank, als es an der Tür klingelte. Er blickte verwundert zur Uhr. 22:30 Uhr. Wer mochte ihn um diese Uhrzeit noch besuchen? Er schlurfte auf seinen schwarzen Socken zurück zur Tür. Sollte er die Kette mit dem Vorhängeschloss einrasten lassen, damit er erst einmal schauen konnte, wer da so spät bei ihm Einlass begehrte? Nein, Unsinn. Wie sah das denn aus? Er sollte sich wirklich einen Türspion einbauen lassen. In seinem Beruf machte er sich gewiss genug Feinde. Da war es von Vorteil, zu wissen, was einen erwartete. Er öffnete die Tür.

„Hey, Damian. Entschuldige die späte Störung. Ich wollte unbedingt noch heute mit dir sprechen."

„Hallo, Sarah. Komm rein."

Sarah trat ein, sah sich verlegen um. Damians Blick glitt zu dem gebrauchten Lappen auf der Treppenstufe. Er verfluchte sich. Warum hatte er ihn nicht direkt weggeräumt?

„Entschuldige bitte das Chaos", murmelte er.

Sarah sah ihn verwirrt an, erwiderte aber nichts darauf, sondern hielt eine geblümte Stofftasche hoch. „Ich habe ein paar Schnittchen und Tee vorbereitet", sagte sie. „Hast du Hunger?"

Sie aßen eine Weile schweigend am Küchentisch. Jeder in seine Gedanken versunken. Damians Müdigkeit war vergessen.

Den ganzen Tag über waren seine Gedanken um Sarah gekreist. Um die Art, wie sie sich bewegte. So grazil und auf natürliche Weise elegant, wie sich wohl nur Tänzer bewegen konnten. Um ihr Lachen, das so schnell und herzlich kam. Um ihre weiß-blonden, lockigen Haare, die ihr etwas Feenhaftes gaben. Um ihre grünen Augen und wie diese ihn ansahen. Um ihre kleinen, schlanken Hände und wie sie seinen Körper erkundeten. Um ihre geschwungenen, vollen Lippen und wie sie ihn in Brand setzen konnten. Und nun saß sie mit ihm an diesem Tisch. Damian lächelte versonnen. Wie es wohl sein mochte, das jeden Tag zu haben? Dieses gemütliche, gemeinsame Essen am Ende eines Tages mit dieser unvergleichlichen Frau.

„Ich möchte mich für meine Reaktion beim Aufwachen heute Morgen entschuldigen. Ich wollte dich damit nicht kränken", unterbrach Sarah seine Gedanken. „Ich war einfach noch nicht richtig wach und die Situation war so absurd, dass sie schon wieder komisch war." Sie kicherte bei dem Gedanken daran.

„Ich hatte keine Ahnung, dass du ein Kind hast", sagte Damian. „Ich nehme an, dein Ex-Mann Keith ist der Vater?"

Sarah nickte. „Er hat Kathy noch niemals gesehen. Er hat auch gar kein Interesse daran. Kannst du so etwas glauben?", fragte sie aufgebracht.

Damian konnte das sehr wohl glauben. Doch er schätzte, dass das nicht die Antwort war, die Sarah von ihm erwartete.

„Wieso hast du mir nicht gesagt, dass du ein Kind hast?", fragte er stattdessen.

„Wusstest du das denn nicht? Ich nahm an, du hättest Kathy schon mal bei mir im Garten spielen sehen, oder wie ich mit ihr spazieren gehe. Es ist ja nicht so, als würde ich sie verstecken."

Damian schüttelte den Kopf. „Eine Vorwarnung wäre ganz nett gewesen", sagte er und verzog gequält das Gesicht.

Sarah sah ihn mit offenem Mund an. „Eine Vorwarnung? Du tust ja gerade so, als wäre es eine Katastrophe, dass ich eine Tochter habe. Außerdem habe ich doch gestern Abend gesagt, dass ich Kathy abholen fahre. Sie wollte eigentlich bei ihrer Freundin übernachten, bekam dann aber doch Heimweh. Du erinnerst dich? Der Anruf auf meinem Handy." Ihre Stimme war ganz ruhig. Im Gegensatz zu dem stürmischen Gesichtsausdruck, den sie aufgelegt hatte.

Damian hob beschwichtigend die Hände. „Das habe ich nicht mehr richtig mitbekommen. Ich war ja schon fast eingeschlafen. Kinder sind halt nicht gerade mein Ding."

„Sie sind nicht dein Ding? Was soll das denn jetzt heißen?" Nun war auch ihre Stimme nicht mehr ruhig.

„Nun, ich mag nun mal keine Kinder. Nicht jeder ist ein Fan von diesen Kleinlingen", platzte es aus Damian heraus. Was erwartete Sarah von ihm?

Sie sprang auf und griff nach ihren Sachen. „Du bist ein Idiot, Damian Johannsson und ich bin heilfroh, das jetzt noch zu erkennen, bevor ich mich noch ... bevor

.... Ach, verdammt. Mich gibt es jedenfalls nur mit Kathy. Aber keine Panik. Du kannst unsere Beziehung als beendet ansehen."

Sarahs Augen glänzten feucht. Sie stürmte aus dem Haus und warf die Haustür geräuschvoll ins Schloss.

Damian ließ den Kopf auf die Arme sinken.

Verdammter Mist. Das war gründlich schiefgelaufen.

Kapitel 38

Das Haus war hell erleuchtet. Aus dem weit geöffneten Fenster des Wohnzimmers hörte ich ihn Klavier spielen. Ich erkannte die Musik. Eine von Frédéric Chopins 21 Nocturnes. Welche, konnte ich nicht mit Sicherheit bestimmen. Aber Georg hatte schon früher einen Hang zur schwermütigen Musik.

Im Schutz der Dunkelheit arbeitete ich mich noch ein wenig näher an das offene Fenster heran. Fühlte Georg sich wirklich so sicher vor mir, nur weil da ein paar Streifenbeamte vor seinem Haus Wache schoben? Was für ein fataler Irrtum.

Jetzt konnte ich ihn sehen. Ganz versunken an seinem Flügel. Ich zog meinen Revolver und zielte. Genau auf seinen ergrauten Hinterkopf.

Peng.

Es wäre so einfach. Zu einfach. Georg wäre tot, bevor er wüsste, wie ihm geschah. Nein, das wollte ich nicht. Er sollte Angst haben. Leiden. Büßen.

Allein die Tatsache, dass ich hier stand, die Waffe auf seinen Kopf richtete und es tun könnte, versetzte mich in Erregung.

Sein Leben in meiner Hand. Ich bestimmte, wann und wie es enden würde.

Ich war sein Gott.

Ich lächelte und steckte die Waffe wieder in meinen Hosenbund.

„Heute Abend erlaube ich dir noch zu leben. Doch schon morgen ist deine Zeit abgelaufen", flüsterte ich, bevor ich wieder mit der Nacht verschmolz.

Elisabeth Stubbe wusste inzwischen, dass sie gesucht wurde. Da waren sich Breuer und Damian einig. Sie war untergetaucht, was die Sache erheblich erschwerte. Sie hatten den Durchsuchungsbeschluss für die Wohnung der Frau.

„Sieh dir das an", sagte Breuer zu Damian. „So stelle ich mir eher die Küche eines Mannes vor."

Damian musste zustimmen. Der Boden aus schwarzem Granit, die Küchenmöbel ganz in Edelstahl. Auf dem Edelstahltisch, über dem ein Poster eines Muskelmannes hing, lagen zwei Kurzhanteln mit je 20 Kilo Gewicht bestückt. Keine Blumen oder sonstiger hübscher Schnickschnack waren zu finden, dafür standen auf den Regalen Dosen mit Pulver für diverse Eiweiß-Shakes, Nahrungsergänzungsmittel und einige Fitness- und Ernährungsbibeln. Auch im Wohnzimmer fehlte offenbar jede weibliche Note. Ein schwarzer Glastisch zu der schwarzen Ledercouch, dunkelblaue Tapeten. Das alles hätte sehr düster gewirkt, wenn nicht die vielen Urkunden, welche die Wände zierten, so hervorgestochen hätten. Regalbretter waren an den Wänden entlang angebracht, auf denen Siegerpokale um die Wette glänzten. Damian betrachtete beides genauer.

„Wushu und Street Fight. Elisabeth Stubbe scheint in beidem gut bewandert zu sein. Sie hat gelernt, kein Opfer mehr zu sein."

Breuer schüttelte den Kopf. „Das sehe ich anders. Sie hat gelernt zu kämpfen, aber ein Opfer ist sie geblieben.

Sieh dich um, Damian. Sie traut sich nicht einmal mehr, Frau zu sein. Alles in dieser Wohnung verleugnet ihre Weiblichkeit. Sogar das Parfum, welches in ihrem Bad steht, ist ein Männerduft."

„Vielleicht lebt sie mit einem Mann zusammen?", überlegte Damian.

Breuer schüttelte abermals den Kopf. „Eine Zahnbürste, ein Handtuch. Ich bin mir ziemlich sicher, sie lebt alleine."

„Dennoch kann ich nicht glauben, dass sie unsere Mörderin ist. Sie ist offensichtlich Profi in mehr als einer Kampfkunst und tötet ihre Opfer, indem sie sie mit einem Schal erwürgt oder mit einem Messer ersticht? Das passt doch nicht zusammen", bemerkte Damian und öffnete die nächste Tür. Der Anblick verschlug ihm die Sprache. Mit großen Augen und leicht geöffnetem Mund betrat er das Arbeitszimmer von Elisabeth Stubbe. Sein fassungsloser Blick wanderte zu Breuer zurück.

„Allerdings könnte ich mich in diesem Punkt auch täuschen. Scheiße, Aaron, das musst du dir ansehen", sagte er.

Allein die Tatsache, dass Damian ihn mit seinem Vornamen ansprach, ließ bei Breuer sämtliche Alarmglocken läuten. Er betrat ebenfalls das Arbeitszimmer und sah sich um. Entsetzt zog er scharf die Luft in die Nase.

„Oh mein Gott ..."

Kapitel 39

Momo drückte das Gaspedal durch, kaum dass sie im Auto saß. Manni holte das Blaulicht hervor und setzte es auf das Wagendach. Per Funk hielt er Kontakt zu den Kollegen vom Wach- und Streifendienst. Sie hatten Elisabeth Stubbe auf einem Parkplatz entdeckt. Sie beobachtete Georg Schreiner und hatte die Polizeibeamten noch nicht bemerkt.

Momo warf Manni einen Seitenblick zu und grinste. Auf seinem runden Gesicht standen kleine Schweißperlen und seine große Hand hatte sich in den Sitz gekrallt, während er in der anderen Hand krampfhaft das Funkgerät hielt.

„Momo, in Gottes Namen. Wo hast du fahren gelernt? Auf dem Hockenheimring?"

Momo lachte. „Was denn, Manni? Vertraust du etwa nicht meinen Fahrkünsten?"

„Quatsch nicht. Konzentrier dich lieber auf die Straße."

„Hol mal das Blaulicht rein. Wir sind fast da", sagte Momo.

Sie parkten in einer Seitenstraße und rannten zu den Kollegen in Uniform. Diese standen an einem Eckhaus. Manni kam schnaufend und pustend hinter ihr her. Sein Gesicht war vom kurzen Sprint hochrot.

„Wie sieht's aus?", fragte Momo.

Ein junger Polizist mit karottenroten Haaren schaute um die Ecke und zeigte auf den Parkplatz einiger kleiner Geschäfte.

„Herr Schreiner befindet sich noch in dem Friseursalon. Die Verdächtige hat uns noch nicht entdeckt. Sie steht dort, hinter dem Altkleidercontainer."

Manni betrachtete die schwarzhaarige Frau. Raspelkurze Haare, Militärhose und weißes Ripptop. Mit einem Fernglas beobachtete sie den Friseursalon. „Sie sieht so klein aus. Glaubt ihr wirklich, die könnte einen Mann von Karl Schmieds Größe einfach so erdrosseln?"

Momo zuckte die Schultern. „Keine Ahnung. Wir machen sie jedenfalls erst einmal dingfest." Sie wandte sich Manni zu. „Wir sind nicht auf den ersten Blick als Polizisten zu erkennen. Wir schlendern einfach über den Parkplatz, als wollten wir in den Realmarkt dort drüben. Wenn wir auf Höhe des Containers sind, sprinten wir rechts und links um ihn herum und schnappen sie uns."

Manni nickte und schnaufte noch einmal tief durch. Sie entsicherten ihre Waffen und versteckten sie unter ihren Jacken. Dann schlenderten sie unauffällig auf den blassgelben Container zu. Momo spürte ein aufgeregtes Kribbeln durch ihren ganzen Körper. Von hier aus konnten sie Frau Stubbe nicht sehen. Sie wussten nicht, ob diese sich zur Flucht bereit machte oder mit einer Waffe auf sie zielte. Immerhin stand sie in

Verdacht, schon drei Menschen umgebracht zu haben. Als sie am Container angekommen waren, zogen sie ihre Waffen. Momo lief links und Manni rechts herum. Und dann sah Momo sie vor sich. Elisabeth Stubbe. Von Nahem sah sie noch zerbrechlicher aus. Mit ihrem herzförmigen, blassen Gesicht und den erschrocken aufgerissenen Augen.

„Hände hoch, Polizei!", schrie Momo. Sie stürmte mit vorgehaltener Waffe auf die Frau zu.

Das Nächste, was Momo wusste, war, dass sie rücklings auf dem Boden lag und ihre eigene Waffe auf sich gerichtet sah. Wie war das passiert? Sie hatte die Frau unterschätzt. Elisabeth Stubbe sah Momo abschätzend an. Würde sie schießen?

„Polizei! Lassen Sie die Waffe fallen!" Manni hatte aus ihrem Fehler gelernt und blieb in sicherer Entfernung.

Elisabeth Stubbe hob ihre Waffe und zielte auf ihn. Manni sah sie kalt an, zeigte sich durch die auf ihn gerichtete Waffe nicht im Geringsten beeindruckt.

„Lady, ich weiß ja nicht, wie schnell Sie schießen können, aber ich versichere Ihnen: Ich bin schneller. Und ich treffe immer ins Schwarze", sagte er ruhig.

Elisabeth Stubbe trat unsicher von einem Bein auf das andere. Ihre Waffe schwenkte von Momo zu Manni.

„Nein!", schrie sie. „Sie lassen die Waffe fallen. Oder Sie sind tot. Oder Ihre Kollegin."

Manni sah die Frau unbeeindruckt an.

Momo hingegen war kalt vor Angst. Stubbe war nervös. Sehr nervös. Das konnte ganz fürchterlich schiefgehen. Sollte sie versuchen, der Frau die Waffe aus der Hand zu treten? Sie schätzte die Entfernung von ihrem Fuß zu der Waffe. Wenn sie sich mit den Händen am Boden abstützte und ihren Körper mit einem gestreckten Bein hochkatapultierte, müsste sie genug Kraft haben und schnell genug sein. Sie stählte sich innerlich. Wenn sie loslegte, würde es kein Zurück mehr geben. Falls sie scheiterte, war das wahrscheinlich ihr Tod und vielleicht auch Mannis. Aber nichts zu tun steigerte ihre Überlebenschancen auch nicht. Sie zählte innerlich bis drei. Eins – zwei – drei!

Sie stieß sich mit aller Kraft vom Boden ab. Ihr Bein schnellte hoch und traf die Hand von Elisabeth Stubbe. Sie wurde zur Seite geschleudert. Ein Schuss löste sich. Elisabeth schrie wie ein Tier auf. Doch die Waffe befand sich noch immer in ihrer Hand. Wütend zielte sie damit auf Momo. Ein weiterer Schuss ertönte. Momo zuckte zusammen.

Seit ihrer Zeit auf der Polizeischule hatte sie sich immer gefragt, wie es sein musste, wenn der Körper von einer Kugel durchschossen wurde. Spürte man noch einen Schmerz bei einem Schuss zwischen die Augen oder direkt ins Herz? Oder war man dann einfach weg? Wie schmerzhaft war ein Arm- oder Beinschuss?

Sie sah die Blutspritzer auf ihren Händen und Armen, spürte aber keinen Schmerz. Seltsam. War das der Schock?

Sie hörte lautes Schreien. Verwirrt sah sie sich um. Vor ihr kniete Elisabeth Stubbe und hielt sich ihre blutende Hand. Manni kam, mit immer noch vorgehaltener Waffe, auf sie zu und kickte die Pistole weg. „Alles klar, Momo?"

Momo tastete sich ab. Keine Schusslöcher. Es war gar nicht ihr Blut. „Alles klar, Manni", krächzte sie.

„Sie haben mir in die Hand geschossen", heulte Stubbe.

„Sie können froh sein, dass ich nur auf die Hand gezielt habe", erwiderte Manni kalt. „Sie sind vorläufig festgenommen. Legen Sie sich auf den Bauch. Hände auf den Rücken."

„Aber ich bin verletzt."

„Wir bringen Sie in ein Krankenhaus. Hinlegen. Los. Wird's bald."

Sie brachten Elisabeth Stubbe in ein Krankenhaus. Nachdem ihre Wunde versorgt war und der Arzt das Ok gab, fuhren sie zurück ins Präsidium. Es war an der Zeit, dass Frau Stubbe ihnen ein paar Fragen beantwortete.

Breuer sah sich fassungslos um.

Das Arbeitszimmer von Elisabeth Stubbe war ein Spiegel ihres Hasses. Überall hingen Fotos von Karl Schmied, Otto Glaser, Josef Eifler und Georg Schreiner. Mal waren sie von Dartpfeilen durchbohrt, mal hatte man ihnen mit Schere und reichlich roter Farbe die Hälse durchgeschnitten, mal baumelten sie als Gehängte an einem makabren Mobile. Dazwischen, mit fast unleserlicher roter Schrift, hingen die Gewaltfantasien auf kariertes Papier gekritzelt. Damian nahm eines der Blätter zur Hand.

„... Ich durchschneide seine Kehle. Langsam und genüsslich. Seine Schreie werden ein Quietschen. Wie ein Schwein, denke ich. Dann ist er auch dazu nicht mehr in der Lage, weil er in seinem eigenen Blut ertrinkt. Ich bade in diesem köstlichen Rot. Es wäscht meine Ängste davon, mein Leid, meine Qualen. Endlich bin ich frei!"

Langsam ließ er es wieder sinken und nahm ein zweites, dann ein drittes hoch. „Das ist nur so ein grausiges Zeug. Mordfantasien in jedweder Form", sagte er zu Breuer.

Dieser schüttelte den Kopf. „Wir müssen dringend den Aufenthaltsort bestimmen können. Such nach irgendeinem Hinweis darauf", wies er Damian an.

Das Klingeln von Breuers Handy ließ beide zusammenzucken. Mit einem schiefen Lächeln über ihre Schreckhaftigkeit nahm Breuer das Gespräch entgegen.

Als er wieder auflegte, sah er Damian triumphierend an. „Wir haben Elisabeth Stubbe."

Als Momo und Manni im Präsidium ankamen, wartete man bereits auf sie. Elisabeth Stubbe wurde in ein Vernehmungszimmer geführt, während sie beide ins Büro gingen. Mit lautem Beifall wurden sie begrüßt. Breuer kam auf sie zu.

„Hey, Manni. Ich hab gehört, John Wayne ist ein Scheißdreck gegen dich." Er schüttelte Mannis Hand. Dirk klopfte ihm auf die Schultern. „Du hast Momo den Arsch gerettet. Glückwunsch!"

Manni ging durch ein Spalier aus Kollegen zu seinem Platz. Er setzte sich mit einem zufriedenen Brummen auf seinen gemütlichen Stuhl. Er war es manchmal leid, nur als die gute Seele des Teams zu gelten. Er war ein hervorragender Polizist. Gut, wenn die anderen das auch mal wieder bemerkten.

Er faltete die Hände über seinem Bauch und beobachtete mit Genugtuung, wie Momo zum x-ten Mal die Geschehnisse schilderte.

„... ihr hättet ihn sehen müssen: Seelenruhig stand er da, die Waffe im Anschlag zitterte keinen Millimeter, und sagte nur: Lady, ich weiß ja nicht, wie schnell Sie schießen können, aber ich versichere Ihnen: Ich bin schneller. Und ich treffe immer ins Schwarze", sagte sie und imitierte dabei seine tiefe Stimme.

Kapitel 40

Breuer suchte seine Unterlagen zusammen, die er für die Vernehmung von Elisabeth Stubbe brauchen würde. Dann gab er Damian ein Zeichen, mitzukommen. Als sie das Büro verließen, rief Momo ihnen nach: „Seid bloß vorsichtig. Die Stubbe kann so einen Judo-Kung Fu-Karate-Scheiß. Die hat mich schneller auf den Boden geschickt, als ich gucken konnte."

Damian drehte sich um. „Das war Wushu."

„Das war Wushu", äffte Momo ihn nach, als er verschwunden war. „Woher will er das nun wieder wissen. War er dabei, oder was?"

Manni lächelte. „Wahrscheinlich haben sie in der Wohnung etwas in der Richtung gefunden."

Elisabeth Stubbe tigerte durch den Raum. Seit ihrem Eintreten behielt sie Damian und Breuer im Auge, ganz so, als erwarte sie jeden Augenblick einen Angriff. Keine Frage, dies war eine hoch traumatisierte Frau. Breuer setzte ein freundliches Lächeln auf und nahm Platz. Damian tat es ihm gleich. Zuerst galt es einmal, das Vertrauen von Frau Stubbe zu erlangen. Wenn die Verdächtige sie als Bedrohung ansah, würde nicht viel bei der Befragung herauskommen.

„Bitte setzen Sie sich, Frau Stubbe", sagte Breuer und wies auf den Stuhl gegenüber.

Zögerlich nahm die Frau Platz. Jeder Muskel in ihrem Körper war angespannt. Immer bereit, sofort wieder aufzuspringen.

„Möchten Sie einen Kaffee oder einen Tee?", fragte Breuer im Plauderton. Elisabeth Stubbe schüttelte sofort den Kopf, überlegte es sich dann aber doch anders: „Einen Kaffee, bitte. Schwarz, mit drei Löffeln Zucker, wenn möglich."

„Natürlich. Damian, wärst du so gut? Und bring uns auch gleich was mit."

Damian nickte und ging die Getränke holen. Schon bald war der kleine Raum von einem intensiven Kaffeeduft erfüllt.

„Ich muss Sie darauf hinweisen, dass Sie in den Mordfällen Karl Schmied, Otto Glaser und Josef Eifler als Beschuldigte befragt werden. Es wird das Tonband mitlaufen."

Breuer belehrte sie und erklärte Frau Stubbe ihre Rechte. Dann lächelte er wieder.

„Sie werden sehen, dass das hier ein wenig anders ablaufen wird, als in den meisten Krimiserien. Hier wird es kein Anschreien oder auf den Tisch hauen oder Anfassen geben. In Wirklichkeit läuft das nicht so. Die Befragung kann sich länger hinziehen. Wenn Sie mal auf Toilette müssen oder Durst haben, sagen Sie uns Bescheid."

„Wow. Man sieht wohl gleich, wie kaputt ich bin, wenn selbst die Polizei mich trotz dieser Anschuldigungen mit Samthandschuhen anfasst." Elisabeth Stubbes Stimme triefte vor Selbsthass. Ein böses Grinsen zerschnitt ihr Gesicht. „Sie waren in meiner Wohnung, nicht wahr? Haben Sie mein Arbeitszimmer gesehen? Wie hat es Ihnen gefallen?"

„Ich weiß, was Ihnen geschehen ist. Darüber kommt man nicht so schnell weg", sagte Breuer.

„Ach ja? Das sehen die meisten Menschen aber anders. Stell dich nicht so an. Das ist doch jetzt schon ewig her. Krieg dich mal wieder ein und so ein Zeug bekomme ich von meinen sogenannten Freunden und der Familie zu hören. Wenn sie mir denn überhaupt glauben. Der Richter hat es jedenfalls nicht getan. Und nur fürs Protokoll: Sie wissen nicht, was mir geschehen ist. Nicht im Geringsten. Sie haben vielleicht darüber gelesen. Aber das ist ein großer Unterschied."

Breuer nickte. „Da haben Sie recht. Das ist ein großer Unterschied."

Es entstand eine Pause. Elisabeth Stubbe trank den heißen Kaffee in einem Zug leer. Damian stellte ihr schweigend ein Glas Wasser hin.

„Ich habe die Urkunden, Medaillen und Pokale in ihrer Wohnung gesehen, Frau Stubbe. Sehr beeindruckend. Sie sind eine sehr sportliche Person", begann Breuer.

Elisabeth Stubbe entspannte sich ein wenig. „Ich hoffe, Ihrer Kollegin geht es gut. Aber wenn ich angegriffen werde ...", sie zuckte mit den Schultern.

„Nur ihr Stolz wurde verletzt", sagte Breuer lächelnd. Doch unter dem Tisch ballte er die Faust. Nicht nur, dass diese Frau Momo aufs Kreuz gelegt und entwaffnet hatte. So etwas konnte er noch verzeihen. Aber sie hatte sowohl Momo als auch Manni mit der Schusswaffe bedroht. Und sie war bereit gewesen, zu schießen, sonst hätte Manni nicht von seiner Waffe Gebrauch gemacht. Manni war in solchen Situationen immer sehr besonnen. Wenn jemand das Leben seiner Kollegen bedrohte, hörte bei Breuer jegliches Verständnis auf. Das würde Konsequenzen nach sich ziehen. Doch davon sollte Frau Stubbe nichts wissen. Im Moment jedenfalls.

Damian hatte Breuers Faust bemerkt und übernahm.

„Wushu. Was praktizieren Sie? Traditioneller oder moderner Stil?"

„Moderner Stil. Das hat mehr Dynamik, mehr akrobatische Elemente." Elisabeth Stubbe blühte bei diesem Thema sichtbar auf.

Breuer beobachtete sie dabei ganz genau. Ihre Handbewegungen, ihre Mimik, ihre Körperhaltung. Er kalibrierte seinen Blick auf das, was bei Elisabeth Stubbe Normalverhalten war. So würde er die Lügen erkennen. Oder zumindest die Situationen, die Frau Stubbe unter Stress setzten. Und eine Lüge setzte einen Menschen immer unter Stress. Selbst wenn es demjenigen gar nicht so bewusst war, weil er sich für so unglaublich genial oder abgebrüht hielt. Kleine

Zuckungen oder Änderungen in der Körperhaltung verrieten mehr, als große Gesten.

„Duan heißen die Grade beim Wushu, richtig?", fragte Damian.

Stubbe nickte. „Ich habe den vierten", sagte sie stolz.

Damian zog anerkennend die Augenbrauen hoch.

„Den vierten? Ist das hoch?", wollte Breuer wissen.

„Man muss schon mindestens 10 Jahre lang durchgehend Wushu lernen, um diesen Rang erreichen zu können. Und man darf schon unterrichten. Ist das korrekt?", fragte Damian.

Breuer musste lächeln. Der Junge kannte sich wirklich in allem aus.

Elisabeth Stubbe nickte begeistert. „Ja, und wenn man in den fünften Rang aufsteigen möchte, muss man schon eine Veröffentlichung auf dem Gebiet der Wushu-Forschung nachweisen. Da bin ich gerade dran, aber das ist gar nicht so einfach. Insgesamt gibt es neun Ränge. Ab dem siebten Rang darf man sich Großmeister nennen, wenn man lehrt."

„So war es für Sie sicherlich kein Problem, die alten Männer zu überwältigen", begann Breuer den Vorstoß.

Elisabeth Stubbe rückte auf der Stuhlkante nach vorne. Die Augen nahmen einen wachsamen Ausdruck an. Sie sagte nichts.

„Warum erzählen Sie nicht einfach, was passiert ist?", versuchte es Breuer.

Frau Stubbe verschränkte die Arme und schwieg weiter.

„Nach dem, was Otto Glaser Ihnen angetan hat, kann ich gut verstehen, wieso Sie seinen Tod wünschten. Aber warum Karl Schmied und Josef Eifler? Sie hatten doch nichts getan?", provozierte Breuer.

„Nichts getan? Nichts getan?", schrie Frau Stubbe. Sie sprang von ihrem Stuhl auf, das Gesicht rot vor Zorn. „Sie haben Glaser ein falsches Alibi verschafft. Sie haben gesagt, das Schwein wäre die ganze Zeit mit ihnen zusammen gewesen. Sie haben mich als Lügnerin hingestellt. Sie und dieser Schreiner. Dabei haben sie genau gesehen, was er mit mir vorhatte. Glaser hatte mich geschnappt und in die Büsche gezerrt. Wir waren zu weit vom Festplatz weg, als dass mich noch ein anderer hätte sehen können. Eine Band spielte. Die Lautsprecher waren voll aufgedreht. Keine Chance, dass mich jemand schreien hörte. Ich schrie trotzdem. Schrie, bettelte, flehte ... Sein Atem roch nach Bier und Tabak. Seine ekligen Hände mit den Wurstfingern berührten mich überall, schlugen mich. Seine besoffenen Kumpel gingen einfach lachend weiter. Sie hätten mir helfen können. Mich retten. Verrecken sollen sie alle." Tränen traten in ihre Augen und liefen ihr Gesicht hinunter.

„Und Georg Schreiner war auch dabei? Bei den Kumpel von Glaser, die Sie im Stich gelassen hatten und dann noch dem Glaser ein falsches Alibi verschafften?", fragte Breuer leise.

„Ja, der auch. Stellen Sie sich vor: Der Feingeist, der Künstler ... immer Herr Vornehm, außer er ist besoffen. Und an diesem Tag war er besoffen." Sie holte tief Luft. „Am Ende hatte ich noch eine Verleumdungsklage am Hals. Ich musste dem Glaser noch Geld geben. Dafür, dass er mich vergewaltigt hat. Scheiße!"

Sie sank auf ihrem Stuhl zurück und schluchzte.

„Vielleicht ... vielleicht, wenn er zu Rechenschaft gezogen worden wäre ... wenn sie alle zur Rechenschaft gezogen worden wären ... vielleicht wäre ich dann irgendwann darüber hinweggekommen. Aber so ... so werde ich das niemals verarbeiten können."

Ihre Augen flogen hin und her. Plötzlich wurde sie ganz ruhig, das Gesicht erstarrte.

„Außer ...", fuhr sie tonlos fort. „Außer vielleicht, wenn sie allesamt tot sind. Möglicherweise komme ich dann endlich zur Ruhe."

„Der Tod dieser Männer als Ihre Therapie", stellte Breuer fest.

Elisabeth Stubbe nickte mit stumpfen Augen. „Ich kann mir denken, was Sie als Polizisten nun von mir halten werden. Doch es hilft nichts. Das ist meine einzige Chance auf Erlösung."

Elisabeth Stubbe blickte auf. Breuer direkt in die Augen. „Ich habe alles gesagt, was es zu sagen gibt. Jetzt werde ich schweigen."

Kapitel 41

Vom Beifahrersitz aus schaute sich Damian gedanken-
verloren die vorbeiziehende Landschaft an. Sie würden Georg Schreiner die gute Nachricht von Elisabeth
Stubbes Verhaftung überbringen können. Ein Sieg mit
einem schalen Beigeschmack.

„Glaubst du, sie waren sich darüber im Klaren, wie
sehr sie Elisabeth Stubbes Leben zerstört hatten? Oder
war es ihnen einfach nur egal?", fragte er Breuer.

„Keine Ahnung. Das Opfer wird zum Täter. Das
kommt leider häufiger vor. Und es ist nicht unsere
Aufgabe zu entscheiden, ob diese Taten moralisch
verständlich waren. Auch wenn es manchmal schwerfällt."

Damian rutschte in seinem Sitz tiefer und brummte.
„Ich mag es lieber, wenn die Fälle schwarz-weiß sind.
Die abgrundtief Bösen, vor denen wir die Guten
beschützen."

„Die Wirklichkeit ist grau Damian. Sie ist meistens
grau."

Breuer parkte den Wagen gegenüber von Schreiners
Haus am Straßenrand. Als sie ausstiegen, stellten sich
bei Damian sämtliche Nackenhaare auf. Er wurde
beobachtet. Er fühlte es deutlich. Und tatsächlich sah
er, wie sich der Vorhang an einem Fenster von Schreiners
Haus bewegte.

Auch Breuer hatte es bemerkt. „Wir werden schon erwartet", sagte er.

„Etwas stört mich bei der ganzen Sache", begann Damian. Sie überquerten die Straße.

Breuer sah ihn fragend an.

„Du hast Elisabeth Stubbes Gewaltfantasien gesehen. Die Bilder, die Texte. Da war nichts, was an unsere Morde erinnert. Kein Fragezeichen, keine Münzen, nichts. Und wir waren uns einig, dass diese Symbole dem Täter wichtig sind."

„Vielleicht hat sie in der Realität etwas anderes ausprobiert", sagte Breuer.

„Das glaube ich nicht. Jemand wie Stubbe wäre doch die Morde im Vorfeld in Text und Bild bis zum Exzess durchgegangen. Da hätten wir doch was finden müssen."

„Sie hat die entsprechenden Beweise eben vorher verschwinden lassen", sagte Breuer. Damian schüttelte den Kopf. Je mehr er darüber nachdachte, umso unlogischer wurde alles.

„Warum dann nicht alles verschwinden lassen? Es belastet sie doch nur. Nein, ich sag dir, hier stimmt irgendetwas nicht."

„Du glaubst, wir haben die Falsche verhaftet? Dass unser Fährmann noch hier draußen ist?", fragte Breuer.

„Du nicht?" Damian sah ihn fragend an.

Breuer überlegte einen Augenblick. „Ich weiß nicht. Es passt alles so gut zusammen. Die drei großen M's. Motiv – Möglichkeit – Mittel. Das Motiv ist klar. Die

Vergewaltigung durch Otto Glaser und dass Georg Schreiner und die anderen Opfer ihr nicht geholfen haben, ja dem Glaser sogar noch ein falsches Alibi verschafft haben. Denn ich bezweifle nicht, dass es sich genau so zugetragen hat, auch wenn die Richter es anders sahen oder aufgrund der falschen Zeugenaussagen nicht anders urteilen konnten. Wer sonst sollte ein Interesse daran haben, genau diese vier Männer tot sehen zu wollen? Sie hatte die Möglichkeit, denn sie konnte für keinen Tatzeitpunkt ein stichhaltiges Alibi vorweisen und mit ihren Fähigkeiten im Nsahkampf hat sie mit Sicherheit auch die Mittel. Damals waren die Männer die Stärkeren. Doch die Zeit hat zugunsten von Frau Stubbe gearbeitet. Inzwischen sind das nur noch gebrechliche Rentner und sie ist eine Frau in den besten Jahren mit einer jahrzehntelangen Kampfausbildung. Und sie hat die Morde quasi zugegeben", sagte Breuer.

„Aber eben nur quasi", warf Damian ein.

Breuer schüttelte den Kopf. „Wenn ich des Mordes verdächtigt werde und ich war's nicht, beteuere ich zuerst einmal meine Unschuld. Und, kam da etwas von Frau Stubbe?"

„Nein", musste Damian zugeben. „Du hast ja recht. Es wäre echt dämlich zu verschweigen, dass man nicht der Täter ist, wenn es um Mord geht."

Noch bevor sie klingeln konnten, wurde die Tür geöffnet. Ein sehr blasser Georg Schreiner spähte nach allen Seiten und winkte sie herein.

„Eben ist die Polizeistreife weggefahren. Was hat das zu bedeuten?", fragte er.

„Keine Sorge, Herr Schreiner. Den Polizeischutz brauchen Sie nun nicht mehr. Wir haben den Fährmann", sagte Breuer.

Schreiners Gesicht hellte sich auf. „Ach, tatsächlich?" Plötzlich schaute er unsicher von Damian zu Breuer. „Und Sie sind hier, um ..."

„... um Sie für Ihre Taten zur Rechenschaft zu ziehen? Sie können beruhigt sein. Die sind verjährt. Sie hätten uns also schon von Anfang an reinen Wein einschenken können", sagte Breuer.

Schreiner druckste herum. „Es ist ja nicht nur, dass ich die Strafe für unser Vergehen fürchtete. Ich wollte auch nicht meinen guten Ruf verlieren."

„Ihr guter Ruf?", entfuhr es Damian. „Was ist mit dem guten Ruf von Elisabeth Stubbe?"

Schreiner wurde blass und fuhr sich mit seiner langen Hand durchs graue, dichte Haar. „Elisabeth Stubbe", flüsterte er leise. „Heute holen mich wohl alle alten Dämonen ein. Wir waren halt alle betrunken. Da ist der Otto ein bisschen übers Ziel hinausgeschossen."

„Das ist wohl kaum die richtige Beschreibung für eine Vergewaltigung", zischte Damian.

Schreiner zuckte nur hilflos mit den Schultern. „Wären wir nüchtern gewesen, hätten wir Otto aufgehalten. Das versichere ich Ihnen."

„Aber bei der Zeugenbefragung am nächsten Tag waren Sie doch nüchtern, oder? Und dennoch verschafften Sie Otto Glaser ein falsches Alibi und stellten sein Opfer als Lügnerin hin", schimpfte Damian.

Georg Schreiner schwieg einen Moment. Dann flüsterte er: „Das macht man halt so unter Freunden."

„Nein, Herr Schreiner. So etwas macht man nicht. Auch nicht unter Freunden", sagte Damian.

„Was hat Frau Stubbe bei ihren Drohanrufen zu Ihnen gesagt?", fragte Breuer.

„Drohanrufe? Welche Drohanrufe?" Schreiner schien verwirrt. Breuer und Damian sahen sich an.

„Sie haben doch Drohanrufe bekommen. Genau wie Karl Schmied, Otto Glaser und Josef Eifler."

„Ja, aber die kamen doch vom Fährmann." Schreiner blickte sie verständnislos an.

„Moment mal! Sie meinen, Elisabeth Stubbe ist nicht der Fährmann?", fragte Breuer.

„Aber nein. Soll das heißen, der Fährmann befindet sich gar nicht in Ihrem Gewahrsam?"

Mit einem leisen *Klack* erlosch im ganzen Haus das Licht.

„Nein", sagte Damian. „Ich fürchte, er ist hier!"

Kapitel 42

Elisabeth Stubbe blickte an die weiß getünchte, fleckige Decke. Sie zwang sich, ruhig und gleichmäßig zu atmen. Der kalte Schweiß stand auf ihrer Stirn. Klaustrophobie war eine der Ängste, die sie entwickelt hatte, nach jenem schrecklichen Tag. Die Angst vor dem Eingesperrtsein.

Ganz bewusst war sie in genau diese Situation getreten. Sie musste das durchstehen. Sie hatte es so aussehen lassen, als sei sie die Mörderin. Hatte jede weitere Frage der Kommissare mit eisernem Schweigen abgeblockt. Sie gab damit dem Fährmann die Möglichkeit, zu beenden, was er angefangen hatte. Nur zu schade, dass sie nicht dabei zuschauen konnte. Deshalb hatte sie sich an Georg Schreiners Fersen geheftet. In der Hoffnung, dass auch er ein Ziel des Mörders sein würde. Er war der einzige Überlebende der Musiker-Clique. Sie wollte sehen, wie er starb. Doch selbst, wenn sie es jetzt nicht sah: Das Wissen, dass all ihre Peiniger so grausam bestraft worden waren, würde ihrer Seele vielleicht Frieden bringen.

„Vermassle es nicht, Fährmann. Du bist meine einzige Chance", flüsterte sie.

Sie nennen mich den Fährmann und wissen gar nicht, wie nah sie damit an der Wahrheit liegen.

Nun ist es fast vollbracht.

Beinahe wehmütig schaue ich auf die vor Schreck erstarrten Gestalten hinter den Fenstern. Georg wird also nicht alleine sterben. Er wird die zwei Kommissare mit in den Tod reißen. Mir soll es recht sein.

Sie sind selber schuld. Mit einem Lächeln habe ich ihnen ins Gesicht geschaut und sie sahen nicht die hässliche Fratze des Bösen darin. Nun haben sie sich wie hilflose Fliegen in meinem Netz verfangen. Todgeweiht warten sie auf das Ende. Es wird Zeit, das letzte Kapitel zu schreiben.

Ich zünde mir eine Zigarette an und inhaliere den beißenden Rauch. Er brennt in meiner ungeübten Lunge.

Kapitel 43

Breuer und Damian zückten fast gleichzeitig ihre Handys.

„Kein Empfang und du?", fragte Breuer.

Damian schüttelte den Kopf. Er ging zu Schreiners Festnetzanschluss und drückte den grünen Hörer.

„Tot. Ich geh schnell zum Wagen und rufe per Funk Verstärkung."

Breuer hielt ihn am Arm fest. „Langsam. Wenn du jetzt einen Fuß vor die Haustür setzt, bist du tot. Ich bezweifle nicht, dass der Fährmann schon auf der Lauer liegt."

„Was werden wir tun?", fragte Damian.

„Die Zeit arbeitet für uns. Je länger unsere Kollegen nichts von uns hören, desto sicherer wird Verstärkung eintreffen. Wir suchen uns jetzt einen Raum, in dem wir uns gut verschanzen können, und warten ab. Das dürfte hier die beste Strategie sein."

„Sie wollen einfach nichts tun und warten, bis man uns umbringt?" Schreiners Stimme war schrill.

„Keine Sorge, Herr Schreiner. Ihnen wird nichts geschehen. Wir sind bewaffnet und werden die Stellung halten, bis Verstärkung eintrifft. So kontrollieren wir die Situation. Aus purem Aktionismus blindlings in eine aufgestellte Falle zu laufen, bringt uns hier gar nichts", beruhigte Breuer den Mann.

Sie schauten sich im Dämmerlicht um.

„Erst einmal von den Fenstern weg", sagte Breuer.

Ein Zischen und ein lautes *Wusch* ertönten und plötzlich war alles in ein flackerndes Orange getönt.

„Er hat das Haus angezündet. Wir werden alle bei lebendigem Leibe verbrennen!", schrie Schreiner entsetzt.

Sie rannten von Fenster zu Fenster. Doch überall blickten sie auf eine Wand aus Feuer. Beißender Rauch drang in das Haus.

„Wir müssen nach oben, uns einen Überblick verschaffen", rief Breuer gegen das stetig lauter werdende Prasseln an. Sie rannten in den ersten Stock. Damian nahm immer zwei Stufen auf einmal, ohne auf die schmerzende Hüfte zu achten. Er orientierte sich kurz. Von draußen hatte er einen großen Balkon gesehen. Er stürmte in das Zimmer, von dem aus er glaubte, ihn erreichen zu können. Und tatsächlich: Der Balkon war von einer massiven Holz-Pergola überdacht, an der sich Weinreben nach oben gewunden hatten. Unten wütete das Feuer. Der Boden des Balkons war inzwischen so heiß, dass Damians Schuhsohlen zu schmelzen anfingen. Der Rauch brannte in seinen Lungen. Er lehnte sich über das hölzerne Geländer und suchte entlang der Hausfront nach einer Lücke im Feuergürtel. Aber die lodernde Wand umschloss das Haus, so weit er sehen konnte. Schüsse peitschten durch die Luft. Die Kugeln durchschlugen das Geländer. Damian suchte hinter den großen Seitenpfosten der Pergola Schutz. Wieder durchschlugen Kugeln das Holz. Splitter regneten auf Damian nieder, stachen in seine Haut. Hier saß er in der Falle. Das Holz würde die Kugeln kaum aufhalten können. Die Tür zurück ins Haus schien unendlich weit entfernt. Mit Sicherheit würde er getroffen werden, bevor er sie erreichte. Er sah Breuer in die Augen, der sich im Haus, neben der Balkontür, mit gezogener Waffe in Stellung gebracht hatte. Er konnte ihm nicht helfen. Immer weiter schlugen die Kugeln um Damian ein. Er ertappte sich dabei, wie er die Luft anhielt und den Bauch einzog, um möglichst wenig Zielfläche zu bieten. Dann war es passiert. Es fühlte sich an, als würde jemand an seiner Kleidung ziehen. Ein brennender Schmerz an seiner Brust folgte. Damian schrie auf und sah an sich hinunter. Tastete sich ab. Nur ein Streifschuss. Das war knapp und es tat tierisch weh. Er musste etwas unternehmen oder es war nur eine Frage der Zeit, bis eine Kugel richtig treffen würde. Der dichte Qualm erschwerte ihm das Atmen und reizte ihn, zu husten, doch er verbarg ihn auch vor den Blicken des Fährmanns. Ansonsten hätte dieser ihn wohl schon längst getroffen.

Er besah sich die Einschusswinkel und schloss einen Augenblick die Augen. Er versuchte sich die Umgebung ins Gedächtnis zu rufen. Die Schüsse kamen aus dem weitläufigen Garten. Wenn er den Winkel richtig einschätzte, müsste sich der Fährmann in der Nähe des Teiches befinden. Waren da nicht ein paar Büsche, die man als Deckung benutzen konnte? Es war auf jeden Fall weit weg von anderen Häusern. Damian ließ die Augen geschlossen. Durch den Qualm konnte er doch nichts sehen. Er feuerte drei Schüsse ab. Dann lauschte er.

Das Prasseln und Fauchen des Feuers würde ihn einen Schrei nicht hören lassen, aber es folgten keine Schüsse mehr. Hatte er getroffen oder war der Fährmann nur in Deckung gegangen oder wollte ihn in falsche Sicherheit wiegen, sodass er seine schützende Stellung verließ?

Es hörte sich an, als würde das Gebäude aufstöhnen. Ein lauter, klagender Ton. Der Boden unter seinen Füßen begann zu vibrieren und er hörte, wie das Holz explosionsartig wegsplitterte. *Der Balkon stürzt ein*, dachte er. Sein Körper wurde von einer weiteren Welle Adrenalin geflutet. Er durfte jetzt keinen Gedanken mehr an einen möglichen Schützen verschwenden. Er musste runter von diesem Balkon, oder er würde mit ihm in die Tiefe gerissen.

„Damian! Schnell!", rief Breuer.

Damian sprintete los, es waren nur drei Meter. Drei Meter, die über Leben oder Tod entschieden. Er konnte es schaffen. Er spürte, wie der Boden unter seinen Füßen wegbrach. Entsetzt schrie er auf.

„Damian!", hörte er Breuer rufen.

Er versuchte, sich abzustoßen. Seine Hände ruderten suchend durch die Luft. Dann trafen sie schmerzend gegen die Abbruchkante. Er hatte keinen richtigen Halt. Rutschte. Verzweifelt versuchte er, die Finger in den harten Beton zu graben. Die Fingernägel zersplitterten, wurden angehoben. Scheiße, tat das weh! Doch er durfte nicht loslassen. Der Balkon stürzte polternd in die Flammen. Eine Funken-Fontaine stob herauf. Brannte Löcher in seine Kleidung, in seine Haut. Er rutschte. Hektisch kratzten seine Finger über die raue Oberfläche. Den Funken folgte eine dichte Rußwolke. Damian hustete. Aber mit jedem Atemzug bekam er schwerer Luft. Die Lunge brannte, der Kopf wurde leicht. Hielt er sich noch fest oder fiel er schon? Alles war diffus. Dann spürte er Druck an seinen Handgelenken.

„Ich zieh dich hoch, mein Junge. Halt durch!", hörte er Breuers Stimme.

Er versuchte sich, an der Hauswand mit den Beinen hochzustemmen. Breuer zu helfen. Dann fand er sich auf dem Boden liegend wieder. Hustend und keuchend, aber am Leben. Er drehte den Kopf. Sah Breuers Ruß geschwärztes Gesicht über ihm.

„Alles klar?"

Damian nickte und setzte sich auf. Schreiner reichte ihm die Hand und zog ihn auf die Füße. Er war sehr blass. „Was jetzt?", fragte er. „Auf Verstärkung warten dürfte jetzt wohl keine Option mehr sein."

„Wo sind Ihre Bettlaken?", fragte Breuer.

„Hier im Schrank", sagte Schreiner und eilte in sein Schlafzimmer. Aus einem großen Schrank aus Kiefernholz nahm er einen Stapel Laken.

„Ich reiße sie nun in Streifen und knote sie zusammen, damit wir uns irgendwo abseilen können. Wir brauchen dann nur an einer Stelle eine Feuerschneise zu schaffen", sagte Breuer und machte sich schnell an die Arbeit.

„Eine Feuerschneise? Aber wie?", wollte Schreiner wissen.

„Haben Sie einen Feuerlöscher im Haus?", fragte Damian.

Georg Schreiner überlegte einen Augenblick. „Ja. In der Küche, im großen Hochschrank neben der Tür."

„Ich hol ihn schnell", sagte Damian und eilte los, noch bevor jemand Einwände erheben konnte. An der Treppe angekommen, sah Damian in ein dunkles Loch. Der Qualm, der sich dort angesammelt hatte, schluckte jegliches Licht. Er hörte Fenster zerbersten und wie sich die Flammen wütend fauchend ihren Weg ins Innere des Hauses bahnten. Sollte er es wagen, dort noch hinunter zu gehen? Doch dieser Feuerlöscher war vielleicht ihre einzige Chance, hier herauszukommen. Er tastete sich vorsichtig die Treppe hinunter. Mit jedem Schritt wurde das Hämmern in seinem Kopf unerträglicher. Gleichzeitig wurde seine Angst weniger. Wenn er jetzt doch ein Stück schlafen könnte. Nur einen kleinen Moment. Seine Augen wurden schwer. Wo war er? Alles war schwarz und so heiß, dass seine Haut schmerzte.

Ich muss hier raus. Wieder nach oben, dachte er und kehrte um. Seltsam, es war ihm vorgekommen, als hätte er ewig in dieser schwarzen Hölle ausgeharrt, aber die Treppe war nur ein paar Schritte entfernt. Er konnte kaum die Kraft aufbringen, sie zu erklimmen. Er ließ sich auf die oberste Treppenstufe sinken. Ihm war schlecht und er konnte kaum die Augen offen halten. Eine Kohlenmonoxidvergiftung, dachte er. Er wusste, dass es nur noch ein paar Atemzüge länger gebraucht hätte und er hätte das Bewusstsein verloren und wäre innerhalb kürzester Zeit erstickt. Ein inneres Ersticken, weil die roten Blutkörperchen keinen Sauerstoff mehr aufnehmen und transportieren konnten. Er musste von der Treppe weg. Das Treppenhaus fungierte wie ein riesiger Schornstein. Die Gase zogen langsam aber sicher nach oben. Bald würde auch hier oben ein Überleben nicht mehr möglich sein. Er schleppte sich zurück zu Breuer, wo die Kohlenmonoxidkonzentration noch nicht so hoch war. Dieser hatte inzwischen drei lange Stoffseile geknotet und flocht diese zu einem stabilen Strick zusammen.

„Wo ist der Feuerlöscher?", fragte Schreiner.

„Ich hab es nicht geschafft. Da unten kann man ohne Sauerstoffmaske nicht mehr überleben", keuchte Damian, die Stimme rau und krächzend.

Breuer nickte nur und flocht in Windeseile weiter. „Ich bin hier gleich fertig", sagte er.

Georg Schreiner sah sich hektisch um. „Ich hab da noch eine Idee", rief er und verschwand in einem anderen Raum.

Damian ließ sich kraftlos am Türrahmen herabgleiten und schloss die Augen.

Breuer schlug gegen sein Bein. „Nicht einschlafen. Du wachst mir sonst nicht mehr auf", blaffte er Damian an.

„Wo ist Schreiner hin?", fragte Damian.

„Ich weiß auch nicht", sagte Breuer und stand auf. Er rollte das Seil zusammen und reichte Damian die Hand.

„Aufstehen, Junge. Im Stehen schläft es sich schlechter." Damian ließ sich stöhnend hochziehen.

Plötzlich ertönten ein lauter Knall und gellende Schreie aus dem Nebenraum, in dem Georg Schreiner verschwunden war. Breuer war als Erster an der Tür und riss sie auf. Eine kreischende, brennende Figur rannte an ihnen vorbei. Damian sprang auf sie zu und riss sie zu Boden. Breuer hatte seine Jacke ausgezogen, warf sie über den brennenden Schreiner und erstickte die Flammen. Schreiner schrie noch immer wie am Spieß und wand sich am Boden. Seine Kleider hingen in schwarzen Fetzen von seinem Körper. Die Haut von Gesicht und Händen war schwarz-rot und warf schon jetzt Blasen, die das Gesicht zu einer grotesken Maske verzerrten. Die Augen waren milchig-weiß und die Haare vorne ganz weggebrannt.

„Was ist passiert?", keuchte Damian entsetzt.

Schreiner wurde schlagartig ruhig. Er hatte das Bewusstsein verloren.

Breuer schaute durch die geöffnete Tür. Sie führte in ein großes Badezimmer, dessen gegenüberliegendes Fenster weit geöffnet war. Am Boden lag ein umgekippter zehn-Liter-Eimer.

„Er wollte wohl den Bereich unter dem Fenster löschen, indem er einen Eimer mit Wasser aus dem Fenster kippte", sagte Breuer.

Damian nickte. „Aber das ist ein Benzinbrand. Es kam zu einer Stichflamme, als das Wasser schlagartig verdampfte, das brennende Material sich dabei mit der Luft mischte und so eine blitzartige Verbrennung auslöste." Damian wusste, dass dies nicht der geeignete Zeitpunkt für Vorträge war, aber es beruhigte seine Nerven und hielt ihn bei Bewusstsein.

Sie schauten auf die reglose Gestalt von Schreiner hinunter. Der Boden wurde von unten glühend heiß, doch an der Decke sammelten sich die giftigen Gase. Damian dachte fieberhaft nach.

„Wir könnten diesen eisernen Kerzenständer an das Ende vom Seil binden und es in die Baumkrone der Linde vor dem Haus werfen, sodass sich der Kerzenständer festhakt. Dann binden wir das andere Ende des Seils an der Heizung fest und können uns rüber hangeln. Einer müsste Schreiner mitnehmen."

Breuer sah ihn einen Moment an. „Also gut, Indiana Jones. Für wie wahrscheinlich hältst du es, dass du das hinbekommst?"

Damian antwortete darauf nicht, sondern band den Kerzenständer fest. Dann trat er zum Fenster. Er prüfte das Gewicht in seiner Hand und versuchte, die Entfernung zum Baum abzuschätzen. Er blinzelte ein paarmal. Er war fertig. Seine Augen wollten sich nicht mehr richtig scharf stellen, seine Muskeln schienen aus Pudding zu bestehen. Aber sie hatten keine Zeit für Schwäche. Er lehnte sich, so weit er konnte, aus dem Fenster, ließ den Kerzenständer an dem Seil im Kreis fliegen, um den nötigen Schwung zu erhalten, und schleuderte ihn dann in Richtung Baum.

Mit einem *Kling* traf der Kerzenständer die Äste, prallte an ihnen ab und stürzte nach unten. Das Seil landete direkt im Feuer. Schnell zog Damian es hoch und trat das Feuer aus. Entmutigt hielt er das verbrannte Ende hoch. Mit lautem Scheppern fiel der Kerzenständer aus den bröselnden Überresten des Seils.

„Verdammt." Damian sah Breuer schuldbewusst an.

In der Ferne ertönten die Sirenen der Feuerwehr.

Kapitel 44

Trotz des massiven Einsatzes von Löschschaum prasselte das Feuer unermüdlich. Das Haus war nicht mehr zu retten. Bei diesem Einsatz ging es vor allem darum, ein Übergreifen des Brandes zu verhindern. Manni blieb einen Moment stehen und blickte in die Flammenhölle. Kaum zu glauben, dass dort noch vor wenigen Minuten drei Menschen um ihr Überleben gekämpft hatten. Sein Chef und der Neue könnten nun genauso gut tot sein. Ihm wurde ganz schlecht bei dem Gedanken. Das flackernde orangene Licht des Feuers mischte sich mit den blinkenden Blaulichtern und tauchte die Szenerie in ein hektisches Farbenspiel. Manni kämpfte sich durch das Gewusel an Polizisten, Feuerwehr und den Leuten vom Rettungsdienst bis zu dem weiß-roten Krankenwagen, in dem Breuer und Damian behandelt wurden, durch. Georg Schreiner war schon ins Krankenhaus gebracht worden.

Herrje, hatte der übel ausgesehen. Manni wusste nicht, ob er es dem Mann wünschen sollte, dass er überlebte.

„Ich hab die Stelle gefunden", sagte er, sobald er in Hörweite war. Damian hatte ihm den ungefähren Ort beschrieben, von wo aus der Fährmann auf ihn geschossen hatte.

Da es inzwischen dunkel war, wurde der Garten mit Scheinwerfern erhellt.

„Du hast ihn tatsächlich getroffen, Damian. Ich habe eine Blutspur entdeckt. Aber der Mistkerl konnte wohl trotzdem noch abhauen."

Breuer nahm sich die Sauerstoffmaske vom Mund. „Alarmiere die Krankenhäuser. Sie sollen uns sofort Bescheid geben, wenn jemand mit einer Schussverletzung eingeliefert wird."

Manni nickte grimmig. Als er zu seinem Dienstwagen kam, saß dort Momo im Schneidersitz auf dem Boden, ihren Laptop auf den Beinen, und blickte mit leeren Augen in die Flammen. Manni stöhnte innerlich auf. Warum musste es der Boden sein? Mit seinem Umfang war es gar nicht so leicht, sich von dort wieder hochzuhieven. Aber Momo brauchte ihn jetzt. Er ließ sich umständlich neben ihr nieder.

„Alles klar, Momo?"

Momos dunkle Augen starrten noch immer leer in die Flammen. Sie selbst schien wie erstarrt. „Wie geht es dem Chef?", fragte sie leise.

„Ganz ok."

„Und Damian?"

„Auch ok. Sie müssen für ein paar Tage im Krankenhaus bleiben. Kohlenmonoxidvergiftung."

„Weißt du, wie schnell so etwas zum Tode führt? Ich hab es mal gegoogelt. Innerhalb von Minuten."

Momo zog die Beine an, drückte ihren Computer fest an sich.

„Sie hatten Glück", sagte Manni.

Momo schaute ihn zum ersten Mal an. Sie sah so verletzlich aus. Meistens bekam man nur die taffe Momo mit der scharfen Zunge zu sehen, doch nicht heute Abend. Manni legte seinen Arm um sie und drückte sie an sich.

„Menschenleben sollten nicht von Glück abhängen", flüsterte Momo.

„Nein. Aber es schadet auch nicht." Er lächelte sie an. Die Falten auf ihrer Stirn glätteten sich und zaghaft lächelte sie zurück.

„Hast du eigentlich mal mitgezählt, wie oft Damian während dieser Ermittlungen in Schwierigkeiten geraten ist? Und das war erst sein erster Fall in unserem Team. Ich sag dir: Auf den müssen wir aufpassen", sagte sie. Die Stimme wieder fest und schnippisch.

Manni grinste. „Ja. Er ist wohl doch nicht so ein Schnösel, wie befürchtet."

„Möglicherweise taugt er ja wirklich was", gab Momo zu. Sie sah ihn mit zusammengezogenen Augenbrauen an. „Aber wehe, du verrätst ihm das. Der bildet sich sonst noch was drauf ein."

Manni lachte schallend und drückte sie an sich. „So und jetzt hilfst du mir hier hoch. Immerhin hast du mich in diese Lage gebracht", sagte er.

Momo sprang auf und reichte ihm die Hand. Die wilden Locken tanzten um ihren Kopf. „Darf ich bitten, mein Herr?"

Kapitel 45

April 2003

„Ich möchte Damian Johannsson in Vollzeitpflege nehmen", brach es aus Breuer heraus, kaum dass er Eric Maurers Schreibtisch erreicht hatte. Sein Freund schüttelte den Kopf. „Aaron, nein ..."

„Warum nicht? Ich mag den Jungen wirklich sehr. Und er hat eine verdammte Chance verdient. Wir kommen gut miteinander klar. Er hört auf mich. Bitte lass es mich versuchen."

„Aaron, das bringt doch nichts ..."

„Warum soll das nichts bringen? Wenn ich könnte, würde ich ihn auch adoptieren!", schrie Breuer.

„Nun hör mir doch mal zu."

Breuer holte tief Luft und nickte. „Du weißt, Damian ist ein Junge mit vielen Problemen. Er benötigt intensive Betreuung", versuchte Breuer es noch einmal in aller Ruhe.

„Ach tatsächlich, Aaron? Hast du denn geregelte Arbeitszeiten? Wie sieht es aus, wenn du an einem Fall arbeitest?", erwiderte Eric.

Breuer blickte zu Boden und schluckte seine Enttäuschung hinunter. Wenn er an einem Fall arbeitete, konnte er froh sein, wenn er genug Zeit zum Schlafen bekam. Er war dann rund um die Uhr im Einsatz. Zu jeder Tages- und Nachtzeit erreichbar. Seine ganze Konzentration war dann auf die Lösung des Falles gerichtet. Eine Tatsache, an der letztendlich seine Ehe gescheitert war. Breuer wusste das. Und Eric wusste es auch.

Eric lehnte sich vor. „Aaron, ich weiß, du magst den Jungen sehr. Aber du würdest ihm keinen Gefallen damit tun, ihn aufzunehmen. Damian würde nur wieder zur Seite geschoben und müsste seine Bedürfnisse hinten anstellen. Du kannst ihn nicht so lange alleine lassen. Dafür ist der Junge zu kaputt. Er braucht intensive Betreuung."

Breuer raufte sich die Haare und sank in sich zusammen. „Kannst du mir versprechen, dass er die bekommen wird? Dass er nicht von einer Pflegefamilie zur nächsten geschoben wird oder in einem Kinderheim landet?"

„Nein, versprechen kann ich da leider nichts. Ich werde alles mir Mögliche tun, damit er gut unterkommt. Aber dir kann ich den Jungen leider nicht überlassen. Wenn du verheiratet wärst ... aber so. Tut mir leid, mein Freund. Da ist nichts zu machen."

Kapitel 46

Juli 2015

Vier Tage mussten Damian und Breuer im Krankenhaus verbringen. Breuer rief bei seiner Vermieterin an. Die alte Frau sollte sich keine Sorgen machen, wenn er plötzlich nicht mehr nach Hause kam und er bat sie, seinen Hund Jack zu versorgen. Sie bestand darauf, ihm die wichtigsten Dinge ins Krankenhaus zu bringen und so gab er ihr eine kleine Liste durch.

Schon am nächsten Morgen stand sie vor seinem Bett. Ein kleines Nachziehköfferchen in der Hand und vor Anstrengung und Aufregung ganz außer Atem.

Breuer bestand darauf, ihr das Taxigeld zu ersetzen und nach einer kurzen Diskussion darüber gab sie schließlich nach und nahm das Geld. Es schloss sich ein verlegenes Schweigen an. Annie schaute sich in dem Zweibettzimmer um. Ihr Blick blieb an dem schlafenden Damian hängen. „Da soll mich doch der Teufel holen. Ist das nicht dein Junge? Dieser Damian?"

Breuer blieb einen Moment der Mund offen stehen.

„Woher...? Wie konntest du ihn erkennen? Er hat sich doch so sehr verändert?", fragte er.

„Papperlapapp. Er sieht noch genauso aus wie früher. Nur erwachsener ist er geworden und nicht mehr so schrecklich hager."

Breuer schaute auf das schlafende Gesicht seines jungen Kollegen. Die Haare vom Liegen leicht zerzaust, das Krankenhausnachthemd ließ ihn seltsam verletzlich wirken. Annie hatte recht. Wenn man nicht durch den teuren Designeranzug und die perfekte Aufmachung geblendet wurde, war tatsächlich der Junge in diesem Mann deutlich sichtbar. Wieso war ihm das zuvor nicht aufgefallen?

„Warum hast du ihn damals nur gehen lassen, Aaron? Er hat dir gutgetan. Hat dich aus deinem Schneckenhaus geholt, in das du dich seit deiner Scheidung verkrochen hattest. Ihr habt euch gegenseitig gutgetan."

„Ich hatte keine Wahl, Annie. Ich habe beim Jugendamt nachgefragt. Keine Chance, dass jemand wie ich, alleinstehend und mit solchen Arbeitszeiten, ein Kind zur Vollzeitpflege oder gar zur Adoption bekommt."

„Aber warum bist du nicht mit ihm in Kontakt geblieben? Er hätte dich in den Ferien besucht und wäre später in eine der Wohnungen in diesem neuen Haus gezogen. Du weißt schon: Das am Ende der Straße."

Breuer seufzte und zuckte mit den Schultern. „Hätte, wäre, wenn. Es nutzt ja nichts. Die Chance dazu ist vertan."

Annie schüttelte den Kopf und stand auf. „Wenn du den Rat einer alten Frau annehmen willst, die genau weiß, wie übel einem das Leben eine vertane Chance nehmen kann, dann lass dir Folgendes gesagt sein: Bring das in Ordnung! Und zwar sofort."

Sie ging zur Tür und drehte sich noch einmal um. „Auf der Stelle, Aaron. Jetzt. Los."

Damit schloss sie die Tür hinter sich und ließ einen nachdenklichen Aaron Breuer zurück. Er vergewisserte sich, dass Damian noch schlief, und durchwühlte dann den kleinen Koffer. Hoffentlich hatte Annie sie gefunden und eingepackt. Ja, da war sie. Er holte eine kleine Holzschatulle heraus und fuhr mit den Fingern vorsichtig über die feinen Schnitzereien. Sie war verschlossen, aber mit einem kleinen Schlüssel aus seinem Schlüsselbund ließ sie sich öffnen. Behutsam nahm er den Inhalt heraus. Ein kleiner Stapel mit Briefen. Jeder Einzelne von ihnen mit Damians kleiner Handschrift beschrieben und ungeöffnet. Er nahm den untersten Brief und drehte ihn langsam in seiner Hand. Betrachtete ihn von allen Seiten, bevor er sein kleines Taschenmesser aufklappte und ihn sauber öffnete. Er nahm den Brief heraus, schloss kurz die Augen, bevor er zu lesen begann.

Lieber Herr Breuer,
wie geht es Ihnen, Ihrem Hund Eastwood, Ihrer Vermieterin, Frau Weber, und Dr. Sommer? Ich bin in einer Pflegefamilie in Saarbrücken untergekommen. Die Möllers scheinen ganz ok zu sein, wenn sie in manchen Belangen auch recht komisch sind. So haben sie mir verboten, meine Zimmertür zu schließen. Selbst nachts muss sie offenbleiben. Sie wollen so

wohl verhindern, dass ich heimlich wieder mit den Drogen anfange. Die haben da absolut kein Vertrauen in mich. Dabei ist diese Maßnahme total unnötig. Nicht nur, weil ich geschworen habe, die Finger von dem Zeug zu lassen. Wenn ich wirklich einen Rückfall hätte, würde ich auch so eine Möglichkeit finden, mir einen Schuss zu setzen. Offene Zimmertür hin oder her. Aber so kann ich vor denen natürlich nicht argumentieren. Sonst muss ich in Zukunft noch die Klotür beim Pinkeln offenlassen. Können Sie nicht mal mit denen reden? Ich fühle mich total beobachtet. Finde keine Ruhe mehr. Sogar nachts wache ich auf, weil ich das Gefühl habe, jemand schleicht sich an mich heran. Meistens ist niemand da, wenn ich aus dem Schlaf aufschrecke. Aber einmal hat Herr Möller tatsächlich im Türrahmen gestanden. Mir ist ganz komisch geworden. Was steht der da und glotzt mich beim Schlafen an. Den Rest der Nacht lag ich wach. Dafür wäre ich am nächsten Tag beinahe in Mathe eingepennt.

Bitte reden Sie mal mit denen. Wenn ich wenigstens nachts die Türe schließen dürfte ... Verstehen Sie mich bitte richtig: Ich halte mich an Ihren Rat und versuche wirklich, dass es funktioniert.

Auf der Rückseite dieses Briefes habe ich die Anschrift und die Telefonnummer notiert. Wenn Sie nicht mit

den Möllers reden möchten, verstehe ich das. Aber wir
können uns vielleicht mal unterhalten. Das wäre toll.

Mit freundlichen Grüßen
Damian Johannsson

Breuer faltete den Brief zusammen und steckte ihn
wieder in das Kuvert. Verdammt. Warum hatte er den
Brief damals nur nicht gelesen? Klar, er wollte
Damian die Möglichkeit geben, mit seiner neuen Pflegefamilie eine enge Bindung einzugehen. Aber hätte
es wirklich geschadet, dem Jungen eine zweite
Anlaufstelle zu bieten? Einen Platz, an dem er sich
alles mal von der Seele reden konnte, Ratschläge
bekommen konnte? Wahrscheinlich nicht. Wahrscheinlich wäre das sogar eine verdammt gute Lösung
gewesen.
Die Wahrheit war: Er hatte damals nicht Damian
schützen wollen, sondern sich selbst. Der Junge war
wie ein Sohn für ihn geworden und er selber hatte sich
in der Rolle des Vaters gefallen. Es hatte so weh
getan, Damian wieder weggeben zu müssen. Er wollte
das nicht immer wieder durchmachen.
Was er vor sich und anderen als das Beste für Damian
ausgegeben hatte, war in Wirklichkeit reiner Egoismus
gewesen. Diese Erkenntnis war ein schwer verdauli-
cher Brocken. So sah er sich selber normalerweise

nicht. Mit klammen Fingern nahm er den zweiten Brief.

Lieber Herr Breuer,

leider habe ich keine Antwort von Ihnen bekommen. Vielleicht ist der Brief ja verloren gegangen. Ich hoffe, Ihnen und den anderen geht es gut.

Obwohl ich mich bemühe, mit meiner Pflegefamilie klar zu kommen, scheint die Situation langsam aber sicher zu eskalieren. Ich kann mit offener Tür einfach nicht schlafen und wenn ich sie schließe, machen die Möllers einen riesen Stress. Wir schreien uns deshalb schon regelmäßig an.

Ich weiß: Sie würden sagen, ich solle wegen einer solchen Kleinigkeit nicht alles aufs Spiel setzen. Aber das geht wirklich nicht. Ich bin psychisch irgendwie total fertig. Jetzt meint sogar der kleine Pimpf, der Sohn von den Möllers, schon, mir Vorschriften machen zu können. Letztens ist mir der Geduldsfaden geplatzt und ich hab ihn aus meinem Zimmer geschubst. Der hat daraufhin losgeheult und so getan, als hätte ich ihn beinahe umgebracht. Die Eltern haben sich gar nicht um meine Version gekümmert, da man mir als ehemaligem Drogenabhängigen doch so und so nichts glauben kann. Sie haben mir gedroht, mich ins Heim zu geben, sollte so etwas noch mal vorkommen. Der Pimpf hat mich hinter dem Rücken seiner Eltern so richtig schadenfroh angegrinst. Am liebsten hätt' ich ihm mal wirklich eine reingehauen. Seitdem versucht er, mich zu provozieren. Ich weiß echt nicht mehr, wie lange das gut geht. Bitte können wir mal miteinander reden? Sie müssen ja nicht mit den Möllers sprechen. Ich würde nur gerne mal Ihre Meinung zu der Situation hören und vielleicht haben Sie ja einen Rat für mich.

Wie auch schon im letzten Brief, habe ich die Anschrift und die Telefonnummer auf die Rückseite des Briefes geschrieben.

Mit freundlichen Grüßen
Damian Johannsson

Breuer fuhr sich über sein Gesicht. Verdammt. Was hatte er da nur angerichtet. Schnell nahm er den letzten Brief. Bitte lass alles gut ausgegangen sein, dachte er.

Sehr geehrter Herr Breuer,
ich weiß, Sie wollen nichts mehr mit mir zu tun haben. Was nehme ich mir auch heraus, um ein Gespräch mit Ihnen zu bitten? Das war zu viel verlangt und dafür möchte ich mich entschuldigen. Ich dachte nur ... da Sie in den sechzehn Wochen so gut zu mir waren und sich so sehr um mich bemüht hatten, dass Ihnen etwas an mir liegt. Mein Fehler. Wem sollte schon etwas an mir liegen? Nicht einmal meinen Eltern hat etwas an mir gelegen.

Ich bin nicht mehr bei den Möllers. Sie haben mich ins Heim abgeschoben. Keine Ahnung, was jetzt wird und wie lange ich hierbleibe. Ein paar Tage, ein paar Wochen, bis ich volljährig bin? Auf die Rückseite des Briefes habe ich die Adresse und die Telefonnummer des Heimes geschrieben. Keine Sorge: Ich erwarte keine Antwort.

Dies ist der letzte Brief, den Sie von mir erhalten werden. Ich wollte Ihnen nur noch einmal danken. Sie haben mir sehr geholfen. Mich wahrscheinlich sogar gerettet. Vor dem Tod oder zumindest einem Leben in der Gosse. Das hat Sie sehr viel Zeit und Energie gekostet und wohl auch eine Stange Geld für die Behandlung und meine Unterbringung und so. Dennoch haben Sie mir nie das Gefühl gegeben, eine Last zu sein. Ich wollte Ihnen versichern, dass ich Ihr Bemühen und Ihren Einsatz niemals vergessen werde. Ich werde versuchen, mein Leben so zu leben, dass Sie stolz auf mich sein können. Ich werde die Schule beenden und studieren. Ich werde einen Beruf ergreifen und meinem Leben einen Sinn geben. Vielen Dank.

Mit freundlichen Grüßen
Damian Johannsson

Scheiße. Er hatte es offiziell vermasselt. Hatte er nicht damals in Damians heruntergekommenem Kinderzimmer auf dem Boden gesessen, die alten Tagebucheinträge eines kleinen, verängstigten Jungen gelesen und sich so sehr gewünscht, in der Zeit zurückgehen zu können, um zu helfen? Um dieses Kind zu retten? Nun, das Schicksal hatte ihm noch eine Chance gegeben, zu helfen. Aber weil es nicht so gelaufen war, wie Breuer es sich vorgestellt hatte, hatte er diese Chance vertan. Er hatte den Jungen im Stich gelassen.

Wem sollte schon etwas an mir liegen?

Dieser Satz aus dem Brief zerriss förmlich Breuers Seele. In den sechzehn Wochen, in denen Damian bei ihm gelebt hatte, hatte er sich so sehr bemüht, dem Jungen das Gefühl zu geben, gewollt zu sein. Er hatte gesehen, wie Damian anfing, daran zu glauben. Zu hoffen. Und dann hatte er das alles wieder kaputt gemacht. Aus reinem Egoismus. Und dabei hatte er noch ein Märtyrer-Gesicht aufgesetzt und behauptet, dass alles sei zu Damians Bestem. Er hatte sich selbst belogen. Doch nun sah er klar und was er sah, gefiel ihm gar nicht.

Damian stöhnte, wälzte sich hin und her, bevor er die Augen aufriss und in die Höhe schoss. Erst langsam schien er zu begreifen, wo er sich befand. Als sein Blick auf Breuer fiel, der ihn besorgt musterte, lief er rot an. Sofort wandte Damian den Blick ab und ordnete seine Decke. Als er den Blick wieder hob, bemerkte er die Holzschatulle auf Breuers Bettdecke und die Briefe in seiner Hand.

„Annie war da und hat mir ein paar Sachen gebracht“, sagte Breuer.

„Du bewahrst deine Post in einem Holzkasten auf?“, fragte Damian. „Nein, das ist nicht ... Das sind alte Briefe.“

„Du lässt dir alte Briefe ins Krankenhaus bringen?“, Damian grinste. „Liebesbriefe?“, vermutete er.

Breuer lachte auf. „Vom wem sollte ich wohl Liebesbriefe bekommen?“

„Oh, da gibt es doch bestimmt die ein oder andere. Zum Beispiel Doc Sommer?“

Breuer spürte, wie nun ihm das Blut ins Gesicht schoss. Mit einem Mal fand er es sehr heiß in diesem Zimmer. „Doc Sommer? Wie kommst du nur auf die Idee?“, fragte er.

Damian stellte das Kopfteil seines Bettes hoch und lehnte sich genüsslich zurück. „Na ja, es knistert ja jedes Mal förmlich, wenn ihr euch begegnet.“

„Quatsch. Da knistert gar nichts“, gab Breuer barsch zurück und schaute auf die Briefe in seiner Hand. „Nein, das sind die Briefe, die ich damals von dir erhalten habe.“

Damian versteifte sich sichtlich. „Oh. Zum einen bin ich doch sehr verwundert, dass du sie noch hast. Zum anderen: Wozu hast du sie herbringen lassen?“, fragte Damian kühl.

Breuer seufzte. „Ich hatte sie bisher noch nicht geöffnet.“

Damian schnaubte. „Warum dann aufheben, wenn sie es nicht einmal wert waren, sie zu lesen?"

„Sie waren mir sehr viel wert. Zu viel, um sie lesen zu können", sagte Breuer.

Damian runzelte die Stirn. „Das verstehe ich nicht. Aber ist ja auch egal. Vorbei ist vorbei."

„Nein, es ist nicht egal, Damian. Wir müssen dringend reden."

Damian verschränkte die Hände vor seiner Brust. „Das ist irgendwie zu einem Standardsatz von dir geworden."

Breuer seufzte erneut und fuhr sich über den Bart. „Ich hatte mir immer Kinder gewünscht. Doch irgendwie hat es sich nie ergeben und als meine Frau sich von mir scheiden ließ, dachte ich, dieser Traum würde für mich niemals in Erfüllung gehen. Immerhin war ich kein junger Mann mehr und bei meinen Arbeitszeiten bezweifelte ich, so schnell noch einmal eine neue Liebe kennenzulernen. Und dann kamst du."

Breuer lächelte bei dem Gedanken. Damian schaute ihn mit großen Augen an, schwieg aber weiterhin.

„Du warst so ein liebenswürdiges Kind", fuhr Breuer fort.

Damian lachte auf. „Liebenswürdig? Du meinst wohl schwierig, problembeladen, süchtig, kaputt ..."

„Ja, und liebenswürdig. Dich aufzunehmen sollte nur eine kurzfristige Hilfestellung sein, doch schon nach kurzer Zeit konnte ich mir ein Leben ohne dich nicht mehr vorstellen. Du warst für mich der Sohn, den ich niemals hatte, und ich gefiel mir in der Vaterrolle."

Breuer schluckte heftig. Verdammt, war das schwer. Mit rauer Stimme fuhr er fort: „Ich war beim Jugendamt. Ich wollte dich adoptieren oder wenn das nicht ging, zumindest die Pflege übernehmen, bis du volljährig wärst. Doch sie sagten nein. Ich versuchte sie zu überzeugen, aber keine Chance. Ich war ledig und du kennst unsere Arbeitszeiten. Beides alleine schon ein Grund für eine Ablehnung. Ich war am Boden zerstört. Gerade weil ich wusste, dass du dich auch schon an mich gewöhnt hattest. Mir dein Vertrauen geschenkt hattest."

Breuer nahm eine Bewegung wahr und warf Damian einen Blick zu. Dieser saß nun aufrecht im Schneidersitz auf seinem Bett. Die Arme, die er zuvor fest vor seiner Brust verschränkt hatte, waren auf seine Decke gesunken. Fast schon eine meditative Körperhaltung. Doch sein Gesicht war alles andere als entspannt. Mit weit aufgerissenen Augen und offenem Mund starrte er ihn an. „Du wolltest mich adoptieren?" Seine Stimme war rau und kaum zu hören.

Breuer schluckte. Es war schwer zu ertragen. Er sah die Bewunderung und sogar Zuneigung in Damians Blick und wusste, dass er sie direkt wieder zerstören würde. Doch Damian musste wissen, warum er die Briefe nicht gelesen hatte. Warum er ihm nicht geholfen hatte.

Musste er das?

Ja. Der Junge hatte ein Recht auf die Wahrheit. Das war er ihm schuldig. Er schloss für einen Moment die Augen und sammelte all seinen Mut.

„Beim Jugendamt sagte man mir, sie hätten eine gute Pflegefamilie für dich gefunden. Ich dachte, es sei das Beste, dir die Möglichkeit zu geben, dich ganz auf diese neue Familie einzulassen und dass ich dabei nur stören würde. Auch als deine Briefe kamen, sagte ich mir das. Denn was, wenn du mit deinen Problemen zu mir anstatt zu ihnen kommen würdest. Hätte ich dir dann nicht die Möglichkeit genommen, mit diesen Leuten zu einem Vertrauensverhältnis zu kommen, wie du es mit mir hattest? Bei jedem Brief sagte ich mir das wieder und wieder. Ich wusste jedoch, dass ich diesen Vorsatz nicht durchhalten würde, wenn ich erst einmal deine Worte an mich gelesen hätte. Deshalb blieben die Briefe zu. Weil ich nicht stark genug war, mich nicht einzumischen. Aber sie waren mir dennoch unendlich wertvoll und ich hätte es niemals fertiggebracht, sie wegzuschmeißen. Selbst nach all den Jahren nicht."

Damian nickte verständnisvoll. Er würde diese Version glauben, verstehen. Breuer käme damit gut weg. Aber das war nun mal nicht die Wahrheit. Auch wenn er es selber bis vor Kurzem noch geglaubt hatte. Er atmete noch einmal tief durch. Ein Atemzug, der sich ganz wie ein Stöhnen anhörte.

„Was ich mir nicht eingestehen wollte, war, dass ich nicht dich, sondern nur mich schützen wollte. Jeder Kontakt zu dir hätte mich an meinen Verlust erinnert und das tat einfach zu weh. Es war purer Egoismus." Breuer stützte das Gesicht in seine zitternden Hände. Jetzt war es gesagt. Er hörte das schwere Klopfen seines Herzens, die entfernten Stimmen hinter der geschlossenen Zimmertür. Nur von Damian hörte er nichts. Kein Wort, kein Räuspern, kein Rascheln. Nichts.

Wie schwer es war, die Hände sinken zu lassen und sich der harten Realität zu stellen.

Langsam schaute er zu Damian hinüber. Dieser starrte ins Leere, bis plötzlich die Augen wieder ins Hier und Jetzt zurückfanden. Er sah Breuer an. „Du wolltest mich adoptieren!"

Breuer blinzelte zweimal. „Hast du gehört, was ich danach noch gesagt habe? Ich habe dein Vertrauen verraten. Aus blinder Ichbezogenheit."

„Ja, aber du wolltest mich adoptieren. Das ist, als ob du Erich von Däniken den endgültigen Beweis in die Hand drückst, dass die Außerirdischen tatsächlich schon die Erde besucht haben. Was danach kommt, ist egal."

Breuer musste schmunzeln. „Gut. Lass dir dennoch gesagt sein, wie leid es mir tut, dich im Stich gelassen zu haben."

Damian schürzte die Lippen und nickte.

„Was hatte dich nach Hessen verschlagen?", wechselte Breuer das Thema.

Damian sah ihn fragend an.

„In deiner Akte habe ich gelesen, dass du dein Studium und die ersten Jahre im Beruf dort verbracht hast", erläuterte Breuer seine Frage.

„Ich konnte ein paar Klassen überspringen und habe mein Abi schon mit 17 gemacht. Mich hat die Verlockung des großen Geldes gepackt und so habe ich nach einem Studium an der DAA zwei Jahre als Versicherungsmathematiker in Frankfurt gearbeitet."

Breuer lachte. „Die Verlockung des großen Geldes? Was verdient man denn so als Versicherungsmathematiker?"

„So um die 69.000 Euro im Jahr."

Breuer starrte ihn mit offenem Mund an.

„Bist du bescheuert? So eine Stelle gibt man doch nicht auf?", brach es aus ihm heraus.

Damian zuckte mit den Schultern. „Es wurde langweilig mit der Zeit. Du weißt, dass mein Hirn ständig gefordert werden muss. Sonst komm ich nur auf dumme Gedanken."

„Aber 69.000 Euro?" Breuer schüttelte den Kopf. „Du bist verrückt, Damian Johannsson. Total verrückt."

Die vier Tage im Krankenhaus gaben Damian und Breuer genug Zeit, die verschiedensten Theorien durchzugehen, wer denn der Fährmann sein könnte. Da Elisabeth Stubbe ausgeschlossen werden konnte, war der einzige Schnittpunkt der Männer das Musiker-milieu. Es musste irgendwie damit zusammenhängen.

Das restliche Team kam täglich ins Krankenhaus zu einer Lagebesprechung.

„Wisst ihr noch, die reiche Erbtante vom Schmied?", fragte Dirk.

„Was ist mit ihr?", wollte Breuer wissen.

„Es existiert keine Erbtante. Noch nicht einmal eine normale Tante. Nichts", informierte sie Dirk.

„Aber woher hat der Schmied dann das ganze Geld?", wollte Damian wissen.

„Keine Ahnung, aber ich hab mal gecheckt, um welchen Betrag es hier geht", sagte Momo und legte eine Pause ein. Alle lehnten sich gespannt nach vorne.

„Im Laufe von zwei Jahren hat er auf verschiedene Konten Bareinzahlungen von insgesamt 750.000 Euro getätigt. Davor und danach gab es keine solchen Einzahlungen mehr."

Damian parkte seinen Wagen in seiner Auffahrt und stieg aus. Seine Lunge brannte noch immer. Die Tage im Krankenhaus hatten ihn müde und träge werden lassen, aber Damian war zuversichtlich, das zu Hause schnell wieder in den Griff zu bekommen. Dennoch konnte er diesen Tagen etwas Positives abgewinnen. Die Aussprache mit Breuer hatte gutgetan und war ihm sehr wichtig.

Er sah Sarah in ihrem Garten arbeiten. Kurz zögerte er, dann trat er zum Zaun. „Hallo, Sarah."

Sie richtete sich auf und pustete sich eine widerspenstige Strähne aus dem Gesicht. Mein Gott, war sie hinreißend. Selbst die dreckige Schlabberhose und erdigen Hände konnten dem keinen Abbruch tun. Er konnte den Blick nicht von ihr abwenden. Ihre Wangen waren vor Anstrengung gerötet. Ein leichter Schweißfilm bedeckte ihr Gesicht. Dieser Anblick erinnerte Damian an eine andere Situation. Mit wesentlich weniger Erde und mehr Bettlaken.

„Du warst einige Tage nicht zu Hause. Hattest du Urlaub?", fragte sie.

Es war ihr aufgefallen. Das hieß doch: Sie hatte darauf geachtet, und das hieß wiederum: Er war ihr nicht egal. Trotz ihrer Trennung.

„Mieses Essen, durchgelegene Matratzen und zu viele Störungen, um des Nachts gescheit schlafen zu können. Hört sich nach so manchem Touristenhotel an, war aber leider nur das Krankenhaus."

„Das Krankenhaus? Was ist passiert, Damian?" Sarah musterte ihn mit besorgtem Blick von oben bis unten.

Das fühlte sich gut an. Dass es da jemanden gab, dem man wichtig war. Er verspürte den unwiderstehlichen Drang, sie in den Arm zu nehmen. Die Nase in ihren Haaren zu vergraben. Er liebte Sarah McGregor. Das war ihm inzwischen klar. Und er würde darum kämpfen, sie wieder zu gewinnen. Mit Tochter und allem Drum und Dran.

„Ich hatte eine schwere Rauchvergiftung. Eine lange Geschichte. Darf ich sie dir bei einer Tasse Kaffee erzählen?", fragte er.

Sarah überlegte einen Augenblick. Einen Augenblick, in dem er nicht zu atmen wagte. Dann nickte sie. „Gerne. Bei dir oder bei mir?"

Kapitel 47

Damian klopfte an und betrat Breuers Büro im Präsidium. „Guten Morgen, Chef."

Breuer blickte ihn an. „Nanu? Freust du dich so, wieder arbeiten zu dürfen, oder warum trägst du dieses breite Grinsen mit dir herum?"

Damian lachte. „Nein, nein. Es ist was Privates."

Breuer legte lächelnd den Stift beiseite und faltete die Hände vor sich auf dem Tisch. „Ah, was Privates. Ich höre."

Damian überlegte einen Augenblick. Sollte er wirklich über sein Privatleben mit seinem Chef sprechen? War das nicht unangebracht? Aber das schien hier in der Truppe dazuzugehören. Er hatte schon öfters mitbekommen, wie sich die anderen über ihr Privatleben unterhielten. Außerdem fühlte er sich Breuer sehr viel näher, seit dessen Bekenntnis, dass er ihn hatte adoptieren wollen. Das war ja schon fast so was wie Familie. Er schaute in Breuers belustigt glitzernde Augen.

„Es geht um eine Frau", tastete er sich vor.

Breuer nickte ihm aufmunternd zu.

„Sie heißt Sarah McGregor und ist einfach hinreißend und tatsächlich, man glaubt es kaum, in mich verliebt."

„Aha. Das ist doch die Nachbarin. Nicht wahr?"

Damian nickte verwundert. Woher wusste Breuer das schon wieder?

„Ich hätte beinahe alles vermasselt. Doch gestern konnte ich den Schlamassel wieder ausbügeln. Es ist wieder alles in Ordnung zwischen Sarah und mir."

„Das freut mich, mein Junge."

Damian blickte verlegen zu Boden. Schnell wechselte er das Thema. „Wo soll ich anfangen?"

Breuer winkte ihn zu sich herüber und deutete auf den Computer. „Ich gehe gerade der Frage nach, woher die 750.000 Euro von Karl Schmied kamen."

„Und?"

„Es gibt keine Erklärung dafür. Vor 15 Jahren hat das mit den Bareinzahlungen angefangen. Die Beträge gerade so hoch, dass die Banken keine Fragen stellen, und es wurde auf mehrere Konten verteilt. Zwei Jahre später haben die Einzahlungen wieder aufgehört. Woher das Geld gekommen ist ...?" Breuer zuckte mit den Achseln.

„Hast du dir mal die Häuser und Grundstücke von Josef Eifler und Georg Schreiner angesehen? Die dürften auch weit über deren Gehaltsklasse liegen."

Breuer nickte zustimmend. „Und Otto Glaser?", fragte er. „Wenn die etwas gedreht haben, um an so viel Kohle zu gelangen, wo ist dann sein Anteil?"

„Mit seiner Wettsucht verspielt", tippte Damian.

„Aber selbst, wenn die damals vor 15 Jahren was Krummes gedreht hatten. Wer will ihnen dann jetzt noch an den Kragen?", überlegte Breuer.

„Lass uns mal schauen, was um diese Zeit noch so passiert ist", schlug Damian vor.

Nach drei Stunden kam er wieder in Breuers Büro. „Ich glaub, ich hab da was", sagte er.

Breuer blickte auf.

„Hier, kurz bevor Karl Schmied seine angebliche Erbschaft erhielt, wurde in Saarbrücken ein Schmuckdesigner ausgeraubt. Es wurden Diamanten im Wert von drei Millionen Euro gestohlen. Und drei Millionen durch vier ergibt 750.000. Genau die Summe, die Karl Schmied angeblich geerbt hat", sagte Damian.

Breuer sah sich die Akte an. „Aber hier steht etwas von einem Täter. Müssten es dann nicht vier gewesen sein?", hakte Breuer nach. Dann rief er ebenfalls eine Akte im Computer auf. „Sieh dir das mal an. Auch zu eben dieser Zeit: Dieter Lech überfährt den Kleinkriminellen Lothar Spät, genannt ‚die Kralle'. Und zwar gleich dreimal. Er wird wegen Mordes verurteilt und kam erst vor vier Wochen wegen guter Führung wieder auf freien Fuß", sagte Breuer.

„Dieter Lech? Das ist doch der neue Klarinettist aus Josef Eiflers Blasorchester", stellte Damian fest.

„Eben. Das kann kein Zufall sein", meinte Breuer.

„Aber wie gehören die drei Fälle jetzt zusammen? Ich blick da noch nicht ganz durch", gestand Damian. „Ist Dieter Lech der Fährmann?"

„Ich denke schon. Ich weiß nur noch nicht, warum? Es wird Zeit, noch einmal mit Georg Schreiner zu sprechen. Ich bekam eben einen Anruf aus dem Krankenhaus. Er ist jetzt vernehmungsfähig", sagte Breuer und schnappte sich seine Jacke.

Kapitel 48

Georg Schreiner hatte ein Einzelzimmer, vor dem eine Polizeiwache stand. Da der Fährmann noch immer auf freiem Fuß war, musste mit allem gerechnet werden.

Schreiner lag im Bett, die bandagierten Arme fixiert, sodass er nicht in Versuchung kam, die verbrannte Haut dort zu belasten oder sich zu kratzen. Der verbundene Kopf gab ihm das Aussehen einer Mumie. Nur die milchig weißen Augen und der Mund waren unbedeckt. Eine Nasenkanüle schaute unter den Lagen an Stoff hervor. Die Augen waren durch die große Hitze des Feuers unwiderruflich erblindet. Eine langwierige Behandlung stand dem Mann bevor. Doch auch sie konnte keine Wunder vollbringen. Es blieben Narben und Entstellungen. Schreiner stand unter Schmerzmitteln und würde wohl bis zum Ende seines Lebens darauf angewiesen sein. Wenn auch nicht in dieser hohen Dosierung, wie im Moment.

„Hallo, Herr Schreiner. Wir sind es: Kriminalhauptkommissar Aaron Breuer und Kriminalkommissar Damian Johannsson. Ich möchte mit Ihnen noch einmal über die Identität des Fährmanns reden", begrüßte Breuer den blinden Mann.

„Ich möchte nicht darüber sprechen", kam die matte Antwort von Georg Schreiner.

„Wir wissen inzwischen, dass Dieter Lech der Fährmann ist", wagte Breuer sich vor.

Schreiners Kopf ruckte zu Breuer herum. Die blinden Augen weit aufgerissen. Er sagte nichts.

„Wir haben schon alles herausgefunden. Dieter Lech, Lothar Spät, die Diamanten im Wert von drei Millionen Euro ... Wieso erzählen Sie uns nicht Ihre Version?"

Georg Schreiner stöhnte auf. „Wie haben Sie es herausgefunden?", fragte er mit brüchiger Stimme.

„Das ist unser Job, Herr Schreiner. Ein volles Geständnis kann sich strafmildernd auswirken. Sie sollten diese Chance nutzen", drängte Breuer weiter. Es war wichtig, den Fährmann zu schnappen. Breuer kannte sich mit Verbrechern aus. Er kannte sich mit Mördern aus. Der Fährmann würde nicht mit dem Töten aufhören, selbst wenn seine Mission erfüllt war. Solche Serientäter hörten in der Regel nie auf. Das Töten wurde zu einer Sucht. Einem Zwang. Diese Monster konnte nur eine Verhaftung oder der Tod stoppen.

„Also gut. In meiner Situation habe ich wohl nichts mehr zu verlieren." Georg Schreiners Stimme war kaum zu hören. „Es begann vor 15 Jahren. Wir spielten in unserer Freizeit Darts und nannten uns die Singenden Pfeile. Karl Schmied, Josef Eifler, Dieter Lech, Otto Glaser und ich. Uns verband nicht nur die Liebe zum Dartspiel, nein, wir waren auch alle Musiker, auf die eine oder andere Weise. Manche betrieben die

Musik professionell, wie Karl, für andere war sie ein reines Hobby. Aber diese zwei Bereiche des Lebens verbanden uns einfach. Auch wenn wir ansonsten sehr unterschiedliche Charaktere waren. Eines Abends waren wir wieder in unserem Stammlokal. Eine Bar, in der ehrlich gesagt eine Menge zwielichtiger Gestalten herumliefen. Einer von ihnen nannte sich die Kralle. Mit richtigem Name hieß er Lothar Spät. Als wir eintrafen, war er bereits hacke dicht. Vollkommen betrunken prahlte er damit, den ganz großen Coup gelandet zu haben. Er hätte einen Schmuckheini, wie er ihn nannte, um Diamanten im Wert von drei Millionen Euro erleichtert. So richtig ernst nahm ihn niemand. Wir hatten inzwischen auch schon einiges intus. Alle, außer Dieter. Er war für diesen Abend der Fahrer. Da scherzte Otto: Wenn der Kerl wirklich drei Millionen schwer ist, sollten wir ihn nach Hause begleiten und uns das Geld schnappen. So betrunken wie der ist, wird er es noch nicht einmal mitbekommen.

Es war scherzhaft so dahin gesagt, doch die Idee ließ uns nicht mehr los. Warum nicht? Der Kerl war doch nur ein Krimineller. Geschah ihm doch recht, wenn er selber überfallen würde. Damit kein Verdacht auf uns fiel, verließen wir die Bar und warteten an einer Ecke auf Lothar Spät. Nach einer halben Stunde kam er tatsächlich aus der Bar gewankt. Wir verfolgten ihn unbemerkt bis vor seine Wohnungstür. Dort überwältigten wir ihn."

Georg Schreiners Stimme erstarb.

„Erzählen Sie weiter, Herr Schreiner. Wir wissen bereits, was mit Lothar Spät geschehen ist", ermutigte Breuer ihn.

„Würden Sie mir einen Schluck Wasser reichen?", bat Schreiner.

Damian nahm das Wasserglas von Georg Schreiners Nachttisch und hielt es so, dass Schreiner aus dem Strohhalm trinken konnte. Danach ließ sich der alte Mann in sein Kissen zurücksinken und fuhr fort:

„Wir schleppten Kralle in seine Wohnung und versuchten das Versteck der Diamanten aus ihm herauszuprügeln. Tatsächlich verriet er uns nach kurzer Zeit, wo sie lagen." Schreiner lachte humorlos auf.

„In der Sockenschublade waren sie. Die schönsten Steine, die ich jemals gesehen habe. Dieter war inzwischen zurück zur Bar gelaufen, um sein Auto zu holen. Als wir die Wohnung verließen, stand er schon mit laufendem Motor vor der Tür. Doch die Kralle hatte sich wieder aufgerappelt und folgte uns."

Schreiner schluckte ein paarmal hart. Damian reichte ihm noch einmal das Wasser. Nach einigen gierigen Schlucken sprach Schreiner weiter:

„Es war ein Unfall. Wir stiegen schnell ein und Dieter drückte das Gaspedal durch und plötzlich stand die Kralle direkt vor uns auf der Straße. Dieter konnte gar nicht mehr rechtzeitig bremsen. Auf einen Schlag waren wir alle wieder nüchtern. Wir hatten einen

Menschen überfahren! Oh Gott." Schreiner schluchzte auf. „Das hatten wir nicht gewollt. Panik brach aus. Wir schrien alle durcheinander, was wir jetzt tun sollten. Da bewegte sich die Kralle. Es sah so surreal aus. Diese verdrehte Gestalt mit den ungewöhnlich oft geknickten Armen und Beinen bewegte sich. Zuckte hin und her. Das gab Dieter den Rest. *Ich will nicht ins Gefängnis. Dafür lass ich mich nicht einbuchten!*, schrie er. Er legte den Rückwärtsgang ein und überfuhr die Kralle noch einmal, um ihn zum Schweigen zu bringen. Und nur zur Sicherheit noch ein drittes Mal bei der endgültigen Flucht.

Noch bevor wir die Diamanten veräußern konnten, wurde Dieter verhaftet. Er hatte sein Auto in die Werkstatt gegeben und gesagt, es sei ein Wildschaden gewesen. Doch die Polizei hatte die Werkstätten schon alarmiert. Dieter verriet nicht, dass er nicht alleine im Wagen gesessen hatte. Die Polizei zog keine Verbindung zu dem Diamantenraub. Er wurde wegen Mordes verurteilt."

„Dieter Lech ging also ins Gefängnis. Und als die Beute verteilt wurde, übergingen Sie ihn einfach. Sie teilten das Geld durch vier und vergaßen ihn", sagte Damian.

„Tja, wir dachten, wenn er entlassen wird, bekommen wir seinen Anteil schon noch zusammen. Falls er überhaupt noch einmal rauskommt. Doch dann waren 15 Jahre um und er ist wegen guter Führung entlassen worden. Otto hatte alles verspielt, Karl hatte mit geschickten Aktienanlagen sogar noch mehr Geld erwirtschaften können, hat seiner Frau aber unbedingt diese Stradivari kaufen müssen. Dieters Anteil war 600.000 Euro. Die bekamen wir einfach nicht mehr zusammen."

„Und da hat Dieter Lech zu drastischen Mitteln gegriffen, um seiner Forderung Nachdruck zu verleihen", sagte Breuer.

„Jeder Tote war eine Warnung an uns Übrige. Das Fragezeichen bedeutete: Wo ist mein Geld? Dass er dazu schwarzen Kohlestift genommen hatte, bezog sich wohl auf die Diamanten. Die Münzen sagten: Der Fährmann muss bezahlt werden, wobei Dieter als Fahrer der Fährmann ist." Georg Schreiner schwieg.

„Und die römischen Ziffern sagten: Das war der Erste, der Zweite und so weiter", ergänzte Damian.

Schreiner nickte. Er wirkte nun vollkommen kraftlos.

„Herr Schreiner. Betrachten Sie sich als vorläufig festgenommen", sagte Breuer leise.

Georg Schreiner reagierte darauf kaum. Seine weißen, blinden Augen starrten an die Zimmerdecke. Ein gebrochener Mann.

Kapitel 49

Breuer zückte sein Handy, kaum dass sie das Krankenzimmer von Georg Schreiner verlassen hatten. „Momo, ich brauch die Adresse von Dieter Lech. – Hmm, danke. Schick die Jungs vom SEK dorthin. Der Kerl ist der Fährmann."

Sie eilten mit Riesenschritten auf das Auto zu. Breuer fuhr mit quietschenden Reifen los. Keine zehn Minuten später waren sie vor dem mehrstöckigen Mietshaus, in dem Dieter Lech eine Wohnung hatte, und parkten neben einem hellblauen Renault Clio.

„Unser gesuchtes Auto. Siehst du, Damian. Auf die Aussage der kleinen Leonie konnte man doch etwas geben", sagte Breuer und stieg aus.

Sie klingelten bei einer Familie im Erdgeschoss und ließen sich die Haustür öffnen. Inzwischen waren auch die Beamten vom SEK anwesend.

„Wir müssen leise sein. Der Überraschungsmoment ist noch auf unserer Seite", flüsterte Breuer.

Sie brachten sich mit gezogenen Waffen im Anschlag rechts und links vor der heruntergekommenen Wohnungstür in Position.

Breuer zählte leise: „Eins – zwei – drei!"

Ein schwarz vermummter Beamter des SEKs schlug mit einer Ramme die Wohnungstür ein. „Polizei. Hände hoch!", schrie er und suchte sofort wieder

Deckung. Breuer und Damian betraten hinter dem SEK die Wohnung und brachten sich ebenfalls schnellstmöglich wieder in Deckung.

Einen Moment blieben sie regungslos stehen und lauschten.

Nichts. Kein Ton.

„Riechst du das?", flüsterte Damian.

Breuer nickte stumm.

Langsam arbeiteten sie sich nach vorne. Ein Blick in eine alte, verlebte Küche. Leer.

Ein heruntergekommenes Wohnzimmer. Leer.

Sie öffneten die letzte Tür.

Der penetrant süßliche Duft nach Verwesung schlug ihnen entgegen. Ihr erster Blick fiel auf eine Wand, die mit Fotos und Zeitungsausschnitten über die Morde tapeziert war. Ein kleiner Schreibtisch samt Stuhl stand davor. Ein mit Satin bezogenes Bett befand sich an der anderen Wand.

Dort lag er.

Die Arme ausgebreitet, einen blutdurchtränkten Verband um die Hüfte, wirres graues Haar und eingefallenes Gesicht. Die Augen starr an die Decke gerichtet. Eine Fliege verließ den geöffneten Mund.

„Er ist tot", stellte Damian fest.

„Ja. Sieht so aus, als hättest du getroffen", sagte Breuer und steckte seine Waffe weg.

Damian schluckte. Dieses Leben ging auf sein Konto. Was für ein schrecklicher Gedanke. Er blickte in die toten, grauen Augen. An den Rändern waren tausende Fliegeneier abgelegt, aus denen schon bald die Maden schlüpfen würden.

„Du musst dir keine Vorwürfe machen", sagte Breuer, der mit einem Blick zu ihm erkannt hatte, wie es ihm ging. „Das war Notwehr. Wäre er noch zu einem Arzt gegangen, hätte er möglicherweise überlebt."

„Aber das konnte er nicht", flüsterte Damian.

„Nein. Das konnte er nicht. Er musste sich entscheiden, zwischen Gefängnis oder Tod. Er hat seine Wahl getroffen."

Epilog

Damian bezahlte die Eintrittskarten für alle. „Vier Erwachsene und ein Kind."

Kathy hatte schon die Zwergziegen im Streichelzoo direkt neben dem Eingang bemerkt und war mit ihrer Mutter Sarah in den abgeteilten Bereich des Geheges gegangen, der für Besucher begehbar war. Die Ziegen konnten diesen Bereich betreten und verlassen, wie es ihnen beliebte. Eine gute Sache. Er ging zu Lotte und Hakim an den Zaun und beobachtete das Treiben. Obwohl er Kinder nicht leiden konnte, musste er zugeben, dass Kathy gar nicht so unniedlich war. Ihre langen, weiß-blonden Locken, wie aus einer andern Welt, die großen, blauen Augen, das ständige Kichern, ganz so, als bestände die Welt nur aus Spaß. Eine Optimistin, wie ihre Mutter. Aus dem kleinen Rucksack auf ihrem Rücken schaute Mr. Hobbs heraus. Ein weißer Stoffhase, ohne den sie selten unterwegs war. Damian schaute sich um. Ein Großteil der Besucher bestand aus jungen Familien mit Kindern. Er beobachtete sie einen Moment und plötzlich wurde es ihm eng in der Brust. *So etwas habe ich mir als Kind immer gewünscht,* dachte er.

Sein Kopf ruckte wieder herum, als er Kathys hellen Schrei hörte. Eine Ziege hatte sich ihr Kleid geschnappt und zog daran. Lachend befreite sie es und warf der aufdringlichen Ziege etwas von dem Futter hin, welches man für die Tiere kaufen konnte.

„Lotte, gib mir mal bitte deinen Fotoapparat", sagte Damian. Er nahm das Gerät und knipste los. Sarah lachend, Sarah blickt in die Kamera, Sarah mit drei Ziegen, Sarah und Kathy mit drei Ziegen, Kathy lachend eine Ziege streichelnd. Vielleicht hängte er sich eines dieser Fotos in die Wohnung. Über dem Fernseher wäre ein guter Platz.

Hakim hatte sich einen Überblick verschafft und kam zurück. „In zwei Minuten fängt in der Robbenbucht die Schaufütterung an. Sie ist direkt da vorne. Wenn wir jetzt losgehen, schaffen wir es."

„Au ja!", schrie Kathy. „Schnell! Gehen wir." Sie zog ihre lachende Mutter hinter sich her.

Lotte hielt Hakim am Arm fest. „Lass die drei mal vorgehen. Wir besorgen jetzt Eis für alle."

„Was ist mit deiner Diät?", fragte Damian schmunzelnd.

„Ach, was soll's. Hat doch keinen Zweck", sagte sie, nahm Hakim ins Schlepptau und ging.

Damian schlenderte Sarah und Kathy hinterher, die schon am Rand des Robbenbeckens standen.

„Entschuldigung."

Damian drehte sich um. Vor ihm stand ein Mann, auf dessen Schultern ein sommersprossiger Junge in Kathys Alter thronte.

„Ihre Tochter hat das hier verloren." Der Mann hielt ihm Mr. Hobbs entgegen.

Damian öffnete den Mund. *Sie ist nicht meine Tochter*, wollte er sagen, doch kein Ton kam über seine Lippen. Stattdessen nahm er lächelnd den Stoffhasen entgegen. „Vielen Dank."

Er drehte sich um und ging mit federnden Schritten zum Beckenrand. Sarah sah ihm mit leuchtenden Augen entgegen.

Elisabeth Stubbe bedroht Momo und Manni.

Thriller und Krimis von Isabell Valentin:

Der Psychopath und der Tag, an dem die Katze starb
ISBN: 9783750404298

Damian-Johansson-Krimis:

Bd. 1: Der Fährmann
ISBN: 9783754302330

Bd. 2: Die Zeit des Erwachens
ISBN: 9783754305164